文 澜 学 术 文 库

莫言小说研究

王育松 著

社会科学文献出版社
SOCIAL SCIENCES ACADEMIC PRESS (CHINA)

　　本书为湖北省高等学校省级教学研究项目"母语教学'德育'的课外延展与激励机制研究"（项目编号：2014157）的阶段性成果

总 序

中南财经政法大学新闻与文化传播学院建院虽然只有十余年，但院内新闻系、中文系和艺术系所属学科专业都是学校前身中原大学1948年建校之初就开办的，后因院系调整中断，但从首任校长范文澜先生出版《文心雕龙讲疏》开始其学者生涯，到当代学者古远清教授影响遍及海内外的台港文学研究，本校人文学科的研究可谓薪火相传、积淀丰赡。

1997年，学校重新开办新闻学专业，创建新闻系，相关学科专业建设开始步入新的发展阶段。2004年，新闻与文化传播学院组建。近年来，在学校建设"高水平、有特色的人文社科类研究型大学"的发展目标的指引下，中文系和艺术系相继在2007年和2008年成立，人文学科迅速得到恢复和发展。

为了检阅本院各学科研究工作的实绩，进一步推动研究的深入和学科的发展，我们将继续编辑出版本院教师系列学术论著"文澜学术文库"丛书。

丛书以"文澜"命名，一是表达我们对老校长范文澜先生的景仰和怀念；二是希望以范文澜先生的道德文章、治学精神为楷模以自律自勉。

范文澜先生曾在书斋悬挂一副对联："板凳要坐十年冷，文章不写一句空。"这种做学问的自律精神在今天更显得宝贵和具有现实意义。《文心雕龙讲疏》是范文澜先生而立之年根据在南开大学的讲稿整理完成的第一部学术著作，国学大师梁启超为之作序："展卷诵读，知其征证详核，考据精审，于训诂义理，皆多所发明，荟萃通人之说而折衷之，使义无不明，句无不达。是非特嘉惠于今世学子，而实大有勋劳于舍人也。"学术研究之意义与价值，贵在传承文明、承前启后、继往开来、推陈出新。范文澜先生之《文心雕龙讲疏》后又经多次修订，改名《文心雕龙注》以传世，作者有着严谨的学风、精益求精的精神，实为吾辈楷模。正因如此，其著作乃成为《文心雕龙》研究史上集旧注之大成、开新世纪之先河的里程碑式的巨著。

先贤已逝，风范长存。高山仰止，景行行止。虽不能至，然心向往之。

是为序。

胡德才

2015 年 7 月 6 日于武汉

目　录

第一章　莫言的小说世界

2012年，中国作家莫言获得诺贝尔文学奖。从对当代文学的评价上看，莫言获奖表明：经过几代作家的不懈努力，中国当代文学获得了国际文坛的普遍认可。有批评家自豪地宣布："那种悲怆的挫败感终于成为过去，中国文学开启了新的历史。"① 莫言又一次成为媒体追踪的焦点人物，他的创作也在学术界引发新的研究热潮。

迄今为止，莫言从事文学创作已有三十多年，发表了十一部长篇小说和近百部中短篇小说。即便没有诺贝尔文学奖，莫言也是国内外享有盛誉的小说家。早在十几年前，柳建伟、张清华、李敬泽等作家和批评家就不惜用"永垂不朽"和"伟大"这样的字眼来评价莫言的创作。② 国外翻译家、批评家对莫言也是推崇备至。加拿大英属哥伦比亚大学的迈克尔·S.杜克（Michael Duke）教授早在20世纪90年代就认为，莫言"正越来越显示出他作为一个真正伟大作家的潜力"。③ 莫言小说的主要英译者葛浩文（Howard Goldblatt）这样向西方读者介绍莫言："据我所知，在想象昔今中国历

① 孟繁华：《中国当代文学经典化的国际化语境——以莫言为例》，《文艺研究》2015年第4期，第17页。
② 参见柳建伟《永垂不朽的声音——我看莫言的过去、现在和未来》，《解放军艺术学院学报》2001年第3期；张清华《叙述的极限——论莫言》，《当代作家评论》2003年第2期；李敬泽《莫言与中国精神》，《小说评论》2003年第1期。
③ 转引自姜智芹《西方读者视野中的莫言》，《当代文坛》2005年第5期，第67页。

史空间和重新评价中国社会方面，莫言的贡献依然无与伦比"，"这些作品具有吸引世界目光的主题和感人肺腑的意象，很容易就跨逾国界"。①

"伟大的小说家们都有一个自己的世界，人们可以从中看出这一世界和经验世界的部分重合，但是从它的自我连贯的可理解性来说它又是一个与经验世界不同的独特的世界"——这是文学理论家勒内·韦勒克和奥斯汀·沃伦经过深思熟虑后，在《文学理论》一书中提出的伟大作家的标准。"虽然一个小说家的世界的模式或规模和我们自己的不一样，但当他所创造的世界包括了我们所发现的所有普遍性范围内必要的因素，或虽然所包括的范围是狭窄的，但其所选的内容却是有深度的和主要的，而且当这些因素的规模或层次对我们来说好像是一个成熟了的人具有一定的容纳量的时候，我们就会衷心地称这个小说家为伟大的小说家。"②

莫言小说作为他创造的"与经验世界不同的独特的世界"，其叙事空间以中国北方乡村为依托，故事时间则有20世纪百年的跨度。他用生花妙笔构建的"纸上王国""高密东北乡"，如同狄更斯的伦敦、卡夫卡的布拉格，如同福克纳的约克纳帕塔法县、马尔克斯的马孔多镇，已经成为世界文学花园中奇异的景观。通过对乡土中国"爱恨交织"的情感体验，凭借"天马行空"的文学想象，莫言既"发现故乡"又"超越故乡"，营造出中国乡土文学别具一格的艺术境界。同时，他以民间视角和悲悯的态度，挣脱狭隘的阶级和党派立场的束缚，持续地、反复地叙述现代中国历史。莫言的小说世界，就在对乡土中国的描绘和对现代中国历史的解构/重构

---

① 〔美〕葛浩文：《莫言作品英译本序言两篇》，吴耀宗译，《当代作家评论》2010年第2期，第193页。
② 〔美〕勒内·韦勒克、〔美〕奥斯汀·沃伦：《文学理论》，刘象愚等译，江苏教育出版社，2005，第249~250页。

中建立起来。

第一节 关于乡土中国的书写

中国现代文学的奠基者鲁迅先生，开创了表现农民与知识分子两大现代文学的主要题材。他也是现代乡土小说开风气的大师，引发了 20 世纪 20 年代乡土小说的第一个高潮。在鲁迅的《孔乙己》、《故乡》、《风波》和《祝福》等名篇，王鲁彦的《柚子》、彭家煌的《怂恿》、台静农的《地之子》等小说集，以及许钦文、蹇先艾、许杰等人的作品中，叙述者多站在启蒙主义的立场，用居高临下的视角审视宗法社会和传统乡村"病态社会的不幸的人们"，以"揭出病苦，引起疗救的注意"。① 乡土小说呈现的农村景观是阴暗、凋敝、破败的，挣扎于其中的人们封闭、守旧、落后，承受着物质生活的困苦和精神世界的荒芜。

20 世纪 30 年代，沈从文独树一帜，用一批关于"湘西世界"的小说和散文，重新发现有别于现代文明的那种健全、协调、化外之境般的生活形态。在《边城》、《长河》、《从文自传》和《湘西散记》等作品中，沈从文通过对湘西下层人民特异"生命形式"的发掘和讴歌，为他心目中的艺术殿堂供奉"优美、健康、自然"的"人性"。② 沈从文笔下的"湘西世界"风景奇丽，民风淳厚，无论是自然还是人事都洋溢着一种原始古拙的美。那些幽静秀雅的山水和古风犹存的村寨，那些柔美如水的女性角色和"雄强进取"的男性人物，带给读者一股清新强健的气息。这就在关注社会现

---

① 鲁迅：《我怎么做起小说来》，《鲁迅全集》第 4 卷，人民文学出版社，1981，第 512 页。
② 沈从文：《从文小说习作选》，转引自杨义《中国现代小说史》第 2 卷，人民文学出版社，1988，第 607 页。

实，彰显启蒙立场的人生派写实小说之外，开辟了现代乡土小说的又一艺术境界。

作为现代著名作家的赵树理，他的农民家庭出身、乡村生活经历、对民间文艺的熟稔以及他所处的共产党、八路军领导的根据地环境，使他的文学观念和创作形态与鲁迅、沈从文等有很大区别。在批评家郜元宝看来，赵树理模式"是政治意识形态和民间生活方式有趣的杂糅"。① 赵树理自觉地把文学与民族解放战争和政党意识形态结合起来，服膺于现实政治和具体工作的需要。鉴于五四新文化运动和新文学对中国乡村的影响力十分有限，赵树理致力于改造中国传统的说唱文学、章回小说等文艺形式，创造了一种评书体的现代小说。《小二黑结婚》《李有才板话》《李家庄的变迁》《三里湾》等作品之所以获得成功，是因为它们深刻地体现了农村大变革时期农民的思想情感，同时又具备广大乡村读者喜闻乐见的艺术样式。

赵树理对自己政治功利性很强的创作意图直言不讳："我的作品，我自己常常叫它是'问题小说'。为什么叫这个名字？就是因为我写的小说，都是我在乡下工作时所碰到的问题，感到那个问题不解决会妨碍我们的工作的进展，应该把它提出来。"② 他的"问题小说"观以及在这种观念指导下的创作，在特定的历史条件下，曾经获得了很高的声誉，被推崇为"赵树理方向"。③ 这种创作观念的弊端在于把需要独立思考和充分发挥作家个性才能的艺术行为与现实政治捆绑得太紧，限制了创造性精神活动的自由。尽管后来赵树理不再坚持把小说当作农村工作指南这种看法，但他似乎没有

① 郜元宝：《二十二今人志》，《当代作家评论》2004年第1期，第85页。
② 赵树理：《当前创作中的几个问题》，转引自钱理群、温儒敏、吴福辉《中国现代文学三十年》（修订本），北京大学出版社，1998，第477页。
③ 陈荒煤：《向赵树理方向迈进》，转引自洪子诚《中国当代文学史》（修订版），北京大学出版社，2007，第89页。

能够在认识功能和教化功能之外对文学有更为广泛和深入的理解。

"当农村变革运动及采取的相应政策基本符合历史发展的客观要求，符合人民利益和愿望，党、人民、实际生活及作家自身的和谐、统一，有力地保证了赵树理式的'问题小说'政治倾向性与真实性的统一——赵树理本时期的创作基本上属于这一情况；而一旦党的指导方针政策发生了某种偏差，而且在一定的历史时期内不能得到纠正时，'问题小说'的创作就可能出现某种危机。"[①] 毋庸讳言，当代文学史上包括赵树理在内的"农村题材小说"创作，很大程度上就存在着因为贴近政治、图解政策而产生的"危机"。在这种情况出现的多重原因中，很重要的一点就是"农村生活小说在表现农村经济形态变化时，对矛盾性质（特别是对资本主义）的判断一开始就存在误区"，"'阶级斗争'也成为作家想象中国农村生活的基本方式"。[②]

随着政治形势的日趋严峻和创作观念的愈加激进，农村小说中那些关于日常生活场景、民俗文化的描写越来越少，而代之以对"你死我活"的"阶级斗争"场面的想象和编排。束缚越来越多，模式日益僵化，创作趋向沉寂——这就是 20 世纪 50～70 年代农村小说发展的轨迹。从《三里湾》、《山乡巨变》与《创业史》到《艳阳天》与《风雷》，再到《金光大道》与《虹南作战史》，发端于现代乡土小说的农村题材小说，在政治的强力干预下，最终由于违背文学创作规律而走到了尽头。

"新时期文学"伊始，在思想解放运动深入推进、文艺政策大幅调整的背景下，文学创作真正迎来了春天。作家关于农村生活的叙事，几乎共时性地重现了现代乡土小说的多种形态。《犯人李铜

---

① 钱理群、温儒敏、吴福辉：《中国现代文学三十年》（修订本），北京大学出版社，1998，第 477 页。

② 王庆生、王又平主编《中国当代文学》上卷，华中师范大学出版社，2011，第 57、80 页。

钟的故事》、《被爱情遗忘的角落》和《徐茂和她的女儿们》等沿袭"问题小说"的构思方式,揭露和批判"极左"政治对农村和农民的戕害;《李顺大造屋》和《陈奂生上城》等继承"国民性批判"的主题,对农民自身的弱点有痛切的反思;《受戒》和《大淖记事》等致力于发现乡镇民间生活的美和健康人性,仿佛是沈从文"湘西世界"的重现。

莫言的乡村小说却与上述作品都不相同。他另辟蹊径,走出了一条属于自己的道路。"他对中国乡村知识略显阴郁的转述,没有五四的感伤和浪漫,也无意用农业文明对抗现代工商技术,更汰洗了政治意识形态对乡村风俗画面无孔不入的渗透。"① 这样的一种文学"自觉"和"独创",究竟是如何产生的呢?

通过了解一个作家的人生历程来探寻他的创作奥秘,是研究作家的最有效的方法之一。在影响莫言成为小说家的诸多因素中,从出生到青年时代的乡村底层生活经历,无疑占有非常重要的地位。大量事实证明,"对于一个文学艺术家来说,丰富的(五彩缤纷的)早期经验具有弥足珍贵的价值。那些最初的、自发的(然而也是强烈的)情感体验像浇在心田深处的第一层水泥浆,完整的个性大厦就是在这层'墙基上'逐渐建构起来"。② 早年生活、童年记忆与莫言的创作尤其是早期创作之间的关系,在莫言成名后,就不断为作家本人所强调,也引起了研究者浓厚的兴趣。

季红真指出:"一个在乡土社会度过了少年时代的作家,是很难不以乡土社会作为审视世界的基本视角的。童年的经验,常常是一个作家重要的创作冲动,特别是在他的创作之始。莫言的小说首次引起普遍的关注,显然是一批以童年的乡土社会经验为题材的作品。乡土社会的基本视角与有限制的童年视角相重叠代表他这一时

---

① 郜元宝:《二十二今人志》,《当代作家评论》2004 年第 1 期,第 85 页。
② 钱谷融、鲁枢元主编《文学心理学》,华东师范大学出版社,2003,第 87 页。

期的叙述个性，并且在他的文本序列中，表征出恋乡与怨乡的双重心理情结。"① 程德培也认为，"作为一个小说家，莫言骨子里还是个农民。他的作品之所以出色，就在于他作为一个艺术家有着农村生活的根、农民的血液与气质。同是写农村，没有在农村的童年生活的印迹，其写农村总会有一道难以弥补的裂痕，只要比较一下张炜和莫言的写农村，我们是不难发现这一裂痕的"。②

　　莫言于 1955 年 2 月 17 日出生于山东省高密县河崖镇平安庄一个普通的农民家庭。河崖镇在民国时称东北乡，莫言也喜欢以"高密东北乡"称自己的故乡。③ 莫言幼年时，席卷全国的大饥荒给他留下了刻骨铭心的记忆。在他的少年时代，曾经因为偷吃生产队的红萝卜而被众人开大会批斗，回家后又遭到父亲严厉的责打。④ "当然，仅仅有饥饿的体验，并不一定就能成为作家，但饥饿使我成为一个对生命的体验特别深刻的作家。长期的饥饿使我知道，食物对于人是多么的重要。什么光荣、事业、理想、爱情，都是吃饱肚子之后才有的事情。因为吃我曾经丧失过自尊，因为吃我曾经被人像狗一样地凌辱，因为吃我才发奋走上了创作之路。"⑤ "饥饿"作为主题在当代小说家那里并不罕见（如刘恒《狗日的粮食》、余华《许三观卖血记》等），可是几乎没有人能够像莫言那样把饥饿写得那么真切，那么惨痛。在《丰乳肥臀》中，上官鲁氏在大饥荒年代里"偷吃"生产队的豆子，回家后用筷子掏喉咙催吐，将呕吐出来的豆子洗净再煮给家人充饥；乔其莎用身体换取食物，一面忍受

---

① 转引自莫言《超越故乡》，《小说的气味》，当代世界出版社，2004，第 368 页。
② 程德培：《被记忆缠绕的世界——莫言创作中的童年视角》，转引自杨扬编《莫言研究资料》，天津人民出版社，2005，第 124 页。
③ 叶开：《莫言评传》，河南文艺出版社，2008，第 58 页。关于莫言的确切出生日期，见《莫言王尧对话录》，苏州大学出版社，2003，第 7 页。
④ 莫言：《莫言散文》，浙江文艺出版社，2000，第 241～244 页。
⑤ 莫言：《饥饿和孤独是我创作的财富——在史坦福大学的演讲》，《小说的气味》，当代世界出版社，2004，第 169 页。

强暴，一面狂吞豆饼……如此惨烈的情节绝不是仅仅依靠想象力能够编织出来的。

1960 年，莫言进村办小学读书，1966 年小学毕业。由于家庭成分是富裕中农，加上得罪了一个农民代表，莫言失去了上中学的权利。[①] 此后，莫言回家务农，多年里一个人赶着牛群放牧。

> 在那一片在一个孩子眼里几乎是无边无际的原野里，只有我和几头牛在一起。牛安详地吃草，眼睛蓝得好像大海里的海水。我想跟牛谈谈，但是牛只顾吃草，根本不理我。我仰面朝天躺在草地上，看着天上的白云缓慢地移动，好像它们是一些懒洋洋的大汉。我想跟白云说话，白云也不理我。天上有许多鸟儿，有云雀，有白灵，还有一些我认识它们但叫不出它们的名字。它们叫得实在是太动人了。我经常被鸟儿的叫声感动得热泪盈眶。我想与鸟儿们交流，但是它们也很忙，它们也不理睬我。我躺在草地上，心中充满了悲伤的感情。在这样的环境里，我首先学会了想入非非，这是一种半梦半醒的状态。许多美妙的念头纷至沓来。[②]

在这段回忆里，莫言在少年时代的孤独和寂寞溢于言表，那种被边缘化、被排除在正常生活之外的感受尤其深切。值得庆幸的是，对于作家来说，必要的多愁善感和丰富的想象能力也是得自这一段生活的馈赠。"想入非非""半梦半醒"如果从文艺心理学的角度分析，正是艺术家进入创作境界的精神状态。[③]

---

① 叶开：《莫言评传》，河南文艺出版社，2008，第 332 页。
② 莫言：《饥饿和孤独是我创作的财富——在史坦福大学的演讲》，《小说的气味》，当代世界出版社，2004，第 169 页。
③ 参见弗洛伊德《创作家与白日梦》，伍蠡甫主编《现代西方文论选》，上海译文出版社，1983。

直到 1973 年，莫言才有机会到县棉纺厂做临时工。1976 年，莫言历经波折，终于参军入伍，"跳出农门"，离开生活了 21 年的家乡。他后来不无心酸地回忆：

> 十八年前，当我作为一个地地道道的农民在高密东北乡贫瘠的土地上辛勤劳作时，我对那块土地充满了刻骨的仇恨。它耗干了祖先们的血汗，也正在消耗着我的生命。我们面朝黄土背朝天，比牛马付出的①还要多，得到的却是衣不蔽体、食不果腹的凄凉生活。夏天我们在酷热中煎熬，冬天我们在寒风中颤栗。一切都看厌了，岁月在麻木中流逝着，那些低矮、破旧的草屋，那条干涸的河流，那些土木偶像般的乡亲，那些凶狠奸诈的村干部，那些愚笨骄横的干部子弟……当时我曾幻想着，假如有一天，我能幸运地逃离这块土地，我决不会再回来。所以，当我爬上一九七六年二月十六日装运新兵的卡车时，当那些与我同车的小伙子流着眼泪与送行者告别时，我连头也没回。我感到我如一只飞出了牢笼的鸟。我觉得那儿已经没有任何值得我留恋的东西了。②

那时的莫言无论如何也没想到，为他所深恶痛绝的乡村，正是孕育他成为举世闻名的作家的摇篮；关于"饥饿"和"孤独"的体验与记忆，会给他提供源源不断的创作灵感。

一般认为，构成莫言创作风格重要部分的是童年叙事和儿童视角。虽然莫言因为《红高粱》而蜚声海内外，但是他的成名作《透明的红萝卜》在艺术上也许更值得称道。这是个神来之笔，情

---

① 原文用"的"，但按现代汉语用法应用"得"，为了尊重原文，此处及本书其他引文，文句用法不做修改，亦不一一标注。

② 莫言：《超越故乡》，《小说的气味》，当代世界出版社，2004，第363~364页。

感真挚，意蕴丰厚，运思行文毫无匠气。精灵样的黑孩生命异常顽强，在苦难的重压下迸发出神奇魔幻的力量。人心不古，世态炎凉，黑孩以鸟兽虫鱼为友，以河流田野为家，真正与自然融为一体。面对人世间的冷酷和暴虐，他沉默不语，却异常敏锐地感觉到天地之间的声、光、色、味，享受了自然之母的恩惠。在某种程度上，黑孩的故事可以看作莫言在人生之路和文学之路上艰难跋涉的一个象征。莫言早年经受的饥饿、孤独、压抑也激发了他的不屈和抗争，反叛的心理在幼年时就已萌发，长大后就针对社会习俗、陈规戒律，包括既成的文学创作禁忌，包括已有的乡土小说模式。文学传统滋养了他，他又要咬断脐带，挣脱束缚，自立于人世间。莫言早期的创作谈已经显露出他对文学的特殊感悟：

> 生活是五光十色的，包含着许多虚幻的、难以捉摸的东西。生活中也充满了浪漫情调，不论多么严酷的生活，都包涵着浪漫情调。生活本身就具有神秘美、哲理美和含蓄美。所以，反映生活的文学作品，也是很难用一两句话概括出主题的。
>
> 其实我在写这篇小说时，我并没有想要谴责什么，也不想有意识地去歌颂什么。一个人的内心世界——那怕是一个孩子的内心世界，也是非常复杂的。这种内心世界的复杂性就决定了人的复杂性。人是无法归类的。善跟恶、美跟丑总是对立统一地存在于一切个体中的，不过比例不同罢啦。从不同的角度观察同一事物，往往得出不同的甚至截然相反的结论。①

莫言的短篇小说中，《白狗秋千架》与鲁迅的《故乡》存在某

---

① 徐怀中、莫言等：《有追求才有特色——关于〈透明的红萝卜〉的对话》，《中国作家》1985 年第 2 期，第 203～204 页。

种程度的关联性。这篇小说也写一个离乡多年的知识者的还乡。"我"在村口遇见自己的初恋"暖"，酸文假醋地抒发对乡间生活浪漫的怀念，遭到暖劈头一番呵斥："有甚好想的？这破地方……高粱地里像他妈×的蒸笼一样，快把人蒸熟了。"在这之前，小说已有对暖身背沉重的高粱叶子吃力地从农田里蹒跚而来的样子的详细描写。这段描写受到批评家程光炜的激赏，他借此强调莫言与鲁迅、沈从文对农村生活体验的差异，指出由于莫言与鲁迅、沈从文重返农村的"决定性结构"的不同导致他们关于乡村叙事的区别。①

由于长时间体验过农村生活的艰苦，莫言对于故乡的回望，显然没有沈从文那种浪漫美好的想象与希冀。他从不企图展现田园视境中的"桃花源"与"乌托邦"。他也不能够完全采取启蒙式的批判视角，在一定距离之外审视故乡的落后和愚昧。他把自己放入其中，他本来就是其中一员。因此莫言才会在《白狗秋千架》中设计一个让人瞠目结舌的结尾。暖当年摔瞎了一只眼，不得已嫁给一个行事粗鲁莽撞的哑巴，生了三个不会说话的孩子。暖让那只见证过她和"我"爱情的白狗带"我"到高粱地里，要求"我"给她一个会说话的孩子。"我"无言以对，尴尬莫名。对此，王德威自有高论："莫言以一个女性农民肉体的要求，揶揄男性知识分子纸上谈兵的习惯。当鲁迅'救救孩子'的呐喊被落实到农妇苟且求欢的行为上时，'五四'以来那套人道写实论述，已暗遭瓦解。"② 分析固然有偏激武断之嫌，倒也揭示出莫言小说的某种特质——他的乡土叙事，既不是单纯的赞美，也不是简单的批判，而是以情感充沛、饱含张力的叙述语调讲述痛彻肺腑的故事，叫读者感同身受，五味杂陈。

① 参见程光炜《小说的读法——莫言的〈白狗秋千架〉》，《文艺争鸣》2014 年第 8 期。
② 王德威：《千言万语，何若莫言》，《读书》1999 年第 3 期，第 101 页。

莫言的小说与赵树理创作旨趣最为接近的要数长篇《天堂蒜薹之歌》。面对现实生活中的官僚主义行径，面对父老乡亲的切肤之痛，莫言拍案而起，以近乎报告文学的手法秉笔直书，完成了一篇严厉批判现实弊端的檄文。但是这样的作品在莫言那里并不多见。同样是描写20世纪80年代的农村生活，《球状闪电》、《爆炸》和《金发婴儿》等作品都没有走"问题小说"的路子。对于联产承包后的中国农村，莫言没有用小说图解政策，也没有一般性地反映改革与保守的冲突。他痛苦地感受到传统因袭的重负、观念变更的艰难。他的笔触深入农村文化、农民（包括那些从农村走出来的人）心理和性格的深处，满怀深情地既写他们的善良与质朴，又写他们的愚钝与顽固；既写他们的反抗意志、生命强力，又写他们的"种"的退化。他之所以沉浸在对"高密东北乡"爱恨交织的情愫中难以自拔，实在是因为他的农民出身、农村记忆，是因为他与农民在肉体和精神上割不断的联系。血浓于水。这种遗传基因是生理的，又是文化的。它引导莫言发现乡村的苦难和欢乐，驱使莫言不仅书写农民的隐忍和渺小，而且还要讴歌（想象）农民的抗争和伟大。

在莫言的创作历程中，《红高粱家族》无疑具有标志性的意义。只有到了中篇小说《红高粱》及其系列（《高粱酒》、《高粱殡》、《狗道》和《奇死》，后与《红高粱》结集为长篇小说《红高粱家族》出版）的出现，才意味着莫言在创作上开始摆脱个人生活的局限，踏上了"超越故乡"的旅程。通过对"高密东北乡"历史和传说的发掘与想象，莫言的乡土小说开启了一个辉煌灿烂、充满血与火的"英雄时代"。在那样一个远离传统道德约束和世俗权力管制的、充满生命活力和自由意志的"红高粱"世界里，"我爷爷"余占鳌、"我奶奶"戴凤莲等一干乡亲大块吃肉，大碗喝酒，杀人越货，精忠报国……《红高粱家族》的激情充沛，悲歌慷慨，与

20世纪80年代高扬民族精神、呼唤英雄人物的时代氛围高度契合，因而一经发表就赢得了广泛的赞誉。

有论者强调作家对中国农民的独特发现，认为"莫言是一个骨子里浸透了农民精神和道德的作家，他很难到农民之外去寻觅他所向往的理想精神……与当代作家如高晓声、贾平凹等人的注重揭示农民背负因袭的重担和'国民的劣根'不同的是，莫言在这部作品里特别注重和激赏农民内部的英雄的道德，生命力的炽热，伸展人性的巨大张力，注意统治阶级思想的毒氛很难毒化而有如燃烧的荆棘般的生命伟力"，"还没有人像莫言这样把农民心理、意识、道德中未被毒化的刚健的一面提升到如此诗意的高度和人性的高度"。[1] 有论者注重莫言历史叙事对当代的警示作用："莫言带给我们的是一种震惊，一种完全不同的震惊。我们不是怵怵于伤痕——灵魂深处致命的、不可测及的创洞，而是震动于生命的辉煌——'高密东北乡'人任情豪放的壮丽生活图景，它烫灼着我们久已习惯于庸常和创伤的眼睛。它让我们惊异于我们生命的状态到底怎样了。在那株鲜红茁壮的红高粱面前，仿佛我们背负着历史丰碑屈膝驼背的生存，我们小心翼翼挣扎求生的愿望，我们自以为拥有或希图保有的一切，从没有过地苍白暗淡、卑琐无光。"[2] 还有论者从民间世界、民间伦理的角度读解《红高粱》，认为小说是莫言回归民间社会和民间生活的情感体验，它充分反映了中国现代知识分子的民间价值立场。[3]

可是莫言对中国农民生命伟力的讴歌，对中国式"酒神精神"的赞颂，对"民间"的发现和重塑，并没有借助"红高粱系列"

---

[1] 雷达：《论"红高粱家族"的艺术独创性》，《文学活着》，人民文学出版社，1995，第223~224页。

[2] 孟悦：《荒野中弃儿的归宿——重读〈红高粱家族〉》，转引自林建法主编《说莫言》（下），辽宁人民出版社，2013，第228页。

[3] 参见王光东《民间的现代之子——重读莫言的〈红高粱家族〉》，载林建法主编《说莫言》（下），辽宁人民出版社，2013。

小说的成功而简单地延续下去。《红蝗》对于家族历史的叙述带有强烈的反讽色彩，插科打诨，愤世嫉俗，展示的是一幅破败凋敝的乡村图画，全然不见《红高粱》的宏伟壮丽。《欢乐》将视线对准20世纪80年代的乡村，通过高考落榜青年的内心呓语，披露农民承受的种种精神和物质的痛苦。对故乡、农民、土地爱恨交织的矛盾态度，对农业文明、乡村文化取舍两难的现实情境，使莫言在长篇小说《丰乳肥臀》里，一方面通过上官鲁氏、司马库等人物企图续写"我奶奶""我爷爷"那样的英雄史诗；另一方面通过"恋乳症"患者上官金童失败的人生，几乎彻底颠覆了他精心营造的"高密东北乡"中的英雄世界。哲学家邓晓芒就此分析道：

> 　　20世纪80年代是一个拼命鼓吹阳刚之气和民族精神的年代，莫言的作品是这一狂热思潮中令人惊叹的浪花。然而，当浪漫主义的红色激情消退之后，人们渐渐从这种貌似阳刚的呐喊底下，听出某种缠绵阴柔的调子来，发现那些痞里痞气、匪里匪气、充满霸气与杀气的民间英雄，心理上却是那么幼稚和残缺……不论这些人干出了多么惊天动地的事，我们对他们的敬佩总是停留在外部形象动作的剽悍和行为的中规中矩（合乎"义"这一简单的游戏规则），认为他们体现了某种原始生命力的充盈和爆发，足以和我们今天人性的萎靡、苍白相对照。但我们毕竟感到，在今天要模仿那些顶天立地的人物来处世行事将会是多么天真、愚蠢和异想天开。那些人物不能给现代人的内心生活和精神世界提供更多丰富的食粮……这种由观念混合着想象力刻意营造出来的虚假的"阳刚之气"，在莫言20世纪90年代的代表作《丰乳肥臀》中便烟消云散，显示出了它底下的真实的一面：阴盛阳衰、恋母、心理残疾。我们简直可以

把《丰乳肥臀》看作对《红高粱》的一个全面否定和批判。①

　　无论邓晓芒关于《丰乳肥臀》的分析带有怎样的偏颇，他对余占鳌式农民形象的解剖，对"红高粱精神"的解构，对"阴盛阳衰"文化心理的捕捉，都是评估莫言小说价值时难以回避的问题。莫言所描写的中国农民身上那种豪气干云的原始生命力量，那种敢爱敢恨、精忠报国的侠义言行，尤其是"像戴凤莲这样企图全面实现人的权利和人的需要的农村女性"，② 显然主要不是对历史或现实的乡村生活的再现，而是莫言作为创作主体强力介入写作后浪漫想象的产物。这只要把《红高粱家族》与现代作家端木蕻良的《科尔沁旗草原》、台湾作家司马中原的《狂风沙》等以写实性为主的乡土作品进行比较就十分清楚。③ 就此而论，宋剑华的分析与莫言的创作心理以及 20 世纪 80 年代的"精神气候"最为接近，也更具说服力："其实，《红高粱家族》与所谓的'农民血气'或'民间立场'全然无关，它是 1985 年国内学界'主体性'大讨论的直接产物，是知识分子自由意志的隐喻表达或精英意识的另类言说。"宋剑华进一步发挥说："文学与历史无关，它只忠于艺术想象。《红高粱家族》正是因为没有拘泥于历史，所以才使莫言获得了艺术上的巨大成功；而《红高粱家族》同样也没有局限于民间，所以才使莫言获得了精神上的绝对自由。"④

---

① 邓晓芒：《莫言：恋乳的痴狂》，载杨扬编《莫言研究资料》，天津人民出版社，2005，第 258～259 页。
② 雷达：《论"红高粱家族"的艺术独创性》，《文学活着》，人民文学出版社，1995，第 224～225 页。
③ 参见孔海立、范晓郁《端木蕻良和莫言小说中的"乡土"精神》，《当代作家评论》2013 年第 6 期；王德威《千言万语，何若莫言》，《读书》1999 年第 3 期。
④ 宋剑华：《知识分子的民间想象——论莫言〈红高粱家族〉故事叙事的文本意义》，转引自杨守森、贺立华主编《莫言研究三十年》中卷，山东大学出版社，2013，第 344、350 页。

除了邓晓芒的批评外，郜元宝也对莫言浪漫的想象和狂放的笔触提出质疑："在传统乡村生活行将消失之际，他用感觉的方式建构世界图景，是挽留，是证明，是抗拒，也是自慰。他站在两个世界中间，也站在两种时间的接缝处，用突兀的言语，放大的感觉，去收拾那些落满尘埃的乡村油画，把它们组织起来，说这就是历史。这是莫言的讨巧之处，也是他的致命的弱点……莫言往往喜欢倚仗强化、夸张、重复、炫耀甚至编造的方式，这些固然帮助他突出了乡村世界的怪异与魅力，却疏远了原初的记忆，其阴郁的调子正由此而来。"① 如果说，邓晓芒的批评发现了莫言小说在价值诉求上的内在矛盾，那么，郜元宝的批评则指向了莫言小说的艺术构思和表达策略。那种得到众多论者激赏、在诺贝尔文学奖授奖词中被命名为"幻觉现实主义"② 的创作方法，在某些批评家看来不是没有值得商榷之处的。

不过莫言已经因为《白狗秋千架》、《透明的红萝卜》和《红高粱》等小说的巨大成功建立起了高度的自信。无论是《红蝗》和《欢乐》受到的指责，还是《丰乳肥臀》引起的风波，都不能改变他乡土叙事的基本立场和方法。这个立场超越阶级、党派和主流意识形态，对所有的角色和故事都一视同仁；这个立场既不是居高临下的，也不是无条件认同的，而是赞美与批判交相缠绕，既入乎其内，又出乎其外，在矛盾犹疑中显示出体验和思考的深入与驳杂。这种方法杂糅西方的现实主义、浪漫主义、现代主义和中国的古典叙事文学传统，融会贯通，自成一体。21 世纪以来，莫言的几部重要小说《檀香刑》、《生死疲劳》和《蛙》等都依然延续了他一贯的艺术风格，以视野的宽广、精神的勇毅、想象的奇特和结构的新颖，在当代乡土小说中独树一帜。"莫言的故乡书写有别于

---

① 郜元宝：《二十二今人志》，《当代作家评论》2004 年第 1 期，第 86 页。
② 参见童明《莫言的谵妄现实主义》，《南方周末》2012 年 10 月 18 日。

鲁迅式启蒙立场的乡土文学传统，也有别于沈从文式湘西的书写脉络，他的乡土书写具有'中间性'特征，在本地人与外来者、启蒙与反启蒙、现代与反现代之间，这位'从农民中走出的知识者'，寻找到了他书写故乡的最佳路径和方法。"①

第二节　关于现代历史的叙述

当今文坛的乡土文学叙事，莫言、贾平凹、阎连科俨然呈三足鼎立之势。比较而言，贾平凹和阎连科的乡土小说更具有当下性特征，主要聚焦现代化对传统文化和乡村社会的冲击，以及作为弱势一方的农民与农村的现实处境。如贾平凹的《浮躁》、《高老庄》、《怀念狼》、《秦腔》和《带灯》，阎连科的《日光流年》、《受活》、《丁庄梦》和《炸裂志》等，仅有少数文本涉及"大跃进"（《受活》）、"文革"（《古炉》和《坚硬如水》）等历史事件。贾平凹深谙中国传统文化，服膺于现实主义的创作方法，作品带有浓郁的民族特色和地方风味；阎连科广泛借鉴西方现代主义文学，以象征、变形、怪诞等艺术手段和寓言方法展开叙事。

与贾平凹、阎连科不同的是，莫言的乡土叙事带有鲜明的"长时段"特征，涵括了整个20世纪中国百年的沧桑历程。如果把莫言的主要长篇小说按照故事时间顺序排列，这一点就一目了然了。《檀香刑》以清代末年的戊戌变法和义和团运动为背景；《红高粱家族》主要涉及抗日战争；《生死疲劳》从新中国初期的"土改"一直写到新时期的改革开放；《蛙》以反思计划生育政策为主题。最典型的是《丰乳肥臀》，其故事时间跨度近一个世纪，从主人公

---

① 　张莉：《唯一一个报信人——论莫言书写故乡的方法》，《文学评论》2014 年第 2 期，第 75 页。

上官鲁氏出生的 1900 年写到她去世的 20 世纪 90 年代。在对莫言的历史叙事进行了系统深入的研究后，批评家张清华认为："莫言不仅是当代作家中最具历史主义倾向、一直最执着地关注着 20 世纪中国历史的一个，而且这种关注还体现了强烈的人文性和当代性，对当代文学的精神走向起着重要的影响作用。"①

莫言为什么习惯于这种"往后看"的创作姿态呢？是怎样的创作个性驱使作家对历史叙事特别钟情呢？

在较早与莫言有交往的批评家张志忠笔下，莫言给他的印象是"质朴乃至木讷""老实忠厚"的。② 在拉美文学专家陈众议眼中，莫言有着"敦实的模样和淳朴的笑容"，他"憨态可掬"、"内敛"和"大智若讷"。③ 这些描述给人的感觉，似乎与莫言小说那种"天马行空"的面貌形成较大的反差。实际上从创作个性来看，作为艺术家的莫言激情四溢，有着浪漫的诗人性格，是个"好奇"之人。他的史家情怀和文学气质与司马迁或有一比。西汉末的扬雄说："子长多爱，爱奇也。"（《法言》）司马迁"好奇"，偏爱那些非凡的、具有旺盛生命力与出众才华的人物，因此《史记》洋溢着浪漫的情调，充满传奇色彩。在一定程度上，莫言及其小说何尝不是如此呢？他在一篇评论文章中，从创作取材角度道出了自己关爱历史的缘由：

在我们短暂的一生中，不会有太多的大风大浪，不会有太多的悲欢离合，体验到的和经历过的事毕竟有限。即使是最杰出的小说家，想象力也只能在经验的边界里飞翔。因此，人性

---

① 张清华：《莫言与新历史主义文学思潮——以〈红高粱家族〉、〈丰乳肥臀〉、〈檀香刑〉为例》，转引自杨守森、贺立华主编《莫言研究三十年》中卷，山东大学出版社，2013，第 150 页。

② 张志忠：《莫言论·感觉莫言》，北京联合出版公司，2012，第 229 页。

③ 陈众议：《评莫言》，《东吴学术》2013 年第 1 期，第 5 页。

的侧面在现实中表现得非常有限。但是在历史这个壮观的剧场里，人性却有机会表现它平庸生活中难得展示的一面。因为在漫长的历史中，各种各样出人意料的事情都已经发生过了：改朝换代、家破人亡、非同寻常的诱惑与考验、传奇般的危机和奇遇。①

进一步来看，"莫言本身的艺术气质有一种天高地远的宏伟，他的眼光是总体性的、俯瞰式的，他所能看见的是发生了什么，而不是为何发生"。② 就小说取材来而言，"天高地远的宏伟"需要故事时间的漫长和故事空间的广袤做支撑，以适应"总体性的、俯瞰式的"视角和构思。莫言面对文学批评，为了说明魔幻现实主义对自己的影响是有限的，他谈福克纳的时候多，谈马尔克斯的时候少，但《百年孤独》的"长时段"家族史叙事模式对他产生的影响，并不亚于《喧哗与骚动》的多角度叙事艺术。这只要看看《红高粱家族》、《食草家族》、《丰乳肥臀》（或可叫《上官家族》）、《生死疲劳》（或可叫《西门家族》）等一系列作品就很清楚了。

莫言偏爱历史叙事的又一个原因应该是他早年受到的文学熏陶。就像乡村生活经验对莫言的塑造一样，他早期阅读的《封神演义》、《水浒传》和《三国演义》等古典小说和"革命历史小说"对他后来创作的影响同样不可低估。那些文本在相当广阔的叙事空间或者较长的时间跨度里，让众多绿林好汉或英雄人物闪亮登场，故事情节跌宕起伏，令莫言废寝忘食，如醉如痴。③ 在他的少年时

① 莫言：《当历史扑面而来》，《当代作家评论》2004 年第 6 期，第 91 页。
② 李敬泽：《莫言与中国精神》，《小说评论》2003 年第 1 期，第 73 页。
③ 参见莫言《漫谈当代文学的成就及其经验教训》、《童年读书》，载《小说的气味》，当代世界出版社，2004；莫言、王尧《从〈红高粱〉到〈檀香刑〉》，《当代作家评论》2002 年第 1 期；莫言《自述》，《小说评论》2002 年第 6 期；等等。

代，这种完全超乎功利的阅读直抵内心，潜移默化，逐渐培养了莫言的审美趣味，其效果最终体现在创作的取材、构思等方面。因此他有这样的感慨也就不足为怪了："重建宏大叙事确实是每个作家内心深处的情结。所有的作家都梦想写一部史诗性的皇皇巨作。"①此外，中篇小说《红高粱》获得的巨大成功，也促使莫言发现通过重述历史可以开掘出丰富的文学矿藏。

当代文学的长篇小说创作在 20 世纪 50 年代中后期至 60 年代初达到了一个高潮，诞生了以"三红一创、保林青山"为代表的"红色经典"。《保卫延安》、《红日》、《红旗谱》、《林海雪原》、《青春之歌》和《红岩》等"革命历史小说""在既定的意识形态的规限内，讲述既定的历史题材，以达成既定的意识形态目的"。②从内容和主题上看，"它主要讲述'革命'的起源的故事，讲述革命在经历了曲折的过程之后，如何最终走向胜利"。从方法和目的上看，这些作品"以对历史'本质'的规范化叙述，为新的社会的真理性做出证明，以具象的方式，推动对历史的既定叙述的合法化，也为处于社会转折期中的民众，提供生活准则和思想依据"。③

新时期以来，随着思想解放运动的开展和历史反思的深入，如何评价"十七年文学"包括"革命历史小说"和"农村题材小说"等，成为当代文学研究聚讼纷纭的问题，相关的商榷和争议一直持续至今。董之林对 20 世纪 50 年代的中国当代小说总体上给予了很高的评价："尽管这些作品描写的内容和表现手法各有不同，但是它们在本质上都富于时代的浪漫气质，也曾以高昂的理想和热情激励着当时的社会，塑造了一代青年的人生，并构成现代文学向当代

---

① 莫言、李敬泽：《向中国古典小说致敬》，转引自林建法主编《说莫言》上，辽宁人民出版社，2013，第 28 页。

② 黄子平：《革命·历史·小说》，香港牛津大学出版社，1996，第 2 页。

③ 洪子诚：《中国当代文学史》，北京大学出版社，1999，第 106 ~ 107 页。

演化过程中重要的历史环节……它们是从传统经由五四文学革命而转向当代中国社会的必然结果，同时又奠定了新时期文学许多重要的审美基因。"[1] 王春林则认为："作为一种本应以还原展示真实历史图景为根本旨归的历史小说之一类，'革命历史小说'一个根本性的缺陷就在于未能够突破意识形态目的的规限而对自己所表现的那一段历史生活进行一种尽可能逼近历史本相的真实表达。"[2] 王彬彬甚至以《〈红旗谱〉：每一页都是虚假和拙劣的》为题撰文，完全否定了这部"革命历史小说"的代表作。

　　无论文学批评和文学史如何评价"革命历史小说"，20 世纪 80 年代以降关于历史及其叙事的理论反思，无疑会给创作带来深刻影响。作家的历史意识开始苏醒，历史观念得到更新，由此造成了历史叙事的重大变化。"在 20 世纪 80 年代中后期出现的各种小说创作潮流中，就已经潜藏着改写或重述'正史'的冲动。先锋小说和新写实小说对革命现实主义写作成规的消解，则为潜藏的冲动浮出地表提供了契机，汇成了重新陈说或再度书写某些历史事件和历史叙事的新历史小说……他们以自己的历史观念和叙事态度来改写、解构或颠覆被既往的话语赋予了特定价值和意义的历史叙事。不论他们讲述着怎样一段历史，也不论他们以什么样的方式在讲述，一个共同的特点是：'正史'中有关'革命、进步、解放、真理'的宏大叙事隐退了，取而代之的是'历史'的偶然性、荒诞性、世俗性，甚至遮蔽性和不可知性。说到底，这也是先锋小说或新写实小说中诸多现代主义或后现代主义观念在关于历史的文学叙述中的投射。"[3]

---

① 董之林：《追忆燃情岁月——五十年代小说艺术类型论》，河南人民出版社，2001，第 5 页。

② 王春林：《对 20 世纪中国历史的消解与重构——评刘醒龙长篇小说〈圣天门口〉》，《小说评论》2005 年第 6 期，第 50 页。

③ 王庆生、王又平主编《中国当代文学》下卷，华中师范大学出版社，2011，第 159～160 页。

有论者指出，在西方"新历史主义"话语被正式引进中国并大行其道的 20 世纪 90 年代之前，莫言的《红高粱家族》以及同时期其他一些小说（扎西达娃的《西藏，隐秘岁月》、乔良的《灵旗》等）在对历史的叙述上，与"新历史主义"的主张就有一种不谋而合的相似性。① "新历史主义'新'的地方特别表现在，它认为历史是'当代史'，历史总是处于过程中而不应当纪念碑化、封闭化，历史向变形与重写完全开放。新历史主义主张我们对过去的任何知识必须由文本来调节，换句话说，历史处于许多相关文本的链条之中……正如文学文本需要被阅读，历史'事实'也需要被阅读。因此该派理论家如海登·怀特认为，我们关于过去的知识是由特定的叙述方式即我们讲述故事时谈论过去的方式决定的。"② 尽管当时评论界还缺乏明确的理论阐述，但是那些后来被命名为"新历史小说"的文本显示，它们对"历史"的理解与"新历史主义"的基本观点颇为接近。

《红高粱家族》就是一部"发现"民间世界、"重写"抗战历史的作品。从人物形象到主题意蕴，从叙事视角到结构布局，从表现手法到语言风格，《红高粱家族》对"革命历史小说"进行了全面的解构。这部小说用民间意识取代阶级观念，用绿林好汉取代政党英雄，用生命哲学主题和人类学主题取代庸俗社会学主题。小说独特的叙述人设计，在与历史客体的深度对话过程中，赋予历史叙事鲜明的"当代史"色彩，创造出一种新颖的讲述历史的话语方式。莫言后来这样表述他的创作体会："历史在某种意义上就是一堆传奇故事。历史上的人物、事件在民间口头流传的过程，实际上就是一个传奇化的过程，每一个传说故事的人，都在不自觉地添油

---

① 参见张清华《境外谈文》，花山文艺出版社，2004。
② 〔英〕安德鲁·本尼特、〔英〕尼古拉·罗伊尔：《关键词：文学、批评与理论导论》，汪正龙、李永新译，广西师范大学出版社，2007，第 111 页。

加醋，弄到后来，一切都被拔高了……历史是人写的，英雄是人造的。人对现实不满时便怀念过去；人对自己不满时便崇拜祖先，这实际上是很阿Q的。我的小说《红高粱家族》大概也就是这一类的东西。但事实上，我们那些辉煌的祖先跟我们差不多。"①

张清华认为，20世纪80年代中后期出现的"新历史小说"在对历史的理解上，与西方"新历史主义"话语的相似事出有因。"这并非巧合，也不纯然是出于主观的误读式的比附，而是来自当代西方文化人类学、符号形式哲学、精神分析学、存在主义，特别是结构—后结构主义等哲学方法，确实影响了这个时代的文学叙事与观念。"② 也是在《红高粱》发表的1986年，张炜震惊文坛的长篇小说《古船》面世，已经表现出审视和重写历史的巨大勇气。莫言在其创作由童年记忆向历史传奇拓展之际，针对当代文学的战争叙事（也是历史叙事）进行过深入的思考。他对"革命历史小说"的局限做过切中肯綮的分析并提出了自己的"战争诗学"：

> 我们以往的抗战题材文学，太重视了对战争过程和战争事件的描写，太忽略了对人的灵魂的剖析。在这些作品中，有英勇的故事，有鲜明的旗帜，有伟大明晰的经典化了的战争理论，但缺少英雄的怯懦，缺少光明后面的黑暗，缺少明晰中的模糊。
>
> ……
>
> ……比较高层次的战争文学，应该是比较非功利的。
>
> ……战争文学，应该充满对生命的歌颂，应该唤起人们日渐淡漠的同情和怜悯之心。

---

① 莫言：《我的故乡与我的小说》，转引自林建法主编《说莫言》（上），辽宁人民出版社，2013，第97~98页。

② 张清华：《境外谈文》，花山文艺出版社，2004，第56页。

比较非功利的战争文学，还应该考虑战争中人的地位，应该考虑战争到底把人变成了什么东西……战争是人性和兽性的绞杀。战争使人类灵魂深处潜藏着的兽性奔突而出。战争是人类发展史上的最大的歧途。战争文学不去写这些，还能写什么呢？战争文学应该写出人类的灵魂如何地偏离了轨道并力图矫正，它应该成为一种训诫，一种警喻。①

时隔多年以后，莫言的"战争诗学"和"历史诗学"观念表达得更加明晰："我们过去写战争文学，写历史文学，往往都是要站在鲜明的阶级立场上。我们写抗日战争，毫无疑问，要站在八路军新四军的立场上，要站在共产党的立场上。我们要讲战争思想肯定要讲毛泽东的军事思想。作家仅仅是个讲故事的人，作家的思想，作家对历史的判断，作家个人的观点是不允许在这种历史和战争的小说中出现的。我觉得从《红高粱家族》开始我就在作这样的反叛，就想在小说里面淡化这种阶级的意识，把人作为自己描写的最终极的目的，不是站在这个阶级或是那个阶级的立场，而是站在全人类的立场上。不但把共产党当成人来描写，而且也要把国民党当作人来写，不但把好人当人来写，也要把坏人当人来写。"②

"淡化……阶级的意识"、"把人作为自己描写的最终极的目的"、"站在全人类的立场上"、"要把国民党当作人来写"和"也要把坏人当人来写"，这一系列创作理念准确地说是从《丰乳肥臀》开始被莫言付诸艺术实践的。如果说，《古船》是一部从知识分子视角反思"革命"和"阶级斗争"的长篇小说的话，那么，《丰乳肥臀》就是一部从民间社会、从普通百姓的视角书写20世纪

---

① 莫言：《战争文学断想》，《小说的气味》，当代世界出版社，2004，第156~158页。
② 莫言：《我的文学经验——2007年12月在山东理工大学的讲演》，《莫言讲演新篇》，文化艺术出版社，2009，第164页。

中国的苦难与悲哀的沉痛之作。通过对上官鲁氏和她众多女儿、女婿们坎坷命运的书写，这部小说几乎囊括了 20 世纪所有发生在中国的重大历史事件。它"直面惨淡的人生，正视淋漓的鲜血"，[①]对战争、灾荒、政治运动等给民族造成的劫难秉笔直书，表现出一个卓越的艺术家的胆识与良知。为了突破历史叙事的僵化模式，在叙述中最大限度地逼近历史的真相，莫言承受了巨大的压力。"却顾所来径，苍苍横翠微。"值得庆幸的是，他坚持了下来，并且能够充满自信地断言：

> 从教科书上看到的历史，泾渭是很分明的，但一旦具体化之后，一旦个体化之后，就会发现与教科书上大不一样。究竟哪个历史才是符合历史真相的呢？是"红色经典"符合历史的真相呢还是我们这批作家的作品更符合历史真相？我觉得是我们的作品更符合历史真相。
>
> 我们心目中的历史，我们所了解的历史、或者说历史的民间状态是与"红色经典"中所描写的历史差别非常大的。我们不是站在"红色经典"的基础上粉饰历史，而是力图恢复历史的真实。也就是说，我们比他们能够干得更文学一点，我们能够使历史更加个性一点。[②]

"干得更文学一点"与"使历史更加个性一点"意味着，莫言的历史叙事不仅强调立场的重要，而且注重方法的更新。仅就文本结构而言，他的每一部长篇小说几乎都在结构的设计上煞费苦心，使艺术形式的创新与介入历史的方式达成奇妙的"共振"。《檀香

---

① 鲁迅：《纪念刘和珍君》，《华盖集续编》人民文学出版社，1980，第 91 页。
② 莫言、王尧：《从〈红高粱〉到〈檀香刑〉》，《当代作家评论》2002 年第 1 期，第 13～14 页。

刑》以清代末年山东农民反对德国人修建胶济铁路为背景，以民间艺人孙丙聚众抗击德军、失败后被施以酷刑示众为主线，成功地刻画了人性扭曲、性格变态的刽子手赵甲的形象，表现了专制皇权的残酷与没落、帝国主义的傲慢与霸道、民间社会的反抗和愚昧。在这样一个历史的"节点"上，传统与现代、封闭与开放、西方强权与中华文明、庙堂威吓与乡野狂歌……众多矛盾、人物、线索交织成一张错综复杂的"大网"，上演了一出惊心动魄的悲喜剧"大戏"。

《檀香刑》分"凤头部"、"猪肚部"和"豹尾部"三部分。第一、第三两部分是采用不同人物视角的限制叙事，第二部分是客观的全知叙事。莫言的叙事策略就是用戏剧结构谋篇布局，用戏剧道白表现人物，叙述语言也追求合辙押韵。"凤头部"由"眉娘浪语"、"赵甲狂言"、"小甲傻话"和"钱丁恨声"组成，"豹尾部"包括"赵甲道白"、"眉娘诉说"、"孙丙说戏"、"小甲放歌"和"知县绝唱"。这两部分叙述者的声音彻底"消失"，完全由小说人物的内心独白连缀而成，营造出"众声喧哗"的戏剧氛围。"猪肚部"则追诉人物的生平事迹，勾连前后故事情节。作者给予每个角色尽情表达自己的机会，也让他们的情感、性格、价值观念、爱恨情仇等交流碰撞，相互激荡。在中西冲突、民族危亡、朝野巨变的历史大舞台上，《檀香刑》通过对戏剧艺术的借鉴和灵活运用，架构起叙事的立体空间网络，在很大程度上还原了历史的暧昧情境和复杂面向。

《生死疲劳》作为一部反思"土改"、农业合作化、"文革"等政治运动的小说，在思想的深刻方面谈不上有什么独到的建树，但它的意义又不仅是用生死轮回的眼光重新打量一番当代历史那么简单。"土改"时被镇压的地主西门闹满肚子冤屈，在阴曹地府时反复不断地为自己申诉，于是他获得阎王爷允许先后六次分别投胎为驴、牛、猪、狗、猴和大头婴儿蓝千岁，一遍又一遍地经历人世的酸甜苦辣、悲欢离合。作为动物，西门闹的六次轮回跨越了半个世纪，见证了生活的荒唐与历史的悖谬；作为"含冤而死"的人的灵魂，西门闹在一次次重新投胎中消解心中的恨意与不平。小说中与此相照应的"大叙事"是分配土地搞单干——收回土地集体生产——联产承包重搞单干这种历史的"轮回"。

"历史的反思与批判不是莫言的擅长，他将兴趣着重放在叙事的艺术形式上，叙事形式作为这部小说的主要元素，其意义远远大于小说所展示的历史内涵。"① 莫言借用佛教"六道轮回"的教义为叙事寻找到结构和动力，运用动物视角为叙事制造出"陌生化"效果，这些无疑都是值得称道的艺术创新。不过也不能因此忽视《生死疲劳》的责任担当和价值诉求。小说意图借助佛教的"慈悲"理念消弭尘世间的重重恩怨，"轮回"的叙事结构也超越了形式的意义而被赋予追问历史正义的主题学功能，成为破解历史"进步""执念"的有效手段。这一方面使文学介入历史的方式富于创意而不落窠臼，另一方面对莫言"结构也是一种政治"② 的论断也是一个有力的证明。

四十多年前的山东高密农村，有一个失学的少年每天在田野中放牛赶猪，搂草砍柴。他贪吃多话，很不受人待见。天空很蓝，大地辽阔，这个寂寞的孩子时常对着白云，对着飞鸟，对着水中的游鱼，对着坡上的牛羊喃喃自语。困了累了，他就躺在草堆上睡一觉，做些奇奇怪怪的梦。他梦见自己得到一支生花妙笔，靠写小说一天三顿都吃上了饺子；他梦见自己戴着用稿费买来的铮亮的手表，去见心仪已久的姑娘；他梦见自己出名后自豪地搀扶着体弱多

---

① 陈思和：《"历史—家族"民间叙事模式的创新尝试》，《当代作家评论》2008 年第 6 期，第 96 页。

② 莫言、王尧：《莫言王尧对话录》，苏州大学出版社，2003，第 155 页。

病的母亲，在集镇上受到乡亲们的恭维；他还梦见仗势欺人的生产队干部，向他露出讨好的谄笑……一只蝈蝈叫醒了他。他揉揉惺忪的眼睛，看见夕阳西下，炊烟四起。村口隐隐传来了母亲的呼唤……

许多年以后，面对诺贝尔奖颁奖盛典，中国当代著名作家莫言准会回想起，他父亲因为他偷吃生产队的红萝卜而暴打他的那个遥远的下午。这个历经磨难、生命力顽强的乡村之子，既敏感多情又天资聪颖，悟性极高。凭借过人的禀赋和不懈的奋斗，他从蜿蜒曲折的乡间小道一路走来，走出了不堪回首的童年，走出了爱恨难辨的故乡，走出了中国，走向了世界。他以自己独特的写作立场和话语方式，为乡土中国谱写了一曲曲或激越悲壮或哀婉缠绵的歌子，令读者回肠荡气，百感交集。他的史诗情结和宏大叙事愿景，在这个充满怀疑声音和解构行为的"小时代"，显得那么不合时宜。但是莫言固执地坚持着自己的艺术理想。"长篇小说不能为了迎合这个煽情的时代而牺牲自己应有的尊严。长篇小说不能为了适应某些读者而缩短自己的长度、减小自己的密度、降低自己的难度。我就是要这么长，就是要这么密，就是要这么难，愿意看就看，不愿意看就不看。哪怕只剩下一个读者，我也要这样写。"[1] 概而言之，莫言对乡土中国的书写和现代历史的叙述——作为莫言小说的一体两翼，承载着他所有的痛苦与欢乐，在一定程度上也浓缩了中国百年的沧桑巨变，昭示着我们民族苦难、觉醒与抗争的心路历程。

---

① 莫言：《捍卫长篇小说的尊严》，《当代作家评论》2006 年第 1 期，第 28 页。

第二章　莫言的文学观念

在数十年的创作生涯里，莫言以论文写作、演讲、对话与访谈等形式，发表了大量文学批评言论，形成了比较系统的创作心得和文学见解。对莫言的文学观念进行专题研究，一方面有助于准确地评价他的创作，另一方面也可以借此探寻文学创作的一般规律，为当代文学的发展提供借鉴和启示。

第一节　　"天马行空"的艺术精神

探究莫言成功的奥秘，不能不注意他创作的指导思想和情感动力。早在 1985 年，莫言就发表了名为《天马行空》的创作谈，表达了对艺术想象力的推崇。他认为"没有想象就没有文学"，"一个文学家的天才和灵气，集中地表现在他的想象能力上"，"创作者要有天马行空的狂气和雄风。无论在创作思想上，还是在艺术风格上，都应该有点邪劲儿"。在他看来，"一篇真正意义上的作品应该是一种灵气的凝结。在创作的过程中，可以借鉴，可以模仿，但支撑作品脊梁的，必须是也不会不是作家那点点灵气。只有有想象力的人才能写作，只有想象力丰富的人才可能成为优秀作家"。① 莫言这篇创作谈最值得重视的是他对"想象力"和"天才"的强调。

关于"想象"的研究是中国古代文论最突出的问题之一。《文赋》对"想象"的描述是"精骛八极，心游万仞"，"观古今于须臾，抚四海于一瞬"。《文心雕龙》则用"形在江海之上，心存魏阙之下""思接千载""视通万里"来说明艺术想象不受时空限制的特点。"天才"问题则是西方古典文论关注的一个重心。17世纪后期，德国批评家格施坦伯格认为"天才就是灵感、想象、激情，就是幻觉创造、虚构、新颖、独创性"。② 英国感伤主义诗人杨格声称"天才"的特点就是"不合传统标准的优美，和不曾有过的优越"。③ 二人所论基本上代表了西方近现代文学批评对"天才"的理解。

这样看来，莫言的《天马行空》既可以视为他的创作宣言，也是他个人通过写作实践对创作规律的总结。虽然数年后莫言"悔其少作"，觉得《天马行空》过于"无知"和"狂妄"，④ 但是他只是在表面上有所收敛，骨子里始终没有改变自己对艺术想象力的依凭，没有改变纵情挥洒、任意驰骋的笔触。面对20世纪80年代中期文坛"杂花生树、群莺乱飞"的局面，面对军事艺术学院那些声名显赫的同学（如凭《高山下的花环》和《山中，那十九座坟茔》连续两届获得全国中篇小说奖的李存葆等），莫言以"初生牛犊不怕虎"的"狂气"冲上文坛，在小说的题材突破、人物塑造、主题开掘和艺术表现诸方面开始展露自己的"灵气"与"天才"。

---

① 莫言：《天马行空》，转引自杨守森、贺立华主编《莫言研究三十年》上卷，山东大学出版社，2013，第295~296页。

② 转引自韦勒克《近代文学批评史》第1卷，杨岂深、杨自伍译，上海译文出版社，1987，第235页。

③ 伍蠡甫主编《西方文论选》上卷，上海译文出版社，1979，第498页。

④ 莫言：《旧"创作谈"批判》，《小说的气味》，当代世界出版社，2004，第287页。

早年的莫言血气方刚，口无遮拦。他在一篇文章中写道："压在我们头上的神太多了，有天上的神，有人间的神，但无一例外不是我们自造的。打破神像，张扬人性，一个古老又崭新的口号。"①推倒偶像，亵渎神灵（包括旧有的审美意识），探索新的艺术形式，实际上是20世纪80年代文学新锐们普遍的精神诉求。刘索拉的《你别无选择》宣示了对新的人生态度与艺术准则的选择。徐星的《无主题变奏》意图在时代主流话语之外发现个体生命的意义。马原的"叙述圈套"，残雪的冷峻怪异，不仅背离当代文学"红色经典"的传统，而且与此前"新时期文学"的诸种样式也判然有别。与他们相比，莫言小说在主题和题材的处理上比较稳健，在艺术形式和审美趣味上则更为极端（这一点与残雪有相似之处）。这匹"天马"突破艺术藩篱的"邪劲儿"，主要体现在反叛传统和挑战陈规、勇于创新和追求极致等方面。

莫言曾放言无忌议论同行：

> 有一次，我们系里组织讨论会，讨论李存葆的小说《山中，那十九座坟茔》。我确实感到不好，就把这个小说贬得一塌糊涂，话说得很过分。……说人家根本不是一篇小说呀，有点像宣传材料一样，就这么直接讲的。而李存葆的《高山下的花环》获了上一届中篇小说的头奖，改编成电影、话剧，名声大得不得了，是当时全国最红的作家。现在被我当头打了一棒，座谈时没人说话了。李存葆也表现出了老大哥的涵养。主任说：莫言同志也应该再读读这部作品，你的看法是片面了，这个还是一篇悲剧性的作品，是一部力作。紧接着，又拿第二

---

① 莫言：《我痛恨所有的神灵——为张志忠著〈莫言论〉写的跋》，载张志忠《莫言论》，中国社会科学出版社，1990，第274页。

届全国中篇小说奖头奖了。①

《红高粱》的创作初衷，即来自莫言对当代军旅文学的强烈不满。他对"十七年文学"和"新时期文学"中的战争叙事提出了尖锐批评，②对只有经历过战争才能进行战争小说创作的成见很不以为然。"在我的创作生涯中，有好几次我都把自己逼到悬崖上。为了证明自己观点的正确，我必须马上动笔，写一部战争小说。"③从《大风》里勤劳质朴的农民"爷爷"到《秋水》里富有传奇色彩的好汉"爷爷"，再到《红高粱》里敢爱敢恨、杀人越货又精忠报国的土匪兼抗日英雄"我爷爷"，莫言的创作之所以能够在两三年内实现"三级跳"式的跨越，是因为他"把自己逼到悬崖上"，拥有一种置之死地而后生的气魄。这正是天才人物不可或缺的基本素质。《酒国》对"吃人"主题的深化，《丰乳肥臀》对"母亲"形象的颠覆，《檀香刑》对"刽子手"形象的描绘，《生死疲劳》关于"六道轮回"叙述结构的设计，都昭示出作家反叛文学成规、开拓艺术境界的勃勃雄心。除阅历、学养、才能之外，在文学的道路上能否走得更远，有无这种强烈的叛逆意识就显得十分重要了。

作家是通过写作来认识自我和确证自我的。《透明的红萝卜》和《红高粱》相继获得成功，使莫言坚信自己对艺术想象力的推崇和依凭。从创作灵感和动机上看，《透明的红萝卜》来源于梦境，《红高粱》来源于"较劲"，《酒国》、《生死疲劳》和《蛙》来源于对重大历史事件的反思，《丰乳肥臀》来源于对母亲的纪念，《檀香刑》来源于对鲁迅小说母题的发展……贯穿于这些作品之中经久不

① 莫言、王尧：《莫言王尧对话录》，苏州大学出版社，2003，第108页。
② 莫言：《战争文学断想》，《小说的气味》，当代世界出版社，2004，第154~158页。
③ 莫言：《我为什么要写〈红高粱家族〉》，载杨扬编《莫言研究资料》，天津人民出版社，2005，第44页。

衰的则是莫言不竭的激情和神奇的想象。

《文心雕龙·神思》篇所谓"志气统其关键"与"辞令管其枢机"，论述了"志气"和"辞令"在想象活动中的重要作用。志气泛指思想感情，辞令指语言或语词。思想感情是想象活动的动力，要求作家思想坚实深刻，感情真实充沛。刘勰把辞令作为掌管想象活动的枢机，指出只有准确的语言才能构成准确的意象，强调文学必须以言达意，穷尽物色，曲写纤毫，即"枢机方通，则物无隐貌"。艺术家从事创造的情感动力其来有自，因人而异。具体到莫言来说，对童年刻骨铭心的记忆，对故乡爱恨交织的情感，对社会现实的忧思和对民族历史的审视，成为他数十年创作源源不断的精神动力。而长于铺排、色彩鲜明、纵横捭阖、摇曳多姿的文学语言，成为莫言小说世界最好的物质载体。尽管也受到"缺乏节制"与"泥沙俱下"之类的指责，但是总的来说，莫言汪洋恣肆的语言风格与他天花乱坠的想象浑然一体，相得益彰。

有时候，最具说服力的也许不是理论家的逻辑推演，而是小说家的直观感受。关于莫言的想象力天赋，王安忆发现，"莫言有一种能力，就是非常有效地将现实生活转化为非现实生活，没有比他的小说里的现实生活更不现实的了。他明明是在说这一件事情，结果却说成那一件事情。仿佛他看世界的眼睛有一种曲光的功能，景物一旦进入视野，顿时就改变了面目。并不是说与原来完全不一样，甚至很一样，可就是成了另一个世界"。[①] 毕飞宇认为，"小说的美学根基在语言，语言的根基在词汇，词汇的根基在名词"，"如果说，马原为我们的新小说提供了新语法，那么，莫言为我们提供的则是语言的对象"。[②] 毕飞宇从莫言小说对名词的频繁使用这个独

---

① 王安忆：《喧哗与静默》，《当代作家评论》2011年第4期，第10页。
② 毕飞宇：《找出故事里的高粱酒》，转引自杨守森、贺立华主编《莫言研究三十年》中卷，山东大学出版社，2013，第138页。

特的视角，揭示其文学语言对"外面的世界"以及这个世界的真相的发现。① 莫言在艺术想象和语言表达这两个最基本也是最重要的方面得到一流同行的赞誉，颇能说明他小说的成就和影响。

作为"天才"应有之义的"独创性"，往往和"极致"与"极端"联系在一起。不少情况下，为了冲破艺术上的陈规陋习，后来者不得不标新立异，以另类的姿态彰显自己的存在。莫言自然也不例外，他在创作实践中总结出一套饱含张力、趋于极致的构思方法。经常被论者引用的两段话就是他小说美学的"真经"所在，即：

> 高密东北乡无疑是地球上最美丽最丑陋、最超脱最世俗、最圣洁最龌龊、最英雄好汉最王八蛋、最能喝酒最能爱的地方。(《红高粱》)
>
> 总有一天，我要编导一部真正的戏剧，在这部剧里，梦幻与现实、科学与童话、上帝与魔鬼、爱情与卖淫、高贵与卑贱、美女与大便、过去与现在、金奖牌与避孕套……互相掺和、紧密团结、环环相连，构成一个完整的世界。(《红蝗》)

莫言小说的两极思维特点与写作模式，是他在艺术创新道路上显示自己个性与风格的重要标志。他将美与丑、善与恶、生与死、灵魂的飞升与堕落、人性的光辉与黑暗等众多对立性范畴同时呈现在色彩斑斓、五味俱全的小说世界里，不避污秽，直面残酷，书写刀光剑影里的诗意。他"把赞歌唱成了挽歌，把仇恨写成了恋爱"，②

---

① 毕飞宇：《找出故事里的高粱酒》，转引自杨守森、贺立华主编《莫言研究三十年》中卷，山东大学出版社，2013，第138页。
② 莫言：《文学创作的民间资源——在苏州大学"小说家讲坛"上的演讲》，《当代文学评论》2002年第1期，第7页。

奏响了一曲曲野性的、民间的、将赞美与批判融为一体的历史咏叹调。

在部分作家、批评家那里，1985 年具有特殊的意义，在某种程度上被认为是新时期文学显示其"文学自觉性"的标志性年份。[①] 对于莫言来说，1985 年同样是不同寻常的一年。他的中篇小说《透明的红萝卜》受到文坛瞩目，发表作品的《中国作家》杂志为此专门举办了全国性讨论会。同年，莫言还发表了中篇《球状闪电》、《金发婴儿》和《爆炸》，短篇《枯河》、《老枪》、《白狗秋千架》、《大风》和《秋水》等，创作呈现井喷态势。紧随其后，他于 1986 年发表代表作《红高粱》以及《高粱酒》、《高粱殡》、《狗道》和《奇死》（后结集为《红高粱家族》出版）等，于 1987 年发表《欢乐》和《红蝗》等，达到了其创作生涯的第一个高峰。

莫言所服膺的"天马行空"的艺术精神，在这个创作高峰的形成过程中，无疑发挥了十分重要的作用。莫言成名以后，这种百无禁忌，这种出奇制胜，这种挑战极限，依然是他奉行的艺术圭臬。在中国古代文学进入自觉时代的魏晋南北朝时期，梁简文帝萧纲明确主张："立身之道与文章异。立身先须谨慎，文章且须放荡。"[②] 莫言则在他的诺贝尔文学奖获奖演说中声称："一个人在日常生活中应该谦卑退让，但在文学创作中，必须颐指气使，独断专行。"[③] 这当然不是莫言与古人简单的巧合。它说明，文学创作自有其内在规律，文学变革离不开创作主体的思想解放，有作为的作家（诗人）必须敢于冲破各种成规和教条。只有这样，才能开辟新的文学境界。

---

① 参见洪子诚《中国当代文学史》，北京大学出版社，2010，第 252 页。

② 萧纲：《诫当阳公大心书》，转引自章培恒、骆玉明主编《中国文学史》上卷，复旦大学出版社，1996，第 56 页。

③ 莫言：《讲故事的人——在诺贝尔文学奖颁奖典礼上的讲演》，《当代作家评论》2013 年第 1 期，第 7 页。

第二节 "作为老百姓写作"的创作立场

2001 年 10 月，在苏州大学"小说家讲坛"上，莫言发表了题为《文学创作的民间资源》的演讲，第一次提出"作为老百姓写作"的观点，同时对"为老百姓写作"的口号表达了强烈的反感，认为后者包含着一种居高临下的态度，"狂妄自大、自以为是"。①

"作为老百姓写作"与"为老百姓写作"虽然只有一字之差，却表明了两种判然有别的写作立场。在莫言看来，"为老百姓写作"在文学实践中已经偏离了这个口号提出的初衷，一方面导致作家自我膨胀，对自己估计过高，以人民的代言人甚至救世主自居；另一方面，这种写作理念与权力话语之间的"联姻"导致其时常蜕变成"为官员"与"为权贵"的"准庙堂写作"。② 他认为这是当代文学几十年来一直存在的现象，成因在于文学活动特定的政治气候和社会背景，也与苏联文学观念的影响有关。③ 莫言的批评可谓一针见血，他直言不讳地给当代文学史研究提出了一个重要的课题。

从"十七年文学"、"文革文学"到"伤痕文学"、"反思文学"和"改革文学"，虽然文学的思想内容和艺术形式几经变换，但是创作主体的"代言人"身份并没有发生根本的改变。作家习惯于追随特定时期的路线、方针、政策，其与政治的关系比与文学的关系更为紧密。即便是得到文学史较高评价的"寻根文学"，也"不过是一次集体的转向，明显还带着 20 世纪 80 年代典型的特征，

---

① 莫言：《文学创作的民间资源——在苏州大学"小说家讲坛"上的讲演》，《当代作家评论》2002 年第 1 期，第 5～6 页。

② 莫言：《文学创作的民间资源——在苏州大学"小说家讲坛"上的讲演》，《当代作家评论》2002 年第 1 期，第 8 页。

③ 参见姜异新整理《莫言孙郁对话录》，《鲁迅研究月刊》2012 年第 10 期。

那就是要与反思现代化的时代的宏大问题联系在一起"。① 文学的这种"共名"现象②和作家的这种"代言人"意识，其形成有着复杂的社会历史原因。如中国古代文学的"文以载道"传统，近代以来在积贫积弱的国家命运下，文学的社会功能被极力推崇，新中国成立后主导意识形态和文学体制对创作的严格规范，等等。虽然不应对当时的创作主体做过多的指责，但深刻的反省却是必不可少的。

张清华就此发现："在多数情况下，'为人民'或'代表人民'的写作，虽曾以其崇高的人文和启蒙含义激励过无数的作家，但'被代表'之下的'人民'却往往变成了空壳——他们生活的真实状况和他们的所感所想，从未真正得到过揭示，正如德里达所欲图解构的'关于存在的形而上学'一样，无形当中'人民'的'所指'会变得隐晦不明。"③ 无独有偶，陈晓明在关于当代文学的论述中，也揭示了这种写作面对的窘境。"革命文学把自己放在历史变革和前进的先导位置上，它也就陷入了文学表达的主体与被表现及接受主体之间的矛盾结构中——在这一结构中，后者始终是沉默的被想象的主体，永远处于被捕获与逃脱的游戏之中。"④ 当作家能够比较从容地检视自己与体制之间的关系，思考"为什么写作"这个根本问题时，"为老百姓写作"遭到质疑和批评并不使人感到惊讶。不过莫言后来对自己的观点有所调整，大概他发现将"为老百姓写作"与"作为老百姓写作"简单对立起来过于武断，于是有保留地承认了前者"改良社会的作用"，认为"为老百姓写作"的小说"一般来说批判性较强，易于类型化，所以较难写出精品，但有它存在的价值"。⑤

---

① 陈晓明：《中国当代文学主潮》，北京大学出版社，2009，第 325 页。
② 参见陈思和《中国当代文学教程》，复旦大学出版社，1999。
③ 张清华：《叙述的极限——论莫言》，《当代作家评论》2003 年第 2 期，第 64 页。
④ 陈晓明：《中国当代文学主潮》，北京大学出版社，2009，第 96 页。
⑤ 莫言：《作家和他的创造》，《莫言讲演新篇》，文化艺术出版社，2010，第 144 页。

那么，何为"作为老百姓写作"呢？"作为老百姓写作"首先被莫言等同于"民间写作"，就像瞎子阿炳、蒲松龄、曹雪芹那样，"他们都是有大技巧要炫耀，有大痛苦要宣泄，在社会的下层，作为一个老百姓，进行了他们毫无功利的创作"。① 莫言认为，这种民间写作立场是与生俱来的，古代文人的采风和现代作家的"深入生活"是无法真正获得的。莫言出身于底层，成长于民间，在从事创作之前已经有 20 多年的农村生活经验，切身感受到中国农民的悲哀与欢乐、痛苦与希冀。失学的少年时代，寂寞的独处岁月，莫言"用耳朵阅读了大自然的声音"，无形中培养了他敏锐的感官能力和丰富的想象力。② 与此同时，他也深刻地体会到乡村文化、民间文艺的精髓，对乡民的审美趣味耳熟能详。所有这些后来都成为莫言得天独厚的创作资源。正因为如此，他才会在文学演讲中不厌其烦地回忆自己乡村的经历，反复声明"饥饿和孤独是我创作的财富"。

莫言进一步说明，"作为老百姓写作"是"从自我出发的一种高度个性化的写作"，"一个作家从自我出发写作，如果他个人的痛苦，个人的喜怒哀乐与大多数老百姓的喜怒哀乐是一致的，这种从个性出发的写作客观上就获得了一种普遍意义"。③ 个性化是每个作家都孜孜以求的理想境界，莫言的理解与众不同。一方面，他认为作家个性化的保持离不开对自身的定位，要时刻警惕写作的贵族化倾向；另一方面，他也没有忽视对文学的普遍意义的强调。④ 莫言是有史诗情结的，他的长篇几乎都取材于重大的社会历史事件，或以此为背景。他意图通过独特的艺术形式来处理如何表现现代中国

---

① 莫言：《文学创作的民间资源——在苏州大学"小说家讲坛"上的讲演》，《当代作家评论》2002 年第 1 期，第 7 页。
② 莫言：《细节与真实》，《莫言讲演新篇》，文化艺术出版社，2010，第 353 页。
③ 姜异新整理《莫言孙郁对话录》，《鲁迅研究月刊》2012 年第 10 期，第 13 页。
④ 参见莫言《作家和他的创作》，《莫言讲演新篇》，文化艺术出版社，2010。

历史这个难题，赋予文学民族的、世界的、人性的"普遍意义"。

莫言小说的"普遍意义"在一些批评家那里得到了高度的赞誉。他们认为，现代文学的乡村叙事在鲁迅、沈从文、赵树理那里"呈现的基本上是俯视和外在的角度，没有传达出乡村自己的声音"，只有到了莫言这里，乡村的立场和农民的声音才得到真切的表达。[①] 鲁迅、孙犁、汪曾祺等作家"置身于乡土，却又不属于乡土，民众的激情被作家自我的情感所抑制"，只有莫言才使"乡间社会的内在轰鸣被焕发出来了"。[②]

在"作为老百姓写作"的旗号下，莫言提出了自己的小说伦理，认为作家正确的姿态是"他在写作的时候，没有想到要用小说来揭露什么，来鞭挞什么，来提倡什么，来教化什么。因此，他在写作的时候，就可以用一种平等的心态来对待小说中的人物。他不但不认为自己比读者高明，他也不认为自己比自己作品中的人物高明"。[③] 他还谆谆告诫自己的同行：

> 作家千万不要把自己抬举到一个不合适的位置。尤其是在写作中，你最好不要担当道德的评判者，你不要以为自己比人物更高明，你应该跟着你的人物的脚步走。郑板桥说人生难得糊涂，我看作家在写作时，有时候真的要装装糊涂。也就是说，你要清醒地意识到，你认为对的并不一定就是对的；反之，你认为错误的也不一定就是错误的。对与错，是由时间的也是历史的观念决定的。"为老百姓写作"要做出评判，"作

———————————

① 贺仲明：《乡村的自语——论莫言小说创作的精神及意义》，《首都师范大学学报》（社会科学版）2006 年第 3 期，第 79 页。
② 孙郁：《莫言：与鲁迅相逢的歌者》，《当代作家评论》2006 年第 6 期，第 4 页。
③ 莫言：《文学创作的民间资源——在苏州大学"小说家讲坛"上的讲演》，《当代作家评论》2002 年第 1 期，第 6 页。

为老百姓写作"就不一定做出评判。①

上述观点只有结合一定时代的"精神气候"和莫言的写作实践来分析，才会获得比较辩证的理解。他并不是绝对地否定在文学中做出价值判断、道德判断，无保留地迎合"零度写作"的主张。他只是清醒地意识到创作过度依附于政治的种种弊端，以略显极端的姿态保护文学的独立品格。

对于20世纪和21世纪的世界与中国而言，传统的价值体系和道德观念遭受到前所未有的破坏。在西方，是所谓"上帝死了"；在中国，是所谓"圣人死了"。价值多元论、相对主义盛行，任何一种理论思想都不可能再以绝对真理自居。流风所及，现代主义文学不得不借用神话模式"缝合"支离破碎的世界，象征和隐喻大行其道。在那些莫言熟悉的作家中，无论是肖洛霍夫、川端康成，还是福克纳、马尔克斯，他们的创作在道德诉求和价值褒贬上都表现出前所未有的犹豫、含混和复杂。这不能不对莫言产生深刻影响。

基于对人性的深入洞察，莫言在他成熟期的创作中，尽量避免对人物做出善/恶、好/坏、高尚/卑鄙的简单处理，而信奉一种"把好人当坏人写，把坏人当好人写，把自己当罪人写"的人物塑造的辩证法。② 这种写法一方面势必要求作家克制情感，保持中立，充分相信读者的智力；可是另一方面，从艺术气质上说，莫言与他师从的福克纳、马尔克斯又有明显差异。他是个富有诗人气质的小说家，激情时常突破理性的藩篱，对笔下的故事和人物加以臧否。如此一来，设法隐藏自己的小说家时常又身不由己地在叙事中"显

---

① 莫言：《文学创作的民间资源——在苏州大学"小说家讲坛"上的讲演》，《当代作家评论》2002年第1期，第7~8页。

② 莫言：《我的文学经验》，载杨守森、贺立华主编《莫言研究三十年》（中卷），山东大学出版社，2013，第48页。

形"。这和莫言"最好不要担当道德的评判者"的说法看似矛盾，实际上却表明，创作一旦进入自由驰骋的境界，理性很难束缚住想象的翅膀。这种矛盾也凸显出，面对暧昧复杂、破碎零乱的现实语境，小说家确定叙事立场的艰难。在回答作者以什么态度面对写作的问题时，莫言的下列表白同样应该被认为是真诚的：

> 我觉得我是陷入得很深的，从来就不是旁观的立场，而且自己恨不得跳出来说话。……每一部小说里边，我觉得一个作家都不可能是以一种纯客观的态度来写作，像那种所谓零度的描写。
>
> 纯客观只是一种貌似纯客观，不可能没有这种主观的态度，而作家的这种道德观念、价值标准，肯定还是要通过他的小说传达给读者。你总还得在小说里批评什么东西吧，你一个作家总还得有是非观念吧。不说政治态度了，你总得有是非观念吧，你总有一个标准区别好人和坏人吧，对不对？你肯定不可能对世上所有的现象完全麻木。①

第三节　"发现故乡"和"超越故乡"

与其他作家一样，提笔创作之初，关于"写什么"和"怎么写"的问题也曾困扰过莫言。他写过军人守岛（《岛上的风》），写过少妇思春（《春夜雨霏霏》），写过属于"伤痕小说"的《黑沙滩》和属于"改革小说"的《白鸽前导在春船》等。即便是受到

---

① 张旭东、莫言：《我们时代的写作——对话〈酒国〉〈生死疲劳〉》，上海文艺出版社，2013，第191、193页。

关注的《售棉大道》和《乡村音乐》，也依然没有摆脱与文学主流话语"共名"的诱惑。参军入伍使莫言好不容易从故乡"逃离"出来，告别了充满苦难与屈辱的乡村生活。他希望展翅高飞，再也不回头。"当时我努力抵制着故乡的声色犬马对我的诱惑，去写海洋、山峦、军营，虽然也发表了几篇这样的小说，但一看就是假货，因为我所描写的东西与我没有丝毫感情上的联系，我既不爱它们也不恨它们。在以后的几年里，我一直采取着这种极端错误的抵制故乡的态度。"①

莫言没有想到的是，正是这次离开故乡，使他有了一个重新发现故乡、认识故乡的契机，"逃离"预示着更高意义上的"回归"。"十几年以后，我才意识到，作家只有摆脱了故乡才能认识他的故乡。爱是需要距离的，对故乡的爱也是这样。"② 莫言特别赞同美国作家托马斯·沃尔夫的说法："我已经发现，认识自己故乡的办法是离开它；寻找到故乡的办法，是到自己心中去找它，到自己的头脑中、自己的记忆中、自己的精神中以及到一个异乡去找它。"③ 现代心理学研究发现，人的记忆是有筛选机制的，一定程度上带有虚构的性质。"在人那里，我们不能把记忆说成是一个事件的简单再现，说成是以往印象的微弱映象或摹本。它与其说只是在重复，不如说是往事的新生；它包含着一个创造性和构造性的过程。"④ 因此，无论是在"心中"和"头脑中"，还是在"记忆中"和"精神中"，托马斯·沃尔夫对故乡的"寻找"已经包含着"想象"和"创造"的成分，莫言对故乡的"发现"也当作如是观。

莫言要感谢 20 世纪 80 年代中国出版界对外国文学的大规模翻

① 莫言：《超越故乡》，《小说的气味》，当代世界出版社，2004，第 365 页。
② 莫言：《寻找红高粱的故乡——大江健三郎与莫言的对话》，《小说的气味》，当代世界出版社，2004，第 345 页。
③ 转引自莫言《超越故乡》，《小说的气味》，当代世界出版社，2004，第 376 页。
④ 〔德〕恩斯特·卡西尔：《人论》，甘阳译，上海译文出版社，1985，第 65 页。

译引进。川端康成、福克纳、马尔克斯等外国作家，对莫言的"发现故乡"启发很大：

当我从川端康成的《雪国》里读到"一只黑色而狂逞的秋田狗蹲在那里的一块踏石上，久久地舔着热水"这样一个句子时，一幅生动的画面栩栩如生地出现在我的眼前，我感到像被心仪已久的姑娘抚摸了一下似的，激动无比。我明白了什么是小说，我知道了我应该写什么，也知道了应该怎样写。在此之前，我一直在为写什么和怎样写发愁，既找不到适合自己的故事，更发不出自己的声音。川端康成小说中的这样一句话，如同暗夜中的灯塔，照亮了我前进的道路。①

读了福克纳之后，我感到如梦初醒，原来小说可以这样地胡说八道，原来农村里发生得那些鸡毛蒜皮的小事也可以堂而皇之地写成小说。他的约克纳帕塔法县尤其让我明白了，一个作家，不但可以虚构人物，虚构故事，而且可以虚构地理……受他的约克纳帕塔法县的启示，我大着胆子把我的"高密东北乡"写到了稿纸上。②

我必须承认，在创建我的文学领地"高密东北乡"的过程中，美国的威廉·福克纳和哥伦比亚的加西亚·马尔克斯给了我重要启发。我对他们的阅读并不认真，但他们开天辟地的豪迈精神激励了我，使我明白了一个作家必须要有一块属于自己的地方。③

---

① 莫言：《自述》，《小说评论》2002 年第 6 期，第 28 页。
② 莫言：《福克纳大叔，你好吗——在加州大学柏克莱校区的演讲》，《小说的气味》，当代世界出版社，2004，第 176 页。
③ 莫言：《讲故事的人——在诺贝尔文学奖颁奖典礼上的讲演》，《当代作家评论》2013 年第 1 期，第 7 页。

从此以后，莫言再没有因找不到创作素材而困扰。"我从来没有感受到过素材的匮乏，只要一想到家乡，那些乡亲便奔涌前来，他们个个精彩，形貌各异，妙趣横生，每个人都有一串故事，每个人都是现成的典型人物。"① 故乡给予莫言的馈赠，在他早期带有自传性的作品中体现得最为突出。这里仅以短篇名作《白狗秋千架》为例试做分析。

《白狗秋千架》中的"我"是一个大学教师，回乡探亲时在村口遇见自己的初恋"暖"——已是个青春凋零、承受着生活重负的农村妇女。因为当年从秋千上摔下来被刺瞎了一只眼，曾经花容月貌的"暖"只得嫁给一个哑巴，一胎生下三个哑巴儿子。旧时恋人重逢，暖自惭形秽又愤愤不平，"我"感慨万千而言不由衷。小说如果到此为止，不过就是现代文学史上"归乡"叙事模式②的又一例证而已。石破天惊的一笔在故事结尾处。"我"到暖家拜访后回来的路上，那只善解人意的白狗把"我"引到田野深处，压抑多日的暖这才倾诉衷肠，要求"我"给她一个健康的孩子。"我"固然目瞪口呆无以应对，读者又岂能不动容？这无疑是化腐朽为神奇的一笔，使小说在众多"归乡"之作中脱颖而出。这是莫言第一次提到"高密东北乡"的作品，后来创作中反复出现的"爱恨交织"的情感、"种的退化"的主题、初恋情怀、童年视角以及第一人称限制叙事等艺术要素，在《白狗秋千架》中已经初露端倪。

《白狗秋千架》完成前后，莫言以《也许是当过"财神爷"》为题，写文章记叙 1985 年春节回乡的经历。他在村口邂逅幼年时的伙伴"冬妹"——一个正在挑水的少妇，受对方的邀请上门做客。来到冬妹家莫言发现，冬妹的丈夫是个哑巴，他们一胎生下了

---

① 莫言：《超越故乡》，《小说的气味》，当代世界出版社，2004，第 374～375 页。
② 钱理群、温儒敏、吴福辉：《中国现代文学三十年》（修订本），北京大学出版社，1998，第 42 页。

两个哑巴男孩和一个会说话的女孩。哑巴丈夫先是对莫言充满敌意，经冬妹介绍其身份后又对他十分亲热。莫言在冬妹家过得很愉快，离开时有些不舍和怅然。他回忆起幼时因为家境贫穷，过年与冬妹一同当"财神爷"，上别人家乞讨饺子的辛酸往事。当年冬妹聪明伶俐，能说会道，乞讨时的唱词都是她编出来的……莫言的这篇文章是他在军事艺术学院读书时完成的命题作文，原题为《我怎样走上文学之路》。① 把《白狗秋千架》与《也许是当过"财神爷"》做个比较，两者的关联性是显而易见的。小说的故事、人物、情节等，基本上来自莫言回乡的见闻和回忆。受到鲁迅的《故乡》、川端康成的《雪国》等小说的影响，② 莫言在主题的开掘上下了大功夫。普通的回乡经过他的提炼和加工，演绎出一首哀感顽艳的乡村叙事曲，其中包含有质朴的欢乐，深切的缅怀，激越的抗争……生活"记忆"被"创造"成艺术作品。

　　尽管《白狗秋千架》等作品达到了相当高的水准，莫言却并没有就此止步。他不满足于仅仅成为一个传统意义上的"乡土文学"作家。"一个作家能不能走得更远，能不能源源不断地写出富有新意的作品来，就看他这种'超越故乡'的能力。'超越故乡'的能力，实际上也就是同化生活的能力。你能不能把从别人书上看到的，从别人嘴里听到的，用自己的感情、用自己的想象力给它插上翅膀，就决定了你的创作资源能否得到源源不断的补充。"③ 莫言颇为自得的是，那些喜欢他作品的中外读者慕名而来，总会发现现实环境中作家的家乡与他小说中的描写大相径庭。岂止是环境和风景的不同呢。莫言以个人经历、家族人物、故乡历史和民间传说为素

① 参见莫言《也许是因为当过"财神爷"》，《小说的气味》，当代世界出版社，2004。
② 参见康林《莫言与川端康成——以小说〈白狗秋千架〉和〈雪国〉为中心》，《中国比较文学》2011年第3期。
③ 莫言、王尧：《莫言王尧对话录》，苏州大学出版社，2003，第204页。

材的创作，全都经过他的艺术变形处理。他立足于"高密东北乡"这块"根据地"，四处招兵买马，精心建造自己的小说王国。他更大的抱负是像福克纳一样，通过对特定地域内历史和现实生活的想象与表现，达到对人类一般生存境况的艺术概括。"高密东北乡是我在童年经验的基础上想象出来的一个文学的幻境，我努力地要使它成为中国的缩影，我努力地想使那里的痛苦和欢乐，与全人类的痛苦与欢乐保持一致，我努力地想使我的高密东北乡故事能够打动各个国家的读者，这将是我终生的奋斗目标。"[①]

从创作实践看，最能显示莫言这种超越性努力的，当属他的长篇小说《酒国》。与那些人们耳熟能详的作品（《透明的红萝卜》、《红高粱》、《丰乳肥臀》和《檀香刑》等）相比，《酒国》颇有些"养在深闺人未识"的境遇。而事实上，1992年完成的《酒国》在有的学者那里，早已被视为莫言最好的长篇。[②] 莫言虽然不乏写实的才能，但他并不是一个典型的现实主义小说家。《酒国》是现实主义、现代主义和后现代主义的混合物。借用意识流、多角度叙述、戏仿、拼贴等叙事手法，在一个通俗的侦破故事框架下，《酒国》的三个叙事层面——侦查员丁钩儿破案、文学青年李一斗与作家莫言通信、李一斗创作的多篇小说——被奇妙地组合在一起，以旋转的、万花筒般的景观隐喻了当代中国难以言明的现实情境。从某种角度看，诺贝尔文学奖的授奖词针对的就是《酒国》这种品质的小说。"莫言的故事有神话和寓言的诉求，将所有价值都彻底颠覆。我们从来不会在他的作品里遇见在毛时代的中国曾是标准人物的那种理想公民。他的人物生气勃勃，甚至采取最不道德的方式和步骤来实现自己的生活目标，炸毁那些命运和政治把他们禁锢起来

---

① 莫言：《自述》，《小说评论》2002年第6期，第32页。
② 参见何向阳《一个叫"我"的孩子》，《莽原》2002年第3期。

的牢笼。"①

第四节　"讲故事的人"和故事的必要性

不少诺贝尔文学奖得主在发表获奖感言时，仿佛是为了提升文学的地位，或者为了显示自己的学识，把演讲词写成了高深莫测的论文。出乎很多人的意料，莫言的演讲会以《讲故事的人》这样朴素的标题命名。他在演讲中表达了对母亲的深切怀念和感激，回顾了自己从一个乡下孩子走向文学圣殿的历程，并通过对自己主要作品的介绍阐述了他的小说观念。②

尽管叙事学对文本、故事、寓言、事件等概念做过精细的划分和辨析，③但是在大多数小说家和普通读者那里，传统意义上的"故事"在他们心目中仍然占据着不可替代的位置。莫言以"讲故事的人"自许并不奇怪，他只不过和中外众多的小说家一样，表达了在创作中对"故事"的信任和重视。

"小说在于写故事"早已成为作家的共识。王蒙提倡"把故事当作一个相对独立的文学本体范畴来看"，在他眼里，"直接用故事的形式提供经验，恰恰是小说的优势"。④他还说："绝对的所谓无人物、无冲突、无情节的小说我是不相信的，我从来没有那么做过。"⑤余华在清华大学"新人文讲座"的演讲中，表达了对古今

① 转引自陈文芬《莫言在斯德哥尔摩——诺奖日记》，《上海文学》2013年第1期，第14页。
② 参见莫言《讲故事的人——在诺贝尔文学奖颁奖典礼上的讲演》，《当代作家评论》2013年第1期。
③ 参见〔荷〕米克·巴尔《叙述学：叙事理论导论》，谭君强译，万千校，中国社会科学出版社，1995。
④ 王蒙：《风格散记》，转引自刘阳《小说本体论》，上海书店出版社，2010，第252页。
⑤ 转引自徐岱《小说叙事学》，商务印书馆，2010，第170页。

中外那些具有奇异想象力的故事的推崇。① 阎连科称胡安·鲁尔福的《佩德罗·巴拉莫》为"神性的写作"，对其绝无仅有的故事讲述大加赞叹。②

外国作家同样十分重视小说创作中"故事"的功能。英国小说家毛姆根据人类热衷于听故事的天性，认为"故事其实是小说家为拉住读者而扔出的一根性命攸关的救生绳索"，因为人类自诞生于世便喜欢听人讲故事，这种"听故事的欲望在人类身上就像对财富的欲望一样根深蒂固"。③ 墨西哥作家胡安·鲁尔福认为没有故事便没有文学，小说乃是最佳的证明。④ 英国小说家兼批评家戴维·洛奇也确信无疑地表示："小说就是讲故事，讲故事无论使用什么手段——言语、电影、连环漫画——总是通过提出问题、延缓提供答案来吸引住观众（读者）的兴趣。问题不外乎两类：一类涉及因果关系（如：谁干的？）；一类涉及时间（如：后来会怎样？）。"⑤

20世纪的世界文坛既有以"新小说派"为代表的否定小说故事特性的潮流，也有理论家捍卫小说的基本准则，为小说"讲故事""正名"。韦恩·布斯认为："不管我们怎样给艺术或艺术性下定义，写作一个故事的概念，似乎就已有寻找使作品最可能被接受的表达技巧的想法包含在自身之中了。……我们把作家看成某个对我们演讲的人，他想让自己的作品为人阅读，他尽可能使其作品有阅读性。这个常识性看法被现代的经验复杂化了，特别被'公众'的增加和分化，并且被作者们感到被迫响应而采纳的许多个人技法

---

① 参见余华《文学问题》，载曹莉主编《文学艺术的瞬间与永恒》，清华大学出版社，2014，第13~17页。

② 阎连科：《小说内外》，载曹莉主编《文学艺术的瞬间与永恒》，清华大学出版社，2014，第160页。

③ 郑克鲁主编《毛姆读书随笔》，刘文荣译，上海三联书店，1999，第23页。

④ 〔墨〕胡安·鲁尔福：《佩德罗·巴拉莫和我》，载崔道怡等编《"冰山"理论：对话与潜对话》上册，工人出版社，1987，第748页。

⑤ 〔英〕戴维·洛奇：《小说的艺术》，王峻岩等译，作家出版社，1998，第14页。

弄得复杂化了。但是，甚至最不妥协的先锋派作家，也不能长久地维持不想为人阅读的姿态。"①

　　在对"故事"的重要性这个"常识性看法"重新强调时，韦恩·布斯对先锋派作家的揶揄是显而易见的。莫言虽然也被有的论者命名为"先锋作家"，② 却以对故事的偏爱和倚重，从一开始就显示了自己独特的艺术个性。那时候马原斩断故事链条，破坏因果逻辑，随心所欲地编织着他的"叙事圈套"；那时候残雪抛开日常经验，专注于梦幻和怪诞，用尖锐冷峻的叙述挑战文学成规。莫言的小说却保持了继承与创新的相对平衡。在突破线性结构、灵活变换视角、借鉴魔幻手法的同时，莫言的叙述故事饱满，人物鲜活，细节生动，因而具有雅俗共赏的品格。莫言不少作品中的故事大都有"本事"做依托，像《大风》、《枯河》、《透明的红萝卜》和《牛》等以早年生活为依托，《白狗秋千架》、《爆炸》、《金发婴儿》、《白棉花》和《战友重逢》等则带有作家成年后工作和生活的印迹，其后关于现代中国历史的叙事也有明确的背景交代。丰厚的生活积累使他无论描写"苦难"还是展示"欢乐"，都因为表现得真切、"接地气"而获得读者的认同。他的"天马行空"的艺术想象，建立在乡村大地的基础之上。就像勒内·韦勒克论述虚构的艺术特性时所引证的那样，莫言的艺术世界同样呈现出"许多想象的花园，园中却有真实的癞蛤蟆，以供人观赏"。③

　　如果要对莫言的创作进行一个整体归类的话，他的作品无疑属于乡土文学类型。"乡土文学是现代文学中的一个概念，是指面对

---

① 〔美〕韦恩·布斯：《小说修辞学》，华明、胡晓苏、周宪译译，北京大学出版社，1987，第 115～116 页。

② 参见陈思和《中国当代文学史教程》，复旦大学出版社，1999；陈晓明《中国当代文学主潮》，北京大学出版社，2009。

③ 〔美〕勒内·韦勒克、〔美〕奥斯汀·沃伦：《文学理论》，刘象愚等译，江苏教育出版社，2005，第 248 页。

现代性的变革和革命的观念，文学家们或者回到传统乡村生活中去寻求精神慰藉；或者去反映乡村生活中生与死的挣扎，或者去写出乡村土地上生活的质朴和本真品格。"① 莫言那些写实性的乡村故事之所以给人以耳目一新之感，是因为他对乡村风俗、民间伦理表现出与此前的乡土文学代表性作家不同的情感态度。鲁迅居高临下的启蒙视角，沈从文一往情深的欣赏眼光，赵树理反应敏捷的政治意识，都不为莫言所取。他另辟蹊径，走出了一条新路。"莫言的故乡书写有别于鲁迅式启蒙立场的乡土文学传统，也有别于沈从文式湘西的书写脉络，他的乡土书写具有'中间性'特征，在本地人与外来者、启蒙与反启蒙、现代与反现代之间，这位'从农民中走出的知识者'，寻找到了他书写故乡的最佳路径和方法。"②

莫言乡土情怀的这种"中间性"特征，与他对故乡爱恨交织的情感记忆分不开，也与他对人性的洞察密切相关：

> 可能是因为我经历过长期的艰难生活，使我对人性有较为深刻的了解。我知道真正的勇敢是什么，也明白真正的悲悯是什么。我知道，每个人心中都有一片难用是非善恶准确定性的朦胧地带，而这片地带，正是文学家施展才华的广阔天地。只要是准确地、生动地描写了这个充满矛盾的朦胧地带的作品，也就必然地超越了政治并具备了优秀文学的品质。③

创作立场的"中间性"特征，人性发掘的"朦胧地带"，"把

---

① 陈晓明：《中国当代文学主潮》，北京大学出版社，2009，第 555 页。
② 张莉：《唯一一个报信人——论莫言书写故乡的方法》，《文学评论》2014 年第 2 期，第 75 页。
③ 莫言：《讲故事的人——在诺贝尔文学奖颁奖典礼上的讲演》，《当代作家评论》2013 年第 1 期，第 8 页。

赞歌唱成了挽歌，把仇恨写成了恋爱"[①] 的叙述"秘诀"，加上奇特的想象、丰沛的感觉、花样翻新的结构、一唱三叹的语言等，使莫言的故事讲述既妙趣横生又意味深长，带给读者一个又一个惊喜。

莫言通过"发现故乡"和"超越故乡"，解决了"写什么"的问题。对于"怎么写"，莫言也在不断摸索中寻找属于自己的"叙述腔调"。[②] 从他的创作实际来看，这样的寻找一直没有停止过。他的每一部长篇几乎都在形式上苦心经营，避免重复；中短篇也讲究立意的新颖和叙述的多变，写实的、浪漫的、寓言的、随笔式的……不一而足。他深有感触地说："我不愿意四平八稳地讲一个故事，当然也不愿意搞一些过分前卫的、让人摸不着头脑的东西。我希望能够找到巧妙的、精致的、自然的结构，这个难度是很大的，甚至是可遇而不可求的。"[③]

莫言非常善于总结创作的经验和教训，及时调整自己的艺术探索方向。在完成了《天堂蒜薹之歌》这样迅速反映当下社会敏感事件、带有新闻报道色彩的"急就篇"和《十三步》这样将叙事视角的实验推向极致的作品后，莫言终于在《酒国》中实现了主题蕴含的丰富与叙事技术的创新两者近乎完美的统一。多年以后，当他回顾创作历程时，坦诚了自己重视小说故事要素的理由：

> 《十三步》这种写作是以技巧作为写作的主要目的。我为什么要写这个小说？因为我要进行技巧试验。不过这好像也不是一条正确的道路。因为读者归根结底是要读故事的，所以还

① 莫言：《文学创作的民间资源——在苏州大学"小说家讲坛"上的讲演》，《当代作家评论》2002 年第 1 期，第 7 页。

② 莫言：《独特的声音》，《小说的气味》，当代世界出版社，2004，第 294 页。

③ 莫言、王尧《莫言王尧对话录》，苏州大学出版社，2003，第 153 页。

是要依靠小说的人物、人物的命运来感染读者，唤起读者感情方面的共鸣——也许有极少数的作家、极少数的读者要读那个技巧。那么这样的小说无疑是自绝生路——谁来买你这个小说，谁来看你这个小说？而且这样的试验很快就会黔驴技穷，再怎么变，你一个人能变出什么花样来？①

莫言经营故事的策略也是匠心独运的。他总是把故事推到关键时刻，叙事始终有一种极端的境遇意识。这使他的小说能够抓住极端的关键性处境来展开故事，刻画人物性格，具有紧张的戏剧性效果。《爆炸》用上千字写"父亲"打"我"的一个耳光；《红高粱》中"我奶奶"牺牲前如慢镜头般大段的内心独白；《丰乳肥臀》开篇将上官家族人和动物的出生、日本鬼子的入侵、村民的反抗和逃离等故事糅合在一起，将个人、家庭和民族的命运交织在一起；《檀香刑》里民间艺人孙丙与众乡民"合演"受刑大戏……都是论者津津乐道的典型例证。

① 莫言：《我为什么写作——2008 年 6 月在绍兴理工学院的演讲》，《莫言演讲新篇》，文化艺术出版社，2010，第 208 页。

第三章　莫言小说的叙事视角

现代小说家进行叙事艺术的创新，常常从选择特殊的叙事视角入手。英国小说家、批评家戴维·洛奇指出："确定从何种视点叙述故事是小说家创作中最重要的抉择了，因为它直接影响到读者对小说人物及其行为的反应，无论这反应是情感方面的还是道德观念方面的。"①

综观莫言的创作可以发现，他在小说艺术多方面的探索中，叙事视角的不断变化一直是这个"讲故事的人"所特别注重的。儿童视角、多角度叙述和动物视角，是莫言最有特色的视角设计。本章拟从这三个方面对莫言小说的叙事视角展开分析。

第一节　儿童视角

"叙事视角是一部作品，或一个文本，看世界的特殊眼光和角度。"②"一般意义上的儿童视角指的是小说借助于儿童的眼光或口

---

① 〔英〕戴维·洛奇：《小说的艺术》，王峻岩等译，作家出版社，1998，第 28 页。
② 杨义：《中国叙事学》，人民出版社，2009，第 197 页。

吻来讲述故事，故事的呈现过程具有鲜明的儿童思维的特征。"① 对于莫言来说，儿童视角就是他"看世界的特殊眼光和角度"，是他发掘童年生活宝藏，进行小说构思和写作时常用的聚焦方法，也成为其小说显著的艺术特征之一。尽管如此，初登文坛时莫言并没有这样明确的叙述意识。他在 1985 年之前发表的习作，包括被《小说月报》转载的《售棉大路》和得到孙犁赞赏的《乡村音乐》，并没有涉及童年生活和儿童视角。只是到了成名作《透明的红萝卜》，莫言小说的童年视角才得以显现。

《透明的红萝卜》获得巨大成功后，莫言谈到他的创作心得：

> 我觉得写痛苦年代的作品，要是还像刚粉碎"四人帮"那样写得泪迹斑斑，甚至血泪斑斑，已经没有多大意思了。就我所知，即使在"文革"期间的农村，尽管生活很贫穷落后，但生活中还是有欢乐，一点欢乐也没有是不符合生活本身的。即使在温饱都没有保障的情况下，生活中也还是有理想的。当然，这种欢乐和理想都被当时的政治背景染上了奇特的色彩，我觉得应该把这些色彩表达出来。把那段生活写得带点神秘色彩、虚幻色彩，稍微有点感伤气息也就够了。②

"奇特"、"神秘"、"虚幻"甚至"空灵"，的确是《透明的红萝卜》所具有的艺术风格（当然没有包括这篇小说的全部风格，因为它也是忧伤的、愤懑的）。这种风格从何而来，如何产生，在当时，无论莫言还是大多数批评家，都没能从叙事学的角度进行分

---

① 吴晓东、倪文尖、罗岗：《现代小说研究的诗学视域》，《中国现代文学研究丛刊》1999 年第 1 期，第 67 页。
② 徐怀中、莫言等：《有追求才有特色——关于〈透明的红萝卜〉的对话》，转引自杨守森、贺立华主编《莫言研究三十年》（上卷），山东大学出版社，2013，第 63 页。

析。仅有个别评论家独具慧眼，对莫言小说的童年视角表示了特别的关注。①

在《透明的红萝卜》中，莫言采用将黑孩作为聚焦人物的内聚焦模式，对极端年代农村生活的叙事，对发生在成人之间情爱和恩怨的描写，都通过这个年幼无知的黑孩的眼光"打量"和"过滤"。除了黑孩的心理活动包括潜意识外，小说对其他人物的刻画基本上控制在黑孩所能看到（听到）的表情、言语和行为等外观举止上。那些看来平常的集体出工、修建水利、师徒传艺，以及村妇的嚼舌、男女的恋爱等，在黑孩懵懂的感觉（视角）中，或者新鲜刺激，或者一知半解，因而产生一种"陌生化"的体验。在一定程度上，小说的"奇特"和"神秘"等风格就因为这个童年视角而产生。更有甚者，黑孩无意中窥见菊子姑娘和小石匠幽会的一幕，这对他产生了极度的震撼：

> 他很惊异很新鲜地看到一根紫红色头巾轻飘飘地落到黄麻秆上，麻秆上的刺儿挂住了围巾，像挑着一面沉默的旗帜，那件红格上衣也落到地上。成片的黄麻像浪潮一样对着他涌过来。他慢慢地站起来，背过身，一直向前走，一种异样的感觉猛烈地冲击着他。

黑孩不敢再看下去，莫言不忍再写出来，然而孩子"看"得已经足够多了，受到的刺激非常强烈。用孩子的眼光观察极"左"年代的乡村，用孩子的心理感受物质的匮乏和精神的压抑，用孩子的想象彰显不屈的生存意志（如黑孩关于"透明的红萝卜"的幻觉），所有这些与众多全知视角讲述的"伤痕小说"和"反思小

---

① 参见程德培《被记忆缠绕的世界——莫言创作中的童年视角》，《上海文学》1986 年第 4 期。

说"相比，自然会使读者耳目一新。小说对黑孩超常感觉官能的描写，对孩子神奇幻想能力的发现，使文本的意蕴较为丰厚，超出了反思历史和批判现实的主题边界。① 尤其值得称道的是，《透明的红萝卜》的儿童视角，在莫言那里不是刻意的设置，而是妙手偶得，浑然天成。对于作家来说，这是可遇不可求的。

莫言曾经说过，如果要在他的作品中找出一个与他最相似的人物，那么非《透明的红萝卜》中的黑孩莫属。② 从写实的角度看，《枯河》中的小虎与童年的莫言也颇为接近。小虎上树玩耍时不慎跌落，撞伤了支书的女儿。这对于家庭出身不算好的小虎及他的家庭无疑是雪上加霜。他因此受到支书和自己家人的责骂与暴打，身心俱受摧残，最后愤而投河自尽。小说的第一段用全知视角和预叙手法交代了小虎的惨死：

> 直到明天早晨他像只青蛙一样蜷伏在河底的红薯蔓中长眠不醒时，村里的人围成团看着他，多数人不知道他的岁数，少数人知道他的名字……明天早晨，他要用屁股迎着初升的太阳，脸深深地埋在乌黑的瓜秧里。一群百姓面如荒凉的沙漠，看着他的比身体其他部位的颜色略微浅一些的屁股。这个屁股上布满伤痕，也布满阳光，百姓们看着他，好像看着一张明媚的面孔，好像看着我自己。

从第二段开始小说由全知叙事转向了限制叙事，视点基本上围绕着小虎的行为和意识移动。在支书女儿小珍的激将下，小虎爬上白杨树为她折树杈。他看到了一幅奇异的景象：

---

① 参见拙文《童年叙事：意义丰饶的阐释空间——重读莫言的中篇小说〈透明的红萝卜〉》，《湖北社会科学》2008 年第 10 期。
② 莫言：《自述》，《小说评论》2002 年第 6 期。

街上尘土很厚，一辆绿色的汽车驶过去，搅起一股冲天的尘土，好久才消散。灰尘散后，他看到有一条被汽车轮子碾出了肠子的黄色小狗蹒跚在街上，狗肠子在尘土中拖着，像一条长长的绳索，小狗一声也不叫，心平气和地走着，狗毛上泛起的温暖渐渐远去，黄狗走成黄兔，走成黄鼠，终于走得不见踪影。

这个细节堪称神来之笔。在小虎眼中，小狗被碾压似乎已经司空见惯，并没有引起他的一点儿惊讶。显然，小狗的遭遇隐喻着小虎以及村民的命运，那就是在极权和暴力之下，逆来顺受，隐忍而无奈。无论揭示还是批判，故事蕴含的思想意义借助小虎的视角暗示给读者，叙述显得含蓄蕴藉，耐人回味。

《枯河》的叙事到了全文的最后一段又回到全知视角：

人们找到他时，他已经死了……他的父母目光呆滞，犹如鱼类的眼睛……百姓们面如荒凉的沙漠，看着他布满阳光的屁股……好像看着一张明媚的面孔，好像看着我自己……

这里的句子在第一段基本上都出现过，"好像看着我自己"这句话格外引人注目。它生硬突兀，在整个段落中制造出不协调的声音。通常在叙事文中，"我"以叙述者的身份出现，表明文本设定了限制性视角，故事或将以"我"的视点展开。可是如前所述，《枯河》已将小虎作为聚焦人物，"我"的出现就有些画蛇添足了。究其原因，大概是作家没能够控制住个人经历与小说叙事的距离，宣泄的欲望过于强烈。这也说明在创作早期，莫言对叙事视角的把握还处在摸索之中。

在叙事学研究中，法国叙事学家热奈特较早注意到叙事文本中观察者与叙述者之间的区别，即"视角"与"声音"的区别。^① 他指出，视角研究谁看（谁感知）的问题，即谁在观察故事；声音研究谁说的问题，指叙事者传达给读者的语言，视角不是传达，只是传达的依据。

联系莫言的早期创作来看，《透明的红萝卜》和《枯河》等一系列作品中，观察者是天真幼稚的孩子，讲述却没有模拟儿童语言，而是成熟的大人的口吻，是带有知识分子话语特点的书卷语体。"他听到黄麻地里响着鸟叫般的音乐和音乐般的秋虫鸣唱。逃逸的雾气碰撞着黄麻叶子和深红或是淡绿的茎秆，发出震耳欲聋的声响。"（《透明的红萝卜》）"鲜红太阳即将升起那一刹那，他被一阵沉重野蛮的歌声唤醒了。这歌声如同太古深林中呼啸的狂风，携带着枯枝败叶污泥浊水从干涸的河道中滚滚而过。"（《枯河》）这里儿童视角与讲述声音是分离的，两者之间的差异很明显。这种差异如果与《哈克贝利·费恩历险记》和《麦田里的守望者》等做个比较就会更加清楚。在后两部美国小说中，故事的观察者（视角）与叙述者（声音）形成高度的一致。

莫言于1998年发表中篇《牛》和短篇《拇指铐》，仿佛是对《透明的红萝卜》和《枯河》的呼应，也是他用儿童视角叙事的新收获。《牛》的故事仍然发生在"文革"时期，围绕着生产队里一头牛的命运，讲述了物资匮乏年代，农村各色人等为了吃一顿肉而挖空心思制造出的悲喜剧。小说的视角和声音基本一致，叙述者"我"是个叫罗汉的少年，开头是这样的：

---

① 胡亚敏认为是热奈特首先发现了两者的区别，见胡亚敏《叙事学》，华中师范大学出版社，2004，第20页；华莱士·马丁则认为"叙述的焦点"（谁写的？）与"人物的焦点"（谁看的？）之间的区别由克林斯·布鲁克斯和罗伯特·佩恩·沃伦首次提出，见华莱士·马丁《当代叙事学》，伍晓明译，北京大学出版社，2005，第144页。

那时候我是个少年。

那时候我是村里调皮捣蛋的少年。

那时候我也是村里最让人讨厌的少年。

这样的少年最令人讨厌的就是他意识不到别人对他的讨厌。他总是哪里热闹就往哪里钻。不管是什么人说什么话他都想伸过耳朵去听听；不管听懂听不懂他都要插嘴。听到了一句什么话，或是看到了一件什么事他便飞跑着到处宣传……他总是错以为别人都很喜欢自己，为了讨得别人的欢心他可以干出许多荒唐事。

这段看似与题旨无关的闲笔，已经悄悄地设定了故事观察的角度和讲述的语气，做出了"小说家创作中最重要的抉择"（戴维·洛奇语）。经过近二十年的磨砺，在创作心态上，莫言从初登文坛的愤怒与峻急变得幽默和从容。他笔下的少年罗汉不再像黑孩那般沉默寡言，内心始终处于高度戒备状态，而是摇身变为一个顽皮饶舌、口无遮拦的浑小子。这个叙述者所用的词汇和句式均具有口语特点，似乎是在即兴讲故事，而不是提交一篇构思审慎、语言考究的作品。读者与其说是阅读，倒不如说是在听故事，就像偶遇一个健谈的陌生人一样。

通过罗汉的眼睛，饲养员杜大爷的狡黠，队长麻叔的老辣，兽医老董的阴郁，公社孙主任的蛮横，一一展现在读者面前。这些大人为了一饱口福而费尽心机，斗智斗勇，在一个少年看来却显得漏洞百出、滑稽可笑。孙主任强行扣下病死的牛不让麻叔拉回队里，结果公社机关工作人员及其家属三百多人，因为食用病死牛肉而食物中毒，又因为无知而以为是敌特破坏。惊天大案报给上级，当地严查阶级敌人，一时间风声鹤唳。所有这一切以罗汉的口吻叙述，亦庄亦谐的语调中隐含着复杂的况味，给人的感觉是滑稽之中有心酸，戏谑之下含哀怜。

《拇指铐》与《枯河》一样，采用第三人称限知视角，聚焦人物是年仅八岁的阿义。小说的"声音"与视角分离，用成年人的口吻讲阿义的故事。阿义到县城为身患重病的母亲买药，返回的路上，被一个古怪老头莫名其妙地铐在了翰林墓地边的大树下。老头是什么人，为何铐住阿义，叙述者有意不做交代，以凸显阿义受难的突如其来、不可理喻。阿义叫天天不应，叫地地不灵，想到病重的母亲不由得忧心如焚。他一次次呼救、挣扎，路人却熟视无睹。

从某种意义上说，《拇指铐》达到了莫言童年叙事的最高艺术境界。饥饿、孤独、屈辱、愤懑，甚至死亡……所有的不幸都已成为往事，如过眼云烟。阿义面对突如其来的厄运，拼死一搏，浴火重生。小说在故事背景的描写上使用模糊笔法，营造出一幅非今非古、亦今亦古的中国乡村视境。作品借此跳出写实的窠臼，拥有浓厚的象征意蕴。阿义是莫言小说中那些受苦受难的孩子的集大成者，他最终的获救，靠的不是仇恨，而是爱和感恩。这是一篇超越时空的作品，实现了莫言"努力地想使我的高密东北乡故事能够打动各个国家的读者"①的抱负。小说的结尾构思奇特，浪漫瑰丽，再一次显示了莫言卓越的艺术想象力，也是不可多得的美文：

后来，他看到有一个小小的赭红色孩子，从自己的身体里钻出来，就像小鸡从蛋壳里钻出来一样。那小孩身体光滑，动作灵活，宛如一条在月光中游泳的小黑鱼。他站在松树下，挥舞着双手，那些散乱在泥土中的中药——根根片片颗颗粒粒——飞快地集合在一起。他撕一片月光——如绸如缎，声若裂帛——把中药包裹起来。他挥舞双臂，如同飞鸟展翅，飞向

---

① 莫言：《自述》，《小说评论》2002 年第 6 期。

铺满鲜花月光的大道。从他的两根断指处，洒出一串串晶莹圆润的血珍珠，叮叮咚咚地落在仿佛玛瑙白玉雕成的花瓣上。他呼唤着母亲，歌唱着麦子，在瑰丽皎洁的路上飞跑。他越跑越快，纷纷扬扬的月光像滑石粉一样从他身上流过去，馨香的风灌满了他的肺叶。一间草屋横在月光大道上。母亲推开房门，张开双臂。他扑进母亲的怀抱，感觉到从未有过的温暖与安全。

在视点设计上，《拇指铐》为什么不像《牛》那样，让观察者和讲述者在阿义身上统一起来？让视角和声音统一起来？作为一篇倾力打造的中国寓言，《拇指铐》寄托着莫言让自己的文字走向世界的雄心与抱负。在一个物欲横流、见利忘义的时代，面对成人世界的暴力、自私、冷漠，莫言在阿义身上委以重任，希望他以爱心、坚强和执着感动世人，哪怕就那么一瞬。背负着作家殷切希望的阿义，因为年龄和知识的限制，并不能充分理解自己行为的意义，更无力完成上述引文那样华丽庄重的话语表达。莫言必须安排一个成熟睿智的叙述者，才能胜任如此困难的工作。《牛》的情况就不同了。作为一个写实性的、叙述乡村苦难的文本，少年的视角和声音赋予了它严肃题材下灵动的身姿。以"轻"写"重"，"苦"中作"乐"，不仅是莫言惯用的小说笔法，而且蕴含着他对乡村历史文化独特的认知与理解。两篇小说同样设定儿童视角，因为不同的主题意图而选择了不同的讲述声音。这表明莫言已经能够娴熟地处理视角和声音的关系，在两者距离的调控上得心应手。

第二节　多角度叙述

按照胡亚敏对视角的分类，所谓多角度叙述即不定内聚焦型视角，"采用几个人物的视角来呈现不同事件，这种焦点移动与非聚焦型视角不同，它在某一特定范围内必须限定在单一人物身上，换句话说，作品由相关的几个运用内聚焦视角的部分组成"。①

一般认为，中国当代作家使用多角度叙述手法，来自福克纳的《喧哗与骚动》等现代主义小说的启示。在《喧哗与骚动》中，福克纳分别以三兄弟班吉、昆丁、杰生为视点，让他们各自讲一遍自己的故事；然后又使用全知视角，以黑人女仆迪尔西为聚焦人物讲述康普生家族的其他故事。小说出版 15 年后，福克纳在"附录"里又对康普生家的故事做了补充。他多次对人说，自己把这个故事写了五遍。《喧哗与骚动》的五个部分虽然在叙事上有交叉、重合，但不是简单的重复，整个故事因而获得纵深的、立体的效果。在分别以班吉、昆丁和杰生的视角讲述康普生家族的故事时，福克纳以其卓越的语言驾驭能力，用意识流的表现方法模拟了兄弟三人不同的内心独白，使观察视角、叙述声音与人物性格实现了高度的统一。

据笔者考察，莫言最早使用多角度叙述手法的小说应该是发表于 1985 年的中篇《球状闪电》。乡村青年"蝈蝈"从小有失禁尿床的毛病，造成了心理上的阴影。他多次参加高考，都因为精神高度紧张而发挥失常，屡屡失败。回乡务农后，蝈蝈迫于父母的压力娶了同村比自己大三岁的"茧儿"，生有一女。中学同窗毛艳考上农学院后没等毕业就退学回乡，邀请蝈蝈和她一起贷款办企业，从国外引进奶牛养殖。毛艳把一些现代观念和城市生活方式带到闭塞的乡村，因而在蝈蝈家里和村中引发波澜和冲突。这样一个吻合"改革文学"主题的故事，因为叙事手法的新颖显得摇曳多姿，令读者产生眼花缭乱、目不暇接之感。

《球状闪电》共分十节，平行采用蝈蝈、蝈蝈女儿、茧儿、蝈

---

① 胡亚敏：《叙事学》，华中师范大学出版社，2004，第 30 页。

蝈父母等人物视角和刺猬、奶牛等动物视角，呈现出了一个乡村落榜青年在变革年代五味杂陈的内心世界。在灵活多变的视角捕捉下，城市与乡村的差异，现代与传统的碰撞，父母与子女的隔阂，还有爱与欲的矛盾、灵与肉的纠葛等都得到了生动的表现。小说的艺术感染力确实得力于多角度叙述手法的大胆使用。不过，作为对一种新的视角的初次尝试，莫言行文的稚嫩和生硬之处也比较明显。第一，视角转换的频率过快，各个内聚焦人物的叙事没能够充分展开；第二，有些视角的转换担负的是先后叙述同一事件不同部分的功能，未能真正呈现既有联系又有区别的不同事件；第三，在某一特定范围内焦点的移动有随意之处，没能始终保持在聚焦人物身上，造成了叙述的混乱。比如第二节以蝈蝈的视角回忆他尿床的窘事、几次高考失败、不得已回乡务农，以及对未婚妻茧儿心理拒斥又肉体依恋的苦恼。叙事在第三人称"他"和第一人称"我"之间随意变化，行文不免有匆忙草率之感。

　　谈及莫言小说的多角度叙述，不能不提到《红高粱家族》。这部小说对"红色经典"的解构是多方面的，其中儿童视角与成人视角的双重叠加和自由转换，在当时十分引人注目。"红色经典"以无所不知、毋庸置疑的口吻叙述现代历史，追求认知上的规律化、真理化。随着人们史学观念和文学观念的变化，这种全知叙事暴露出绝对性和片面性的弊端。莫言在《红高粱家族》中的视角创新，归根结底来自他历史观念的新变。一方面，他用"我父亲"的儿童视角来观察"我爷爷"和"我奶奶"当年"最能喝酒最能爱"与"杀人越货，精忠报国"的壮丽人生，用视角蕴含的血缘亲情巧妙过滤掉"土匪"一词的贬斥含义，而赋予其勇猛刚烈、爱憎分明的语义。另一方面，他用"我"的成人视角对这段英雄传奇做出现代性的解读和评说，不断以现代人的懦弱反衬祖先的强悍，提出"种的退化"这个关于民族生命力的命题。

《红高粱家族》的历史叙事，由全知视角转向限知视角，由单一角度向多角度叠加，从而造成了小说结构形态的开放。传统的、板滞的线性叙事为时空的自由切换所取代，宏大叙事惯有的庄严肃穆也在嬉笑怒骂的戏谑话语方式中不知不觉被消解了。如此一来，"红色经典"的叙事成规被莫言的叙事策略全面打破，小说艺术的生产力得到极大的解放。视角的双重叠加造成了空间上的延展性和时间上的复合性，增加了信息容量，增强了小说的艺术表现力度，也提高了小说的文化品位。

莫言于 2000 年推出的长篇小说《檀香刑》，被评论界认为是他创作的又一个重要收获。小说在结构上分为"凤头部"、"猪肚部"和"豹尾部"三大部分。"凤头部"和"豹尾部"是限知叙事，分别以主要人物孙眉娘、赵甲、钱丁、孙丙、小甲为视点，用第一人称讲述故事；"猪肚部"是以全知视角，用第三人称做补充叙事。这种视角的安排同样可以看到其受《喧哗与骚动》的影响。

福克纳以班吉、昆丁、杰生三兄弟为视点讲的故事，由于限知叙事、傻子叙事、意识流叙事多种手法的交织，实际上有意给阅读设置了重重障碍。读者只有将三兄弟叙事中的碎片组合拼贴，将他们的叙事综合起来，再参考以迪尔西为聚焦人物的那一章，才能够获得关于康普生家族完整的印象。多角度叙述和白痴视角、意识流、神话模式——所有这些福克纳对小说艺术的创新，不禁令人重温什克洛夫斯基著名的论断："那种被称为艺术的东西的存在，正是为了唤回人对生活的感受，使人感受到事物，使石头更成其为石头。艺术的目的是使你对事物的感觉如同你所见的视像那样，而不是如同你所认知的那样；艺术的程序是事物的'反常化'程序，是复杂化形式的程序，它增加了感受的难度和时延……"[①]

---

① 〔俄〕什克洛夫斯基：《散文理论》，转引自胡经之主编《西方文艺理论名著教程》（下卷），北京大学出版社，2003，第 173 页。

到了莫言这里，根据其创作谈，他在《檀香刑》中使用多角度叙事的主要原因在于作家独特的小说美学观念：

> 小说的凤头部和豹尾部每章的标题，都是叙事主人公说话的方式，如"赵甲狂言"、"钱丁恨声"、"孙丙说戏"等等。猪肚部看似用客观的全知视角写成，但其实也是记录了民间用口头传诵的方式或者用歌咏的方式诉说着的一段传奇历史——归根结底还是声音。而构思、创作这部小说的最早起因，也是因为声音。
>
> 也许，这部小说更适合在广场上由一个嗓音嘶哑的人来高声朗诵，在他的周围围绕着听众，这是一种用耳朵的阅读，是一种全身心的参与。①

莫言为了实现向中国古典文学传统（说书人和话本小说）和民间文学传统（说唱艺术）的"大踏步撤退"，在"凤头部"和"豹尾部"用类似戏曲道白的韵文方式，让各个小说人物自我呈现、各自发声。多角度叙事的目的不是增加文本的审美难度，制造"陌生化"效果，而是模拟民间戏曲的情境，渲染一种众声喧哗的广场（舞台）氛围。莫言与福克纳的不同还有一点，那就是他始终不能（不愿）完全放弃自己的"声音"，即便是使用人物视角的限知叙事，莫言话语"独特的腔调"② 依然要表现出强烈的存在感。"从话语的表达方式上看，作者致力于维护人物自身的文化角色，努力让人物以自己的口气叙述……但是，当这些叙事进入事件内部，尤其是进入细节的复述之中，便会出现大量的极致性、梦态抒情般的感觉化言语。这些话语明显超越了人物自身的感受能力，呈现出创

---

① 莫言：《檀香刑》，上海文艺出版社，2008。
② 莫言：《独特的声音》，《小说的气味》，当代世界出版社，2004，第294页。

作主体的个性禀赋。"① 这种"有意现身"的叙述者与"完全退隐"的叙述者究竟孰优孰劣,应该是见仁见智的事,不能将叙述者所有的"介入"都简单指责为"越界"。

更加能够体现莫言在小说叙事艺术上创新的,是他的另一部杰作《酒国》。这部奇异的小说设计了三个叙事层面,形成立体的叙事架构。第一层面的叙事以省检察院高级侦查员丁钩儿为视点,用调侃戏谑的笔法讲述他奉命查办传闻的酒国市有人食用婴儿一案。结果丁钩儿陷入当地政府的肉山酒海中难以自拔,最后竟然淹死在茅坑里。第二层面的叙事以书信体展开,酒国市酿造学院的酒博士李一斗写信向作家莫言请教小说写法,莫言煞有其事地予以回复。双方的通信对文坛以及社会嬉笑怒骂,极尽讽刺挖苦之能事。第三层面的叙事是李一斗随信寄给莫言的九篇短篇小说,涉及酒国市的历史、传说和现状,形式上几乎戏拟了现代文学的所有小说文体。

关于《酒国》的主题,研究者众说纷纭,莫衷一是。莫言为小说写的后记《酒后絮语》聊备一格,有助于对作品的理解:

> 《酒国》动笔于一九八九年九月,原想写部五万字左右的中篇,但一写起来就没了遮拦。原想远避政治,只写酒,写这奇妙的液体与人类生活的关系。写起来才知晓这是不可能的。当今社会,喝酒已变成斗争,酒场变成了交易场,许多事情决定于觥筹交错之时。由酒场深入进去,便可发现这社会的全部奥秘。于是《酒国》便有了讽刺政治的意味,批判的小小芒刺也露了出来。
>
> 当然,《酒国》首先是一部小说,最耗费我心力的并不是揭露和批判,而是为这小说寻找结构。目前这小说的结构,虽

---

① 洪治纲:《刑场背后的历史——论〈檀香刑〉》,《南方文坛》2001 年第 6 期。

不能说是最好的，我自认为也是较好的了。①

在相当程度上，《酒国》的成功得力于莫言为小说找到了近乎完美的结构，即用三个叙事层面搭建的立体架构。这种架构与叙事视角的转换互为表里，共同推动着故事的进展。在第一叙事层面中，丁钩儿作为第三人称限知叙事的观察者，案件调查过程是以他的视点展开的。烹食婴儿事件亦真亦幻，宣传部部长金刚钻身份暧昧，丁钩儿勾搭上的女司机居然是富商余一尺的第九个情妇，这个来自省城的破案高手在酒国却是一筹莫展……情节的扑朔迷离造成叙述的真假难辨，丁钩儿俨然成为不可靠叙述者的代言人。他的死于非命形成一个反讽，而"酒国"则是一个象征，一个寓言：既指涉历史也指向现实，既隐喻文化也影射政治。

小说的第二叙事层面，莫言虚构一个来自酒国的文学爱好者李一斗与自己通信，双方就文学创作各抒己见。通信既涉及第一叙事层面出现的人物，又透露了第三叙事层面人物的信息，顺理成章地完成了视角的转换和叙事层面的跨越。这里视角的转换使作家莫言摇身一变为小说中的人物，而虚构人物李一斗因为作家使用的"障眼法"似乎从虚构世界跳到现实当中。李一斗所在的酒国也好像不只是书中城郭，而变为现实中的存在。假作真时真亦假，《酒国》由此显示出以假乱真的叙述魅力。

由李一斗随信寄给莫言的九篇短篇小说组成的第三个叙事层面，包含着作家对中国历史和现实最为痛切的思考，其中的《肉孩》《烹饪课》等尤其令人侧目。这九篇短篇小说以及双方通信中由文学引发的议论，真假互现，虚实相间，用移动的、环形的视角观察和评说当代社会生活。联系到小说扉页题写的丁钩儿墓志铭

① 莫言：《酒国》，上海文艺出版社，2008，第343～344页。

"在混乱和腐败的年代里，弟兄们，不要审判自己的亲兄弟"来看，《酒国》恐怕就是莫言为这个激情而混沌的时代撰写的墓志铭吧。

"当然，《酒国》首先是一部小说……"莫言的游戏精神在小说的最后一章发挥到极致，他把自己写进了酒国。受酒国市的邀请，作家莫言前去参加酒文化节。在好客的主人李一斗、金刚钻、余一尺等人的盛情款待下，莫言喝得酩酊大醉。这个"豹尾"无疑在向读者强调《酒国》的虚构性质，借自我嘲弄掩饰小说"批判的小小芒刺"。在叙事学上，这是与所谓"元小说"视角延伸方向正好相反的"反元小说"的写法。

杨义根据西方叙事学的"元小说"一词提出了"反元小说"的概念：

> 所谓"反元小说"乃是采取与元小说站在真实世界谈论虚构世界相反的视角，它是站在虚构世界的深处反过头来，谈论着作者及其熟人的世界……小说的视角是由小说内部射向小说外部的现实世界的，它与元小说的视角从小说外部的现实世界射向小说内部恰好相反，在以虚论实之中，形成了真幻交织的特殊趣味。元小说以真实悬置叙事中的虚构，反元小说却以虚构反讽叙事者的真实，它们都在小说的边界之外另有边界。①

之所以称《酒国》在小说叙事艺术上有所创新，是因为莫言对多角度叙事手法的运用，没有像福克纳那样仅仅停留在一个叙事层面，而是把视角的灵活变化扩展到不同的叙事层面，以"反元小说"的方式拓宽了艺术想象的疆界，在现实与虚构之间自由穿行。批评家张旭东对此有精辟的分析："因为一个完整的叙事空间无法

---

① 杨义：《中国叙事学》，人民出版社，2009，第252～253页。

应付今天这个现实，带着一种意识怎么也看不出来，没有办法和这个现实进行有效的接触，真正要领受这个中国复杂性的话，每个人都要是个精神分裂症患者。我们要从内部分裂成多重人格、多重视点、多重立场、多重感官方式，像有些动物有复眼，有很多眼睛，要用一种意识的复眼看今天这个现实。"①

第三节　动物视角

文学创作中动物叙事的出现和动物视角的运用，无论中外都有着悠久的传统。从西方来看，《希腊神话》、《伊索寓言》、古罗马的《金驴记》等构成动物叙事的源头，继而有中世纪城市文学《列那狐的故事》，又有拉·封丹、克雷洛夫的动物寓言诗，斯威夫特的《格列佛游记》、麦尔维尔的《白鲸》、杰克·伦敦的《野性的呼唤》、法郎士的《企鹅岛》、吉卜林的《丛林故事》、卡夫卡的《变形记》、奥威尔的《动物庄园》等动物寓言小说。20世纪以来的西方影视作品中，动物叙事、动物视角也很常见，《米老鼠与唐老鸭》、《狮子王》、《人猿泰山》、《大白鲨》、《帝企鹅日记》和《鸟的迁徙》等不胜枚举。

就我国而言，从《山海经》、《淮南子》和《搜神记》到唐传奇、宋元小说和明清时期的《西游记》、《封神演义》和《聊斋志异》等，动物叙事代有著述，绵延不绝。这些作品或以神话方式追述先民生活，记录下中华民族开辟鸿蒙的远古历史；或搜奇志怪，用动物故事影射现实，反映出丰富的幻想能力和美好的理想寄托。中国当代文学在改革开放后重获创作自由，作家的想象力得到较大

① 张旭东、莫言：《我们时代的写作——对话〈酒国〉〈生死疲劳〉》，上海文艺出版社，2013，第44页。

的提升。小说叙事的多样化实验成为创新探索的重要渠道，动物视角的频繁出现也就顺理成章。王小波的《一只特立独行的猪》、贾平凹的《怀念狼》、杨志军的《藏獒》、姜戎的《狼图腾》等都在运用动物视角方面获得了特殊的艺术魅力。

莫言的小说中，动物叙事和动物视角最早出现在 20 世纪 80 年代中期发表的一批作品里，涉及中国农村的家畜、家禽，北方自然环境中常见的鸟兽虫鱼，以及民间故事传说中的鬼怪精灵。它们的出现为莫言的乡村故事营造出真实可感的环境氛围，使他的小说具有浓郁的乡土气息。《白狗秋千架》中善解人意的白狗，《金发婴儿》中活力四射的公鸡，《透明的红萝卜》中的飞鸟和游鱼，《爆炸》中神出鬼没的狐狸，《红蝗》中遮天蔽日的蝗虫……这些动物形象构成叙事不可或缺的一个侧面，在写实或象征的意义上丰富着文本意涵。

《球状闪电》中有两节假借刺猬和奶牛的眼光，与主人公"蝈蝈"及他的女儿、父母、妻子、女同学等人的视线组成立体交叉视角，万花筒般灵活多变地揭示蝈蝈骚动不安的内心，从一个侧面折射改革开放给古老的乡村及陈旧的观念带来的巨大冲击。刺猬视角的设置，与蝈蝈女儿的视角交相呼应，赋予叙事几分童稚之气。奶牛视角移动的缓慢呆滞，与蝈蝈父母的偷窥行为相互映衬，摹状因循守旧的乡村风俗。《枯河》中被车轮碾出肠子仍然蹒跚行走的小狗，无疑是极"左"年代村民卑微生存状态的写照；《老枪》中遮天蔽日的野鸭与主人公不可更改的宿命之间存在着神秘的关联；《金发婴儿》里那只雄赳赳的大公鸡唤醒了少妇紫荆被压抑的生命欲望；《奇死》中对二奶奶恋儿纠缠不已的狐仙，则是不测风云、旦夕祸福的预兆……

《透明的红萝卜》中有一段对黑孩的描写：

　　好像有一群鱼把他包围了，两条大腿之间有若干温柔的鱼嘴在吻他。他停下来，仔细地体会着，但一停住，那种感觉顿时就消失了。水面忽地一暗，好像鱼群惊惶散开。一走起来，愉快的感觉又出现了，好像鱼儿又聚拢过来。于是他再也不停，半闭着眼睛，向前走呵，走……

　　这是从鱼的角度写黑孩在人世间的孤独和他与自然界的亲近。

　　当老铁匠被小铁匠"抢"走手艺后，小说借鸭子的视角交代老铁匠黯然离去时的情形：

　　从胡同里，鸭子们望见一个高个子老头儿挑着一卷铺盖和几件沉甸甸的铁器，沿着河边往西走去了。老头的背驼得很厉害，担子沉重，把他的肩膀使劲压下去，脖子像天鹅一样伸出来。

　　后面还有"那只公鸭子跟他身边那只母鸭子交换了一个眼神"这样煞有其事的描写。事实上，这里叙述已经越出黑孩的儿童视线，但不用一般的客观陈述而选择了一个动物视角。在幽默戏谑之外，还隐含着叙事者对角色的同情和体贴。

　　在有些情况下，莫言借助动物的眼光看人，用动物的善良单纯对比人的阴暗复杂，批判人性的丑陋。《牛》记叙了生产队一头被阉割的小公牛"双脊"的悲惨故事。因为成年人的心机和算计，双脊被阉割后得不到任何救治，只能忍受剧痛和感染，最后衰竭而死。那些策划者都等着吃它的肉呢（当然这也反映了极"左"年代乡村的普遍贫困）。唯有牧童罗汉梦中受到双脊的攻击，听到它咬牙切齿的咒骂声——那不啻动物对人的声讨。《酒国》中的一篇《驴街》更以夸张的笔法铺叙"全驴宴"的残忍和奢华，摹状毛驴临死前的可怜情形，借以讽刺人的贪欲。

除了上述用法外，莫言小说的动物叙事和动物视角，还可以担负起组织文本结构的重要职能，甚至在文体创新中做出独到的贡献。"叙事是一个名词化的动宾结构的词语，事而被叙，关键在于感而有觉，视而能见。在觉与不觉、见与未见之间，存在着一个感知角度的问题。因而实在不应该把视角看成细枝末节，它的功能在于可以展开一种新的独特的视境，包括展示新的人生层面，新的对世界的感觉，以及新的审美趣味、描写色彩和文体形态。也就是说，成功的视角革新，可能引起叙事文体的革新。"① 莫言的早期创作中，《白狗秋千架》在这方面有不俗的表现，晚近的《生死疲劳》则是运用动物视角谋篇布局的大规模架构。

在《白狗秋千架》的故事里，那只产于高密东北乡的、富于灵性的白狗先于女主人公"暖"出场，唤起了"我"对过去甜蜜而又苦涩的回忆。白狗是"我"与暖朦胧爱情的见证，它还"看到"暖不幸从秋千摔下被刺瞎一只眼睛，"看到"暖不得已嫁给一个哑巴、生下三个哑巴孩子、过着辛苦而压抑的生活。最后，白狗引领"我"到了高粱地深处，让"我"尴尬面对暖渴望要一个健康孩子的激情倾诉。白狗的几次现身，类似于中国古典小说"草蛇灰线"的技法，其勾连故事情节的作用是十分明显的。

在分析《生死疲劳》的动物视角之前，对当代文学史稍作回顾是有必要的。出生于20世纪五六十年代的中国作家，因为有着大致相同的成长背景和文学经验，所以他们内心深处都有一个挥之不去的"诗史情结"。尽管介入历史的方式各有不同，小说理想、美学趣味也有很大差异，但是这些小说家几乎都有审视20世纪的历史和现实，显示其"宏大叙事"意图的作品问世。莫言自然也不例

---

① 杨义：《中国叙事学》，人民出版社，2009，第201页。

外，他的长篇小说将 20 世纪整整一百年的中国历史囊括笔下。作为一个创新意识非常鲜明的作家，莫言的长篇小说几乎每一部都有特殊的构造，他是以不照搬他人、不重复自我为己任的。《生死疲劳》的故事时间起始于新中国成立之初的 1950 年，跨越半个世纪到 2000 年结束。"土改"、农业合作化和人民公社、"文化大革命"、改革开放这些重大历史事件构成故事展开的背景。那么，在《太阳照在桑干河上》、《暴风骤雨》、《三里湾》、《创业史》、《山乡巨变》和《艳阳天》之后，在《芙蓉镇》、《许茂和他的女儿们》、《平凡的世界》和《古船》之后，在《活着》、《羊的门》和《圣天门口》之后，在莫言自己的《天堂蒜薹之歌》、《酒国》、《丰乳肥臀》和《第四十一炮》之后，他如何实现叙事艺术的创新呢？

　　莫言受到佛教"六道轮回"教义的启发，借用《聊斋志异》中人物屈死喊冤的故事原型（《席方平》），加上他经过多次试验已经能够娴熟运用的动物视角，将上述三者综合起来，共同布局《生死疲劳》的叙事结构。靠劳动和节俭致富的地主西门闹，为人乐善好施，却在"土改"时被当作恶霸枪毙。在阴司衙门那里，西门闹向阎王叫屈含冤，无论遭受怎样的酷刑都不认罪。阎王只好同意让他先后托生为驴、牛、猪、狗、猴，最后托生为畸形的大头婴儿蓝千岁，在一次次生死轮回中消解心中的恨意和不平。《生死疲劳》于是就以"驴折腾"、"牛犟劲"、"猪撒欢"和"狗精神"等几部分谋篇布局，通过模拟这些动物的眼光、心理、思维和"话语"言说人世沧桑，表现 20 世纪后半叶中国乡村的悲伤和欢乐、苦难和希冀。莫言用这样一种奇异的叙述策略，驱使西门闹在"死"与"生"之间多次穿越轮回，寓言式地书写历史的荒诞与无情、生命的沉重与坚韧。

　　由于西门闹死后分别投胎为驴、牛、猪、狗、猴，动物视角成为主要的观察和言说方式，《生死疲劳》呈现出叙述对象与叙述方式两者的"分裂":沉痛的、充满悲剧色彩的事件用戏谑的、喜剧的话语方式讲述出来。这就在历史与文学之间寻求到一种充满张力的美学的平衡。"莫言作为小说家,不能听由悲剧感主导小说的情绪,而是要把情感和道德的悲剧性控制在游戏性、喜剧性的层面上,因为只有通过这种喜剧性和游戏性,最高的文学形式总体才能被构造出来。这也是现代派基本的技术和形式逻辑使然。在这个意义上,莫言的确是一个现代派。"①

环顾 20 世纪以来的外国小说创作,君特·格拉斯反思纳粹崛起历史的《铁皮鼓》,布尔加科夫讽刺集权政治和孱弱人性的《大师和玛格丽特》,米兰·昆德拉的《不能承受的生命之轻》,卡尔维诺的《我们的祖先》等,都具有使用喜剧的、游戏的话语形式言说悲剧的、沉重的社会历史命题的艺术风格。莫言的艺术创新与现代主义小说的美学追求是相通的,他们通过不同的路径达到超越现实主义的新高度。同时,在当代中国作家中,莫言的探索也不是孤立的存在。王小波的《黄金时代》,阎连科的《坚硬如水》《受活》,余华的《兄弟》等,也可以纳入这种"幻觉现实主义"的行列里。②

---

① 张旭东、莫言:《我们时代的写作——对话〈酒国〉〈生死疲劳〉》,上海文艺出版社,2013,第 99 页。

② 莫言获得诺贝尔文学奖后,学界对于颁奖词中的关键词"hallucinatoyy realism"如何翻译存在争议。美国加州州立大学教授童明认为,将"hallucinatoyy realism"翻译为"魔幻现实主义"是不准确的,因为与"魔幻现实主义"对应的英文是"magic realism"。他认为"hallucinatoyy realism"应该译为"幻觉现实主义"或"谵妄现实主义"。参见童明《莫言的谵妄现实主义》,《南方周末》2012 年 10 月 18 日,第 30 版。笔者赞同他的观点。

第四章　莫言小说的身体写作

在学术界对莫言创作进行的多角度研究中，传统的社会/历史批评、道德/哲学批评以及精神分析批评、神话/原型批评和比较文学批评等方法，已经在莫言研究中大显身手，积累了丰富的学术成果。21世纪以来，"身体写作"的研究视角显示出了莫言文学批评的新维度。莫言小说有关"身体"的话语非常丰富，从"身体写作"的视角阅读莫言的小说，有望打开一扇新的窗口，发现另一片风景。

第一节　"身体转向"和"身体写作"

在国外，"身体研究"并不是近年来才形成学术界研究热点的。早在20世纪70年代，"身体"就已经成为西方人文与社会科学研究的新领域。在美国、英国、法国、德国、日本等西方国家，哲学、社会学、人类学、宗教学、精神分析学以及女性主义等诸多学科的学者，纷纷涉足这一崭新的研究领域，展开了一系列卓有成效的理论探索。[1]

---

[1]　参见侯杰、姜海龙《身体史研究刍议》，《文史哲》2005年第2期。

在陈定家看来，这种对于"身体"的文化研究热潮，肇始于20世纪西方哲学的"身体转向"。

> 所谓"身体转向"，在西方思想传统中主要指尼采—福柯的"身体本体论"对以柏拉图—笛卡儿为代表的主体（意识）哲学的颠覆性翻转。这一翻转的革命性意义在于：将身体及其代表的动物性、感性、欲望、冲动、激情、情色意识等，从主体、理性、知识的禁锢压迫及二元对抗中解放出来，使之成为哲学讨论的核心与人性解释的出发点，从而改变了西方现代思想的路向，并对当代艺术的实验方向与方法产生了重大影响。[①]

那个宣布"上帝死了"的哲学狂人尼采，就是"身体研究"的首倡者。"尼采开辟了哲学的新方向，他开始将身体作为哲学的中心：既是哲学领域中的研究中心，也是真理领域中对世界做出估价的解释学中心。由于身体就是尼采的权力意志本身，因此，如果海德格尔是对的——他说尼采有一个权力意志的本体论——那么，同样的，这也是一个身体本体论：世界将总是从身体的角度获得它的各种各样的解释性意义，它是身体动态弃取的产物。"[②]

尼采对古典哲学的清算和批判，直接导致了现代西方哲学革命性的变化。"人和人之间的差异不再从'思想'、'意识'、'精神'的角度作出测定，甚至不再从观念、教养和文化的角度作出测定。也就是说，人的根本性差异铭写于身体之上。我们要说的是，身体，从尼采开始，成为个人的决定性基础。如果说，长期以来人们总是将自身分成两个部分，分成意识和身体，而且意识总是人的决

---

① 陈定家选编《身体写作与文化症候·导读》，中国社会科学出版社，2011，第 20 页。

② 汪民安、陈永国：《身体转向》，转引自陈定家选编《身体写作与文化症候》，中国社会科学出版社，2011，第 58 页。

定性要素，身体不过是意识和精神活动的一个令人烦恼的障碍的话，那么，从尼采开始，这种意识哲学，连同它的漫长传统，就崩溃了。"①

就像西方历史上任何一次哲学变革都会给文学艺术以极大影响一样，哲学研究的"身体转向"同样带来了文学观念的更新。不过这一次的表述带有强烈的女性主义色彩。法国新女性主义代表作家埃莱娜·西苏声称："几乎一切关于女性的东西还有待于妇女来写：关于她们的性特征，即它无尽的和变动着的错综复杂性，关于她们的性爱，她们的身体某一微小而又巨大区域的突然骚动。不是关于命运，而是关于内驱力的奇遇，关于旅行、跨越、跋涉，关于突然的和逐渐的觉醒，关于一个曾经是畏怯的即而将是率直坦白的领域的发现。"② 西苏在文章中呼吁女性倾听自己身体的声音，从女性的身体、乳汁和经血中发现写作的动力，从女性自身的欲望战栗和身体旋律之中寻找语言的节奏。她认为妇女只有通过写作才能够表达真正的自我、发现自我的力量；只有用写作才能推翻男性作者对女性错误的定义；妇女只有从身体出发才能够找到区别于父权制度的语言表达方式。③

从某种程度上说，西方女性主义思潮和"身体哲学"的引进，催生出了中国当代文学关于"身体写作"的话语论争和创作实践。另外，也应该看到中国的社会文化语境与"身体写作"话语的契合。就像陶东风分析的那样，"正是在中国20世纪90年代开始的消费主义语境中，政治的身体迅速地转化为消费的身体，带有政

---

① 汪民安、陈永国：《身体转向》，转引自陈定家选编《身体写作与文化症候》，中国社会科学出版社，2011，第47页。

② 〔法〕埃莱娜·西苏：《美杜莎的笑声》，张京媛主编《当代女性主义文学批评》，北京大学出版社，1992，第200～201页。

③ 参见〔法〕埃莱娜·西苏《美杜莎的笑声》，张京媛主编《当代女性主义文学批评》，北京大学出版社，1992，第193～197页。

治意味的身体叙事迅速蜕化为围绕时尚与市场旋转的欲望化叙事（尽管打着女权主义的颠覆旗号或青年文化的'反道德'旗号）"。①

在积极倡导"身体写作"的批评家中，身兼作家和学者二职的葛红兵对这个研究范畴寄予厚望，认为它是继"革命叙事"和"启蒙叙事"之后足以命名文学发展方向的术语，"身体写作意味着：写作通过亲近、疏离、分拆、瓦解等等手段，不断对身体进行再想象、再塑造、再规划，它脱离了启蒙叙事和革命叙事，通过写作这种方式，不断地切入到当下的后现代处境中，成为动荡不定的现实性的一部分，或者我们应该说，它通过再造自己的幻想而让自己在后现代消费政治中成为核心的景观之一"。②葛红兵、宋耕合著的《身体政治》一书也被认为是国内最早研究"身体写作"的专著之一。③由于缺乏足够的时间检验和系统深入的理论分析，"身体写作"能否成为描述文学史走向的一个界标，取得与"革命叙事"和"启蒙叙事"同样的概括力，目前做出准确的判断为时过早。

柯倩婷在其专著《身体、创伤与性别——中国新时期小说的身体书写》一书中，尝试从"身体"角度建立跨学科研究文学的基本框架和系列范畴。之所以如此，是因为"当代社会发展与小说创作都呼吁一种新的理论，这种理论能够解释近几十年来小说创作中对身体的迷恋及其再现身体的特征，解释这种表现方式所代表的创作转向，诠释这些身体意象所蕴含的丰富意义"。④她从八个方面界定了"文学与身体"的研究范围：（一）感官、饥饿、饮食、疾病与身体；（二）性、欲望与性别政治；（三）生育、母职与亲子伦理；

---

① 陶东风：《身体与身体写作》，转引自陈定家选编《身体写作与文化症候》，中国社会科学出版社，2011，第182页。

② 葛红兵：《身体写作：启蒙叙事、革命叙事后身体的处境》，转引自陈定家选编《身体写作与文化症候》，中国社会科学出版社，2011，第7页。

③ 参见葛红兵、宋耕《身体政治》，上海三联书店，2005。

④ 柯倩婷：《身体、创伤与性别——中国新时期小说的身体书写》，广东人民出版社，2009，第3页。

（四）服装、建筑、空间与身体；（五）精神创伤、记忆与体现；（六）暴力、酷刑与施虐受虐狂；（七）句法结构、语言意象、写作与身体；（八）酷儿与性政治。① 柯倩婷还选择铁凝的《玫瑰门》、莫言的《丰乳肥臀》、王小波的《万寿寺》、阿来的《尘埃落定》和徐小斌的《羽蛇》进行个案分析，意图通过对文本的读解来支撑自己的理论架构。她的努力虽然受到"对当时文学发展的整体风貌缺乏充分的论述"② 这样的批评，但是她的著作作为较早、较系统的关于"身体写作"的跨学科研究专著，其意义和影响不可小觑。

毋庸讳言，因为概念内涵的不确定性和使用的泛化倾向，"身体写作"的理念及其实践也遭到了一些学者的质疑和抨击。彭亚非发现，"我国目前说得很热闹的所谓身体写作，基本上只是对从卫慧到木子美等少数几个以写性出名的女作者的写作现象进行的描述。要概括这一写作现象并不难，说到底，它无非就是几个女人将她们的性经历、性体验写了出来，而导致了一种惊世骇俗的阅读效应"。③ 他对此严厉地批评道："由于生活本身的贫乏、堕落和空虚，精神空间的狭隘、萎缩和有限，这些女作者们也只能以她们自己有限的生存体验和生活行为作为她们的文学关注对象和写作内容。她们所谓的身体写作，源于她们的生活内容本来就只是围绕自己有限的身体需求展开的，因此她们感知这个世界的方式或者说体验存在意义的方式就只能采取身体接触或生理受用的方式。"④

阎真着重对"身体写作"概念的原初意义进行辨析，批评国人对它的误解和误用：

---

① 柯倩婷：《身体、创伤与性别——中国新时期小说的身体书写》，广东人民出版社，2009，第 36 页。

② 朱崇科：《身体意识形态》，中山大学出版社，2009，第 29 页。

③ 彭亚非：《"身体写作"质疑》，转引自陈定家选编《身体写作与文化症候》，中国社会科学出版社，2011，第 153 页。

④ 彭亚非：《"身体写作"质疑》，转引自陈定家选编《身体写作与文化症候》，中国社会科学出版社，2011，第 158 页。

　　"身体写作"是西方女性主义对特定的文学表现方式的一种描述，其要义在于强调文学写作中的女性视角和女性立场，以及女性对生活的感受方式。这种表达中暗含着对男性意味浓厚的社会历史叙事的反抗态度，而认为私人化的叙事与历史化的宏大叙事具有同样重要的意义。"身体写作"在西方女性主义者那里是对女性立场的表达，是对女性感受在文学领域被男性话语所覆盖的反抗，而远不局限于女性的生理性感受，更不是局限于女性的特定身体器官的感受。①

　　他认为"身体写作"移入当代中国的创作语境后已经发生了变异，"成为了'性写作'的代名词，与西方女性主义的'身体写作'的概念有了相当的文化距离"。② 他还批评了中国当代文学中"身体写作"所标榜的"反抗男权文化"的虚妄，斥之为一种"低俗的写作姿态"。③

　　上述并不全面的回顾表明，"身体"或"身体写作"作为文学研究的新视角和新范畴，尽管洋溢着理论的活力，却也因其内涵的不确定而褒贬各异，限制了批评的准确性和有效性。在中国语境下对"身体写作"一词做出的诸多解释中，朱崇科的理解应该是比较准确的：

　　"身体写作"（或曰"躯体写作"），是中国内地20世纪90年代女性文学书写中一道惹人注目的风景。当然，这个概念如果细究起来，至少可以包含两层含义：一是关于身体的写作，主

---

① 阎真：《身体写作的历史语境评析》，《文艺争鸣》2004年第5期，第74页。
② 阎真：《身体写作的历史语境评析》，《文艺争鸣》2004年第5期，第74页。
③ 阎真：《身体写作的历史语境评析》，《文艺争鸣》2004年第5期，第76页。

要书写身体的隐秘、冲动、欲望等；二是用身体写作。书写者多数立足自我的身体感受，或多或少带上了自传体的特点或实质。①

需要说明的是，当"身体写作"（或曰"躯体写作"）在批评家那里被用来从一个特定角度描述中国当代文学时，这个术语的内涵已经超出了"20 世纪 90 年代女性文学书写"这一限定，而是泛指文学书写中对感官、身体、欲望（尤其是性爱）等的重视和强调。作为一个边界模糊的批评范畴，"身体写作"通常从现代哲学、身体社会学、女性主义、精神分析学等理论话语中寻找和借用批评资源。② 笔者对莫言"身体写作"的分析就是从泛指的意义上入手的。莫言小说的艺术魅力之一，就是他以精细的感觉和别致的笔法，对人物的"身体"展开了具有"发现"意义上的描绘，想象和还原了长期以来被意识形态话语遮蔽的感官的鲜活与灵动，以及生命个体的真实境况。

第二节　莫言小说中的女性身体

一　作为恋人的女性身体

余占鳌把大蓑衣脱下来，用脚踩断了数十根高粱，在高粱的尸体上铺了蓑衣。他把我奶奶抱到了蓑衣上。奶奶神魂出舍，望着他脱裸的胸膛，仿佛看到强劲彪悍的血液在他黝黑的皮肤下川流不息。高粱梢头，薄气袅袅，四面八方响着高粱生

---

① 朱崇科：《身体意识形态》，中山大学出版社，2009，第 12 页。
② 参见南帆《躯体修辞学：肖像与性》，《文艺争鸣》1996 年第 4 期；谢有顺《文学身体学》，《花城》2001 年第 6 期。

长的声音。风平，浪静，一道道炽目的潮湿阳光，在高粱缝隙里交叉扫射。奶奶心头撞鹿，潜藏了十六年的情欲，迸然炸裂。奶奶在蓑衣上扭动着。余占鳌一截截地矮，双膝啪嗒落下，他跪在奶奶身边，奶奶浑身发抖，一团黄色的、浓香的火苗，在她面上哔哔剥剥地燃烧。余占鳌粗鲁地撕开我奶奶的胸衣，让直泻下来的光束照耀着奶奶寒冷紧张，密密麻麻起了一层小白疙瘩的双乳上。在他的刚劲动作下，尖刻锐利的痛楚和幸福磨砺着奶奶的神经，奶奶低沉暗哑地叫了一声："天哪……"就晕了过去。（《红高粱》）

这是《红高粱》写"杀人越货，精忠报国"又"敢爱敢恨"的"我爷爷"余占鳌和"我奶奶"戴凤莲时一段典型的情境描写。小说中这种突出身体感官和欲望感受的描写还有不少，如"奶奶丰腴的青春年华辐射着强烈的焦虑和淡淡的孤寂，她渴望着躺在一个伟岸的男子怀抱里缓解焦虑消除孤寂"，"轿夫身上散发出汗酸味，奶奶有点痴迷地呼吸着这男人的气味，她老人家心中肯定漾起一圈圈春情波澜"，等等。戴凤莲贪图钱财的父母强迫她嫁的却是有钱人家身患麻风病的公子单扁郎，"她看到在炕下方凳上蜷曲着一个面孔痉挛的男人。那个男人生着一个扁扁的长头，下眼睑烂得通红"。作为一种叙事策略，戴凤莲春情勃发的美好身体与单扁郎有严重残疾的身体形成了强烈对比，两者的不般配显而易见，自然会引起读者"鲜花插在牛粪上"之类的感慨。这就为故事后来的发展做好了铺垫。戴凤莲与余占鳌在高粱地里"野合"、余占鳌杀单家父子，因此都具备了反封建的进步意义。

当年小说发表的时候，这样的描写作为对民族生命力的渲染受到评论家的高度赞誉。"与当代作家如高晓声、贾平凹等人的注重揭示农民背负因袭的重担和'国民性的劣根'不同的是，莫言在这部作品里特别注重和激赏农民内部的英雄道德，生命力的炽热，伸展人性的巨大张力，注意统治阶级思想的毒氛很难毒化而有如燃烧的荆棘般的生命伟力"，"还没有人像莫言这样把农民心理、意识、道德中未被毒化的刚健的一面提升到如此的诗意的高度和人性的高度"。① 评论界关注的是人物形象蕴含的思想象征意义，是"心理、意识、道德"这些精神层面的东西。承载这些精神的身体（肉体）只是灵魂的附属品，没有获得独立的审美价值，尚不能进入批评家的"法眼"。至于《红高粱》的叙述者在故事讲述中潜藏的对女性身体和欲望的"男权意识"，更需要等到"女性主义"批评大行其道的 20 世纪 90 年代以后才可能受到揭示和批判。

在对中国古代文学中的男性躯体书写进行了一番别具意味的解读后，南帆发现："文学史上，女性并不是活跃在历史舞台上，她们仅仅走动在男性的目光当中。因此，许多女性躯体的描写背后有意无意地流露出男性的视角和欣赏口味。"② 这种男性视角和欣赏口味直到莫言登上文坛的 20 世纪 80 年代，在文学关于女性的想象中仍然占据主导地位。《红高粱》对"我奶奶"戴凤莲的心理、身体、情欲的书写，几乎都带有男性叙述者一厢情愿的性别眼光。在遭遇突如其来的抢掠时，戴凤莲凭什么不是恐惧害怕而是"神魂出舍""心头撞鹿，潜藏了十六年的情欲，迸然炸裂"？她不仅乖乖地接受余占鳌的示爱，而且除了"尖刻锐利的痛楚"外竟然还会感到"幸福"——这不是叙述者的臆想又是什么？

莫言当然以为他已经为"我奶奶"的反应做了充分的铺垫。送亲路上，余占鳌曾经"轻轻地，轻轻地握住奶奶那只小脚，像握着

---

① 雷达：《论"红高粱家族"的艺术独创性》，《文学活着》，人民文学出版社，1995，第 223~224 页。

② 南帆：《躯体修辞学：肖像与性》，转引自陈定家选编《身体写作与文化症候》，中国社会科学出版社，2011，第 113 页。

一只羽毛未丰的鸟雏","奶奶在轿子内，被这温柔感动"。在奶奶"亢奋的眼睛"鼓励下，余占鳌勇斗劫匪，率领众轿夫打死了剪径毛贼。这一柔一刚的动作，使得因为未婚夫是麻风病人而决心赴死的"我奶奶"绝处逢生，重新焕发出对生活的希望。特别是余占鳌那"强劲彪悍"与"伟岸坚硬"的身躯，洋溢着男人的力量与性感，她为什么不对之投怀入抱并欣喜若狂呢？可是且慢，莫言似乎忘记自己在前面写下的文字了："奶奶心里又悲又苦，往常描绘好的、与戏台上人物同等模样、峨冠博带、儒雅风流的丈夫形象在泪眼里先模糊后湮灭"——"峨冠博带、儒雅风流"岂不是与浑身土匪气的余占鳌有天壤之别，何以"我奶奶"轻而易举地就改变了自己对理想男人的想象呢？

不能排除莫言在叙事上的疏忽，但更有可能是作家潜意识的流露——他不由自主地按照男性主导的传统文化评价体系，为旧时代的乡村女性想象（规定）了非此即彼的择偶标准：不是文人就是武将，不是才高八斗就是武功盖世。更值得注意的是"余占鳌一截截地矮，双膝啪嗒落下，他跪在奶奶身边"这句描写。古话说："男儿膝下有黄金。"男子跪拜的一般只有天地、父母、兄弟（结义）和恩人（谢恩），夫妻结婚时也只是对拜（不是跪拜）。余占鳌对着"软得像面条一样，眯着羊羔般的眼睛"的"我奶奶"下跪，其身体语言实在耐人寻味。或许这正是莫言面临的道德正义性与张扬生命力的两难境地吧！余占鳌的下跪冲淡了身体的暴力色彩，为"强奸"披上了求爱的外衣。①

从发表《红高粱》的1986年往回看，莫言的小说对恋人的女性身体的书写，与他的创作是同步进行的。其处女作《春夜雨霏霏》写一个军人的新婚妻子与丈夫长期分居，在春雨之夜不能入

---

① 葛红兵、宋耕：《身体政治》，上海三联书店，2005，第129页。

眼，脱了衣服在雨中尽情释放身体的燥热，其想象已经足够大胆。《送棉大道》写女主角深夜赶路去县城交售棉花，来了例假无法收拾自己的尴尬。《白狗秋千架》里昔日恋人意外相逢，男主人公还记得"你那花蕾般的胸脯，经常让我心跳"，眼前却是"她旁若无人地把汗衫下摆从裤腰里拽出来，撩起来，掬水洗胸膛。汗衫很快就湿了，紧贴在肥大下垂的乳房上"的不堪。在小说结尾处，那个魅力已逝、缺了一只眼的"暖姑"，不甘心自己一胎生了三个哑巴，对"我"央求道："我正在期上……我要个会说话的孩子……你答应了就是救了我了，你不答应就是害死了我了。有一千条理由，有一万个借口，你都不要对我说。"曾经的浪漫记忆变为传宗接代的无奈诉求。《金发婴儿》里受到军官丈夫冷落的妻子紫荆，情感和身体都处在极度的饥渴当中。"她把上身探过去，把公鸡接过来抱在怀里，像抱着一个婴孩。她用手抚摸着公鸡羽毛，心跳得紧一阵慢一阵。公鸡羽毛蓬松柔软，弹性丰富，充满着力量。她摸着摸着，呼吸越来越急促，胳膊使劲往里收。公鸡拼命挣扎起来，尖利的脚趾蹬着她的胸脯，她感到又疼又惬意。"因为身份的特殊（军婚），紫荆竭力回避同村男子黄毛的追求，仿佛只能从不具威胁的动物身体那里得到几分满足。

《红高粱家族》是莫言创作的第一个高峰，他对作为恋人的女性人物的性格与身体的想象和书写也基本定型。此后的作品里那些给人印象较深的女性角色，大都带有"我奶奶"戴凤莲的影子。《丰乳肥臀》里的上官鲁氏及其众多女儿、《檀香刑》里的孙眉娘都是如此。《白棉花》中的方碧玉绰号"白鹅"，"有一根长得出众的脖子"，"一对趾高气扬的乳房"。故事的叙述者照例是莫言小说里常见的半大小子，通常会暗恋、窥视比自己年龄大的女主角。"对于一个情窦初开的大男孩，女人周身都是迷人的故事……只要看到那两瓣饱满的屁股、那弯下腰就显出来的乳沟时，便如痴如醉，想入非非。虽然知道这样想有悖道德，但女人的力量对我来说实在比道德更有吸引力。"叙述者如此为自己辩解，好像本人的"不老实"是因为对方的诱惑。他固执地把充满色情意味的眼光投放在方碧玉引人注目的身体上。"她只穿一件粉红色的短袖衬衫，下身穿一条用染黑了的日本尿素化肥袋子缝成的裤子。上述服装被露水打湿后，紧紧地贴在皮肉上。她已跟赤身裸体差不多。"在叙述者的诱导下，读者不由得会猜想这个性感的女主角将上演何等情欲泛滥的好戏。方碧玉果然没有让读者失望。她不顾与村支书的儿子订有婚约，在棉花厂红杏出墙，与心爱的男子颠鸾倒凤。她甚至"勾引"比自己小不少的叙述者"我"，用身体来酬谢对方多年的痴情。更叫人诧异的是，莫言还为她设计了飞檐走壁的武功，让她最后用"调包计"神秘地失踪。如此一来，《白棉花》批判权力政治、反对包办婚姻的主题，为方碧玉性感的身体与放肆的情欲所消解，成为一个怪诞与写实相交织的传奇故事。

沿着这样的路数，莫言还写了他戏称为"武侠小说"的《怀抱鲜花的女人》。海军上尉王四回乡结婚，邂逅了一位神秘的女子：

> 她穿着一条质地非常好的墨绿色长裙，肩上披着一条网眼很大的白色披肩。披肩已经很脏，流苏纠缠在一起，成了团儿。她脚上穿着一双棕色小皮鞋，尽管鞋上沾满污泥，但依然可以看出这鞋子质地优良，既古朴又华贵，仿佛是托尔斯泰笔下那些贵族女人穿过的。她看起来还很年轻，顶多不会超过二十五岁。她生着一张瘦长而清秀的苍白脸庞，两只既忧伤又深邃的灰色大眼睛，鼻子高瘦，鼻头略呈方形，人中很短，下面是一只红润的长嘴。她的头发是浅蓝色的，湿漉漉地披散在肩膀上。

　　王四忍不住好奇和诱惑，冲动之下吻了这位神秘女子。他没想到女子因此对他纠缠如毒蛇，执着如怨鬼，无论他怎样哀求、恐吓都如影随形。"他本能地把狐狸和女人联系在一起，把神话与现实联系在一起。一切关于女人的令人困惑不解之处，似乎都可以从狐狸身上找到答案：这女人是狐狸变的。她是一匹狐狸精。"想起以往读《聊斋志异》时那些美丽的幻想，王四自嘲是"叶公好龙"。与此呼应的是王四亲吻女子时的身体感受："从她嘴里喷出来的那股热烘烘的类似谷草与焦豆混合成的骡马草料的味道几乎毫无泄漏地注入他的身体并主宰了他的全部感官……女人嘴里的味道源源不断地输送出来，像给打火机充气一样，注满了王四身体内的所有空间……后来，他感到筋疲力尽，小肚子上却一阵阵抽着隐痛。"这样的描写不禁使人联想到狐仙鬼怪故事里那些因贪色而"脱阳而死"的书生们。

　　耐人寻味的是，尽管神秘女子的打扮时尚气息很浓，叙述者却要把她与"托尔斯泰笔下的女人们"联系起来——出身贵族，古朴典雅，也不乏美貌和性感（除了上述引文，小说后面还有"然后是托尔斯泰的女人们穿过的华贵皮靴"这样的句子）。这或许暗示出王四对即将到来的婚姻的不满甚至厌恶。这样猜测的理由是，在整个故事的叙述中，王四未婚妻的相貌和身姿（身体）居然一次也没有出现在他的脑海里或视线中，王四偶尔提到未婚妻时语气也颇为不恭。从现实生活层面看，在依据血缘关系聚族而居的乡间社会，王四的婚变不仅自毁前程，而且还会给整个家族带来灾难（因为未婚妻家有执掌地方权力之人）。王四的"艳遇"果然在家乡引起轩然大波，他受到村民的围观、父母的谴责、未婚妻的唾弃，最后被神秘女子逼得走投无路并命丧黄泉。"村人发现上尉和女人紧紧地搂在一起死去了，为了分开尸体，人们不得不十分残忍地弄坏了他们的口舌，折断了他们的手指。"

这个有几分恐怖的"武侠小说"颇具道德训诫意味：它尖刻地嘲弄了男性对女性的集体想象，让他们思慕的理想女性形象（身体）——高贵，神秘，带有一种病态美和异国情调等——变狐变妖，以惩戒那些不甘心世俗婚嫁、"吃着碗里望着锅里"的男人。而在历史上，性爱、婚姻之中蕴含的政治学、社会学因素其实早已被占统治地位的男性权力洞察。"男性已经充分意识到，女性的躯体之美同时还存在着扰乱男性正常秩序的危险……从女性躯体的赞美到女性躯体的毁弃，两者的距离恰是男性的欲望到男性的恐惧之间的距离。"[①] 王四与神秘女子同归于尽，用身体作为自己"越轨"行为的"牺牲"，倒是比古典小说中将"失足"责任完全推给女性的落魄书生们多了几分担当。

二　作为母亲的女性身体

很难确定历史上关于母亲的最早书写起于何时。我们听到过"孟母三迁"和"岳母刺字"这样的佳话，阅读过李密《陈情表》（文中的祖母代行母职）、孟郊《游子吟》这样的感恩之作，也知道《郑伯克段于鄢》中的姜氏、《孔雀东南飞》中焦仲卿母亲之类的恶母形象。《三国演义》突出"正"与"邪"之分，为徐庶之母设定一个拥刘（备）反曹（操）的立场，她为了让儿子安心辅佐刘备竟不惜自杀，道德意味很浓。《红楼梦》中的母亲类型相对丰富一些，贾母更是一个性格鲜明的艺术形象。不过与"金陵十二钗"等少女（少妇）相比，这些母亲形象总体上个性并不突出，艺术价值也不太高。概而言之，中国古典文学中的母亲形象比较单薄，文人墨客（男性）对她们相貌及身体的关注和描写也较为

---

① 南帆：《躯体修辞学：肖像与性》，转引自陈定家选编《身体写作与文化症候》，中国社会科学出版社，2011，第115~116页。

罕见。

现代文学高举"文学革命"与"人的文学"的旗帜，人物的命运和个性受到空前重视。女性、母亲长期被遮蔽的历史终结了，一批生动鲜活的母亲角色开始登上文学舞台，有的甚至成为聚光灯下引人注目的人物。如祥林嫂（《祝福》）、春宝娘（《为奴隶的母亲》）、焦母（《原野》）、大堰河（《大堰河——我的保姆》）、曹七巧（《金锁记》）、三仙姑（《小二黑结婚》）以及冰心散文中带有圣母气息的慈爱母亲等。随着叙事技术的不断进步，作家的笔墨逐渐深入人物内心世界直至潜意识层面。与习见的理解不同，有学者认为："《祝福》的故事重心其实是祥林嫂对阿毛之死的讲述……人物通过讲述而不断回到产生记忆的源头，她以不断重复的呓语展现了创伤之不可痊愈。"①《金锁记》中，曹七巧由于婚姻的不幸、情欲的压抑而性格扭曲、精神变态，不惜亲手毁掉儿女们的幸福。显然，在现代作家笔下，母亲的肖像、身体、创伤、欲望等（不仅仅是心理和情感）受到了前所未有的关注。

值得深思的是，《金锁记》中对曹七巧这样"恶母"形象的叙事并没有成为现代文学母亲书写的主导倾向，文学语境中的母亲形象与土地、人民（农民）、祖国等意象产生了联系，其正面意义和价值不断"膨胀"。在一定程度上，这种联系是从抗战时期的"流亡者文学"那里开始建立起来的。②艾青的诗歌可以视为一个典型的例证。"他的成名作《大堰河——我的保姆》，就是一个地主阶级叛逆的儿子献给他的真正的母亲——中国大地上善良而不幸的普通农妇的颂歌……这样的描述是来自生活的，但同时又赋予了'大

---

① 柯倩婷：《身体、创伤与性别——中国新时期小说的身体书写》，广东人民出版社，2009，第 82 页。

② 钱理群：《"流亡者文学"的心理指归——抗战时期知识分子精神史的一个侧面》，载王晓明主编《批评空间的开创——二十世纪中国文学研究》，东方出版中心，1998，第 239～266 页。

堰河'以某种象征的意义，简直可以把她看作永远与山河、村庄同在的人民的化身，或者说是中国农民的化身……这是一个'沉默'的大地母亲、生命的养育者的形象：沉默中蕴含着宽厚、仁爱、纯朴与坚忍。"①

显然，艾青诗歌中"母亲"意象的蕴涵，与当代政治文化和文学艺术中关于"母亲"的言说已经没有多少区别。政治和文学话语怎样塑造解放区文学和新中国文学里的母亲形象，作为革命者的母亲形象是如何建构起来的，"文革"文艺对母亲形象公式化、概念化的表现等，这些并不属于本书关注的重心。事实上，直到20世纪80年代中期前后，宽厚、仁爱、纯朴、坚忍以及勤劳、善良、奉献、牺牲等仍然是文学话语、政治话语中关于"母亲"一词的基本定义。《高山下的花环》、《黑骏马》、《棋王》、《狗日的粮食》和《麦秸垛》等作品中关于母亲的叙事都没有离开约定俗成的写作套路。

残雪、莫言等人在其现代主义色彩浓厚的作品中，大胆冲击母亲书写的既成范式，带给读者惊讶、疑惑、震惊等新奇的感受。"残雪一般都会被看作是'现代派'小说家……她将现实与梦幻加以'混淆'，以精神变异者的冷峻感觉和眼光，创造了一个怪异的世界。"② 残雪的一个写作策略是，通过以血缘、亲情为纽带的家庭成员的叙事来渲染人与人之间的冷漠、对立和敌意。在她的小说人物中，儿女眼中的父母身体、相貌丑陋不堪，言谈举止诡秘怪异，完全失去了庄重、慈祥、温柔等品性。"父亲每天夜里变为狼群中的一只，绕着这栋房子奔跑，发出凄厉的嚎叫"，"妈妈老在暗中与我作对"，"她正恶狠狠地盯着我的后脑勺，我感觉得出来。每次她

---

① 钱理群、温儒敏、吴福辉：《中国现代文学三十年》（修订本），北京大学出版社，1998，第557~558页。
② 洪子诚：《中国当代文学史》，北京大学出版社，1999，第341页。

盯着我的后脑勺，我的头皮被她盯的那地方就发麻，而且肿起来"。（《山上的小屋》）这些对亲情伦理的描述当然不是写实意义上的，而是一种模拟精神分裂症状的谵妄与幻觉。不过母亲神话也许就是在这种解构式话语的侵蚀下逐渐破灭的。

　　从早期的短篇《大风》、《石磨》、《枯河》和《老枪》等到成熟期的《金发婴儿》、《红高粱》和《欢乐》，再到长篇力作《丰乳肥臀》、短篇翘楚《拇指铐》，乃至 21 世纪初的《第四十一炮》等，母亲形象始终是莫言小说的重要角色，与儿童形象、恋人形象共同组成莫言小说的人物谱系。与此同时，母亲的身体表现也有一个由简略到繁复、由隐蔽到显豁、由"美"到"丑"的变化过程。这个变化过程在一定程度上勾画出了莫言小说创作观念的演变轨迹。以 1987 年发表的中篇小说《欢乐》为界，此前作品中的母亲形象尽管也有严厉（《老枪》和《枯河》）、愚昧（《爆炸》和《球状闪电》）等，总体上呈现的还是传统意义上的慈祥、善良等品格。《红高粱》中关于"我奶奶"与"我父亲"母子关系的叙事虽然不多，但是相当细腻地、准确地勾勒出了母爱子孝的伦理亲情。以"我父亲"的视角和口吻描述的"我奶奶"的身体，无论是"夹袄里散出的热烘烘的香味"，还是在日本兵面前"三分像人七分像鬼"的疯癫模样，抑或中弹弥留之际鲜血淋漓的身躯，都饱含着儿子对母亲深切的崇敬与缅怀。

　　与此相比，《欢乐》则大相径庭。这倒不是说莫言改变了对母亲和女性的崇拜与颂扬，而是说作家对母亲形象的（身体）刻画开始了由"美"到"丑"的转变。因为对主人公齐文栋母亲的身体描写"破坏了躯体修辞学的成规，可恶地颠覆了既有的阅读期待"，[①] 所以《欢乐》饱受批评家的指责。莫言却没有因此收敛。在 1992 年发

---

① 南帆：《躯体修辞学：肖像与性》，转引自陈定家选编《身体写作与文化症候》，中国社会科学出版社，2011，第 121 页。

表、近些年来才受到国内学者重视的《酒国》中，他甚至写了母亲以自己的身体为生产工具育儿卖钱这样耸人视听的故事。正如张旭东指出的，莫言的文学想象走到了现实前面。"在九十年代的语境里还要靠莫言的想象和语言来将它展示出来，今天纯写实就可以达到莫言小说中的效果，比如荒诞感，所以我们的时代终于就成了十几年前莫言的魔幻，现实终于追上了莫言的想象！"[①] 1995 年，莫言发表的《丰乳肥臀》，更是将现代文学话语成规塑造的母亲形象涂改得面目全非。莫言这种颠覆性的改写究竟意味着什么呢？

且看《欢乐》中那段关于母亲身体的描写：

> 跳蚤在母亲紫色的肚皮上爬，爬！在母亲积满污垢的肚脐眼里爬，爬！在母亲泄了气的破气球一样的乳房上爬，爬！在母亲弓一样的肋条上爬，爬！在母亲的瘦脖子上爬，爬！在母亲的尖下巴上、破烂不堪的嘴上爬，爬！母亲嘴里吹出来的绿色气流使爬行的跳蚤站立不稳，脚步趔趄，步伐踉跄；使飞行的跳蚤反了翅膀，翻着筋斗，有的偏离了飞行方向，有的像飞机跌入气涡，进入螺旋。跳蚤在母亲金红色的阴毛中爬，爬！——不是我亵渎母亲的神圣，是你们这些跳蚤要爬，爬！跳蚤不但在母亲的阴毛中爬，跳蚤还在母亲的生殖器官上爬，我毫不怀疑有几只跳蚤钻进了母亲的阴道，母亲的阴道是我用头颅走过的最早的、最坦荡最曲折、最痛苦也最欢乐的漫长又短暂的道路。不是我亵渎母亲！不是我亵渎母亲！！不是我亵渎母亲！！！是你们，你们这些跳蚤亵渎了母亲也侮辱了我！我痛恨人类般的跳蚤！写到这里，你浑身哆嗦像寒风中的枯叶，你的心胡乱跳动，笔尖在纸上胡乱划动……（《欢乐》）

---

① 张旭东、莫言：《我们时代的写作——对话〈酒国〉〈生死疲劳〉》，上海文艺出版社，2013，第 71 页。

莫言之前的中国作家，恐怕没有哪个会这样写、敢这样写母亲的身体。这是在一种什么样的语境下出现的如此叛逆性、挑衅性的文字呢？《欢乐》的主人公齐文栋（小名永乐）是个农村青年，天性内向而敏感。他连续五年高考落榜，依靠母亲供养，不谙农事，拖累哥嫂。在破败的环境、暗淡的前途和压抑的情欲等多重痛苦的煎熬下，齐文栋神思恍惚，精神濒临崩溃，准备结束自己的生命。苦闷彷徨之际，母亲衰老不堪的身体既是他对人世最后的留恋和牵挂，也是他内疚自杀的原因之一。"我恍然觉得母亲变成了一具木乃伊，没有生命，没有感觉，没有一点点水分。"这与其说是齐文栋的幻觉，不如说是被无数作者和读者所忽略的赤裸裸的真实，即被文学成规所遮蔽的、在现实生活中奉献了一切的母亲们的身体状况。与千篇一律对母亲的歌颂、赞美相反，《欢乐》以其残酷的真相考验读者的神经，考问他们的良心，也挑战他们的审美能力。这篇小说不能不令人联想到波德莱尔的《恶之花》、罗丹的《老妓女》等惊世骇俗之作。

不仅如此，作为一个底层的弱者、家庭的累赘，齐文栋对他耳闻目睹的仗势欺人、以权谋私、暴力执法、贫富不均等种种社会不公正现象，有一种强烈的愤懑之情；家乡的混乱破败、亲人的愚昧自私更令他悲观绝望，痛不欲生。他名叫"永乐"却很少体验到快乐，他感到太多的压抑却不能找到发泄的渠道，他的声音太微弱从来无人倾听。齐文栋能够做的，就是以母亲丑陋的身体借题发挥，指斥"人类般的跳蚤"。这种弱者的反抗就像小说里写到的那个受到父亲责骂后大口吃泥土的孩子，用身体自残来表达对权威（权力）的不满。齐文栋的自杀又何尝不是用身体做出的抗争呢？母亲的身体，母亲的阴道，母亲的子宫，是这个社会弃儿仅有的归宿。由此看来，《欢乐》中母亲的身体凝聚了丰富的美学意义和阐释可能：从文学的层面看，它化"丑"为"美"，突破了叙事的成规和戒律，具有先锋性和革命性；从女性主义的层面看，它暴露了现实社会中母亲（身体）过度透支的真实处境，呼吁人们在性别政治的视角下重新思考妇女解放的问题；从精神分析学的层面看，齐文栋作为一个精神分裂症患者之所以自杀，是因为母亲的身体（阴道和子宫）乃是他幻觉中的避难所和幸福乐园。最后，莫言感觉的丰盈和通透（《欢乐》对人物异常的精神状态有着非常精彩的想象和描述），他对母亲身体的"发现"和"改写"，为发展和完善"身体写作"理论提供了生动翔实的例证。

就像莫言反复说明的那样，《丰乳肥臀》无疑是一部献给母亲的精心之作。①作品通过上官鲁氏的一生讴歌了母爱的无私，赞美了母性的伟大。上官鲁氏生于 1900 年，活到 90 余岁，历经 20 世纪中国发生的各种战乱、革命和政治运动。因此，上官鲁氏的形象在某些论者眼中成为中华民族百年沧桑、百年屈辱的艺术写照。在批评家张清华看来，上官鲁氏形象的意义还不止这些。"这还是一个'伦理学'和'人类学'双重意义上的母亲：一方面她是生命与爱、付出与牺牲、创造与收藏的象征……；另一方面……她是一切的死亡和复生、欢乐与痛苦的象征。"②如果沿着这种"宏大叙事"的解读思路继续走下去，《丰乳肥臀》的母亲形象被赋予更多"现实的"和"历史的"意义是毫无疑问的，但是人物也可能遭受因为"过度阐释"而被理论话语"淹没"的命运。

从"身体写作"的角度看，《丰乳肥臀》不仅讴歌了母亲的丰功伟绩，而且展开了对母亲身体完整详细的大规模叙述。少女鲁璇

---

① 莫言：《丰乳肥臀解》，《光明日报》1995 年 11 月 11 日；莫言：《我的〈丰乳肥臀〉——在哥伦比亚大学的演讲》，载杨守森、贺立华主编《莫言研究三十年》中卷，山东大学出版社，2013。

② 张清华：《叙述的极限——论莫言》，《当代作家评论》2003 年第 2 期，第 66 页。

儿嫁入上官家成为上官鲁氏，身份先后经过了妻子、儿媳妇、母亲、情人、岳母、外婆等复杂变化，身体也承受着生育之苦、饥饿之苦、逃亡之苦，甚至被丈夫虐待，被乱兵强暴，被不争气的儿子上官金童无休止地压榨。在《丰乳肥臀》中，母亲的历史就是身体不断受难的历史，对母亲的言说就是对她身体的言说。撇开"宏大叙事"话语笼罩在母亲身上的诱人光环，仅仅从身体叙事角度考察母亲形象的建构过程，探究莫言作为一个男性作家在讲述母亲的故事时不自觉的性别立场，对于理解上官鲁氏形象的内在矛盾，对于分辨《丰乳肥臀》含混复杂的思想内容都是有所裨益的。限于篇幅，下面仅从母职的"生育"和"供养"两个方面略做分析。这两个方面正好与"肥臀"和"丰乳"的象征意义形成呼应。

上官鲁氏首先是以孕妇的身份出场的。她已经为上官家生了七个女孩，眼下又将临盆，可是上官家的驴子要生骡驹，公公、婆婆和丈夫都顾不上她。上官鲁氏独自躺在铺了灰土的炕上，由于担心生不了男孩精神极度紧张，身体饱受难产的折磨。日本鬼子的枪炮声越来越近，乡亲们慌乱地逃亡。是一定要生一个男孩的信念支撑她坚持下来，她忍受着生育死亡和战争死亡的双重威胁：

> 窗棂上镶着一块水银斑驳的破镜子，映出脸的侧面：被汗水濡湿的鬓发，细长的、暗淡无光的眼睛、高耸的白鼻梁、不停地抖动着嘴唇的枯燥的阔嘴。一缕潮漉漉的阳光穿过窗棂，斜射在她的肚皮上。那上面暴露着弯弯曲曲的蓝色血管和一大片凸凹不平的白色花纹，显得狰狞而恐怖……菩萨保佑……祖宗保佑……就这样祝祷着，祈求着，迎接来一阵又一阵撕肝裂肺般的剧痛。她的双手抓住身后的炕席，身上的每一块肌肉都在震颤、抽搐。她双目圆睁，眼前红光一片，红光中有一些白炽的网络在迅速地卷曲和收缩，好像银丝在炉火中熔化。一声

> 终于忍不住的号叫从她的嘴巴里冲出来，飞出窗棂，起起伏伏
> 地逍遥在大街小巷……

这幅"生育受难图"使读者很难不为之动容。母亲性格的一个主导方面（奉献和牺牲）就是从这里开始确立的。莫言告诉我们一个文学常识：人物的个性是通过人物的身体展示出来的。更让人震惊的是在小说的第七卷，直到母亲一生的故事叙述完后读者才知道，原来她为上官家生育的所有孩子都不是丈夫上官寿喜的"种"。上官鲁氏的"借种生子"被描述成她反抗家庭暴虐的正义行为。这是莫言为母亲形象设计的另一个主导性格：叛逆和抗争，甚至桀骜不驯。但是母亲的抗争只是针对家庭的暴力。从一开始，为上官家生男孩就成为她自觉奉行的人生准则，她对此深信不疑，甘愿一次次承受生育的巨大风险，还屡屡因没有生下男孩而羞愧不已。

因为公公和丈夫被日本鬼子杀害，婆婆疯疯癫癫自顾不暇，上官鲁氏只有靠一己之力养活八个孩子。后来女儿们长大了，分别嫁给各路英雄，跟着自己的丈夫卷入血腥的权力争斗中。此时，母亲还要用她日渐衰老的乳房和越来越稀薄的奶水抚养一个个外孙。到了全国陷入饥荒的 20 世纪 60 年代初，母亲为了养活家人不得不用特殊的方式"偷"生产队的粮食：

> 她用手捂着嘴巴，跑到杏树下那个盛满清水的大木盆边，扑地跪下，双手扶住盆沿，脖子抻直，嘴巴张开，哇哇地呕吐着，一股很干燥的豌豆，哗啦啦地倾泻到木盆里，砸出了一盆扑扑簌簌的水声。她歇息了几分钟，抬起头，用满是眼泪的眼睛，看着儿子，说了半句含混不清的话，立即又垂下头去呕吐。后来吐出的豌豆与黏稠的胃液混在一起，一团一团地往木盆里跌落。终于吐完了，她把手伸进盆里，从水中抄起那些豌

豆看了一下，脸上显出满意的神情。

没有人会质疑这个情景的真实性和艺术震撼力，也没有人会怀疑莫言这样书写的痛惜和虔诚。另外，按照女性主义的观点来看，"女人"、"妻子"和"母亲"等角色的定位不是天生的，而是主要由男权社会的文化话语所规训。女人一定要做母亲，也天生地渴望做母亲；女人只有做母亲才能获得真正的幸福与自我实现——所有这些关于女性的"生育、母职与亲子伦理"都是性别政治的产物。① 从这个意义上说，当作家反复地、详细地铺陈母亲艰难地生育和抚养子女的种种细节时，他（她）其实不自觉地受到了男权文化的规约。他（她）的讴歌是真诚的也是带着成见的，母亲（身体）的价值就在一片赞美声中被降低到传宗接代、养家糊口上。除此之外，属于母亲自己的身体欲望、身体快感统统可以忽略。考虑到莫言20世纪80年代的作品中还有为自己争取权利而激烈陈述的母亲角色（《红高粱》中戴凤莲弥留之际的内心独白："天，什么叫贞节？什么叫正道？什么是善良？什么是邪恶？你一直没有告诉过我，我只有按照我自己的想法去办，我爱幸福，我爱力量，我爱美，我的身体是我的，我为自己做主，我不怕罪，不怕罚，我不怕进你的十八层地狱……"），那么认为《丰乳肥臀》在评价女性的观念上有所退步，应该不是对作品的苛求。

"在莫言眼中，只要有女人就有丰乳肥臀就有母亲人类就会生生不息，这种理解其实是原始的母性崇拜的延伸，而且他坚信艺术就应该表达这种理想……其实，胸部的大小不仅与女性的性欲无关，也与女性的生殖力、乳汁分泌量无关，胸部扁平的女性同样可以在哺乳期分泌丰富的乳汁，臀部平坦的女人也有强大的生殖力。

---

① 柯倩婷：《身体、创伤与性别——中国新时期小说的身体书写》，广东人民出版社，2009，第38～39页。

艺术的想象常常是某种成见或幻想的表现,而不一定具有真与善的内涵。"① 这不是莫言一个人的问题。比较与《丰乳肥臀》差不多同一时期发表的《废都》、《白鹿原》和《尘埃落定》等作品里对母亲和女性的描写,可以确证当代文学中男权意识的普遍存在。另外,这一时期像林白的《一个人的战争》、陈染的《私人生活》等具有鲜明女权主义思想的作品也大行其道,与男性作家对女性的想象构成了意味深长的对比。

---

① 柯倩婷:《身体、创伤与性别——中国新时期小说的身体书写》,广东人民出版社,2009,第119页。

第五章　莫言小说与文学现代性

20世纪90年代以降，"现代性"在现当代文学研究中几乎成为一个统摄性的概念，以"启蒙现代性"、"审美现代性"和"多重现代性"等视角重新审视和评估现当代作家的作品已成为习见的研究范式。这种研究范式被张志忠概括为：

> 以马克斯·韦伯、吉登斯、哈贝马斯、卡林内斯库等的现代性理论为依据，将中国现当代文学判定为是古老的中国在进行现代转型过程中的一种精神呈现和积极推动——现代性的追求；将启蒙主义和现代民族共同体的想象——现代民族国家的建立作为其互为依托的主导层面，同时兼及世俗生活现代性、轻性现代性、反现代性的现代性和审美现代性诸层面，互相激荡，彼此消长……①

莫言小说文本指涉的历史时空、涵括的思想意蕴以及锐意创新的叙事艺术，都与现代性话语形成了十分密切的共生关系，也为从这一角度展开研究提供了丰富的样本。由于现代性理论和莫言的创作都异常丰富、复杂，受文章篇幅和研究水平的限制，本章只是运

---

① 张志忠：《华丽转身——现代性理论与中国现当代文学研究转型》，首都师范大学出版社，2009，第8页。

用现代性话语研究莫言小说的初步尝试。

第一节　现代性话语和文学研究

作为一种新兴的理论形态，无论是现代性的概念、范畴还是研究模式，都仍然处于变化发展之中。仅就作为本章研究前提的现代性的类型划分而言，国内外学者的见解就五花八门。据笔者了解，学界采用较多的是美国学者马泰·卡林内斯库的分类。"有两种彼此冲突却又相互依存的现代性——一种从社会上讲是进步的、理性的、竞争的、技术的；另一种从文化上讲是批判与自我批判的，它致力于对前一种现代性的基本价值观念进行非神秘化。"① 卡林内斯库把后一种现代性称之为"审美现代性"，国内学者一般则把前一种现代性（卡林内斯库没有给出专门概念）称为"启蒙现代性"或者"社会现代性"、"社会现代化"。②

卡林内斯库对两种现代性的内涵做了详细的说明：

资产阶级的现代性概念，我们可以说它大体上延续了现代概念史早期阶段的那些杰出传统。进步的学说，相信科学技术造福人类的可能性，对时间的关切（可测度的时间，一种可以买卖从而像任何其他商品一样具有可计算价格的时间），对理性的崇拜，在抽象人文主义框架中得到界定的自由理想，还有实用主义和崇拜行动与成功的定向——所有这些都以各种不同

---

① 〔美〕卡林内斯库：《现代性的五副面孔》，顾爱彬、李瑞华译，商务印书馆，2002，第284 页。
② 参见周宪《现代性的张力——现代主义的一种解读》，《文学评论》1999 年第 1 期；李扬《现代性视野中的曹禺》，人民文学出版社，2004。

程度联系着迈向现代的斗争，并在中产阶级建立的胜利文明中作为核心价值观念保有活力、得到弘扬。

相反，另一种现代性，将导致先锋派产生的现代性，自其浪漫派的开端即倾向于激进的反资产阶级态度。它厌恶中产阶级的价值标准，并通过极其多样的手段来表达这种厌恶，从反叛、无政府、天启主义直到自我流放。因此，较之它的那些积极抱负（它们往往各不相同），更能表明文化现代性的是它对资产阶级现代性的公开拒斥，以及它强烈的否定激情。[1]

国内学者根据自己的研究理路和方法，对现代性的概念也有具体多样的阐发。钱中文认为："所谓现代性，就是促进社会进入现代发展阶段，使社会不断走向科学、进步的一种理性精神、启蒙精神，就是高度发展的科学精神与人文精神，就是一种现代意识精神，表现为科学、人道、理性、民主、自由、平等、权利、法制的普遍原则。"[2] 这显然是一种颇具"中国特色"的对启蒙现代性内涵的揭示，在一定程度上也代表了国内学术界对此概念的一般看法。关于审美现代性，卡林内斯库的定义突出了其激进的反资产阶级态度。张辉则从美学角度对其进行了更具学术规范的概括："审美现代性，指称的是这样一种思想特性及其所产生的社会文化效应：它通过强调与科学、伦理相对的审美之维（或与之相关的艺术价值），以生命与感性的原则在现代知识谱系中为主体性立法，从而达到反对理性绝对权威与传统道德的目的。其极端形式，就是审美主义，即以审美的原则来代替一切其他的精神与社会原则，以审

---

[1]　〔美〕卡林内斯库：《现代性的五副面孔》，顾爱彬、李瑞华译，商务印书馆，2002，第48页。

[2]　钱中文：《文学理论现代性问题》，转引自张颐武主编《现代性中国》，河南大学出版社，2005，第123页。

美为中心、将审美视为最高价值。"①

李欧梵被认为是最早运用现代性理论研究中国现当代文学的境外学者。他在将启蒙现代性和审美现代性这两种现代性观念引入对中国现当代文学的考察时，特别注意到了中国语境与西方语境的差异。"在中国，现代性这个新概念似乎在不同的层面上继承了西方'资产阶级'现代性的若干常见的含义：进化与进步的思想，积极地坚信历史的前进，相信科学和技术的种种益处，相信广阔的人道主义所制定的那种自由和民主的理想。"② 李欧梵通过中西方现代作家创作心理的比较认为："中国作家从来没有像西方现代主义作家那样，由于对现实的绝望而遁入内心、遁入艺术之中，相反，他们对社会现实和民族—国家的状况充满焦虑，并且积极投入现实的变革；他们从来没有像西方现代主义作家那样，拒斥和批判启蒙理性，相反，他们对启蒙主义的基本价值观予以高度评价和积极张扬；他们从来没有像西方现代主义作家那样，在个人与集体之间陷入幻灭，在自我与他人之间感到断裂。"③

循着这样的思路，境内学者李扬明确提出，"在西方相互抵牾的启蒙现代性与审美现代性，在中国成为相互兼容的两个概念，只不过由于起源语境的差异，启蒙现代性比审美现代性得到了更多的关照与重视，这是中国现代性的独特性所在"。④ 李扬尝试勾勒出文学现代性的研究范围，认为"文学的现代性是一个既关涉'启蒙现代性'，又关涉'审美现代性'的命题，二者不可偏废。同时，对文学现代性的探索也不应该仅仅局限于现代主义文学领域，一个作家无论是否是现代主义的，只要是在其作品中表现了对现代性（无

---

① 张辉：《审美现代性批判》，北京大学出版社，1999，第8页。
② 李欧梵：《现代性的追求》，人民文学出版社，2010，第236页。
③ 转引自张志忠《华丽转身——现代性理论与中国现当代文学研究转型》，首都师范大学出版社，2009，第12～13页。
④ 李扬：《现代性视野中的曹禺》，人民文学出版社，2004，第16页。

论是启蒙现代性还是审美现代性）的追求，它就是具有'现代性'的"。①

　　对"现代性"一词进行词源学考察，厘清该词包含的多层意义，为文本细读梳理出既有联系又有区别的多个面向，是旅欧学者陈乐在现代性视野下研究韩少功的基本路径。在她看来，"现代性"一词在西方学界的使用主要有三层意义，分别是作为时期（period）、意识（consciousness）和经验（experience）。"作为时期的'现代性'，在使用中接近它的词根'现代'一词，强调的是其中的史学意义。作为一种时间意识的'现代性'，更多被当作一个哲学概念加以阐释和运用，可用'现代意识'一词替换，也引申指向一种价值理想和思想范式。西方学界的讨论和争议主要集中在这一层面。而作为经验的'现代性'，旨在描述人们在现代冲击中内心经历的重大转变，直接引导了'现代主义'潮流的产生。"② 在"现代性"概念的意义分层明确以后，陈乐注意到关于现代性问题研究的两种探讨维度。"一些讨论侧重于从社会学角度描述、分析西方社会自文艺复兴以来的种种变革，现代性因此被限定为一种特定的社会历史状态及其特征……在另一维度的探讨中，学者大多将'现代性'视为现代历史中形成的一种规范和理想，这种规范和理想同时也反过来支配着现代社会政治、经济和文化等领域的历史变迁。"③

　　就现代性话语对文学研究的影响而言，陈乐认为："从某种意义上讲，除了知识界、批评界的论争话语之外，文学话语同样包含着另一种现代性阐释，包含着作家对当下现代性境遇的体验，以及自觉或不自觉的思考。因此，从现代性的视角解读文本，往往能突破旧有的阐释，挖掘出文本潜藏的深意，同时将其放置在相应的文

① 李扬：《现代性视野中的曹禺》，人民文学出版社，2004，第12页。
② 陈乐：《现代性的文学叙事》，浙江大学出版社，2008，第14页。
③ 陈乐：《现代性的文学叙事》，浙江大学出版社，2008，第16~17页。

学现代性和社会现代性发展脉络中，亦有利于给文本以中肯的文学史评价。"① 在对韩少功的文本展开解读之前，陈乐致力于廓清现代性话语含混暧昧的研究场域，将"文革"后中国的现代性语境特征概括为"断裂性"和"混杂性"，并警示自己及其他研究者，"断裂，容易使思考者面对语境的错置尴尬失语；而混杂，则使有关现代性问题的言说和阐释布满了迷障和陷阱"。②

虽然中国从鸦片战争之后就被迫打开国门，作为"后发国家"卷入到全球性的现代化进程之中，但是这一进程屡屡因为内忧外患而被打断，关于现代化和现代性的学术研究也时断时续。从 20 世纪 70 年代后期到目前为止的近四十年间，才是中国现代化建设持续时间最长、成就最大的时期。这一时期也是中国的现代性话语充分展开和现代性研究由浅入深的时期。作为改革开放的亲历者和见证人，莫言以自己的文学创作参与到国家现代化的建设之中。他的小说既是民族的，又是世界的；既带着传统文化的烙印，又充满现代生活的气息。"与知识分子非文学形式的现代性阐释相比，小说形式赋予韩少功极大的自由。通过富有隐喻色彩的叙事，韩少功透露了切身的现代性体验和思想困惑。更为重要的是，这一形式提供了一条与理性表述截然不同的反思和表达路径，在犹豫和模棱两可的表达中，反而贴近了现代性问题的复杂性和丰富性。"③ 在笔者看来，陈乐对韩少功小说与现代性关系的洞见，也适用于观照莫言、张炜、余华、贾平凹、阎连科、王安忆、铁凝等作家的创作。受陈乐以及前述其他学者研究成果的启发，本章将从现代性的视角解读莫言的部分中、短篇小说，希望对他那些主题隐蔽晦涩的文本做出合乎情理的阐释，并对其小说的现代叙事艺术略做分析。

---

① 陈乐：《现代性的文学叙事》，浙江大学出版社，2008，第 70 页。
② 陈乐：《现代性的文学叙事》，浙江大学出版社，2008，第 39 页。
③ 陈乐：《现代性的文学叙事》，浙江大学出版社，2008，第 71 页。

第二节 莫言小说中的现代性体验

马歇尔·伯曼在其研究现代性的名著《一切坚固的东西都烟消云散了——现代性体验》一书中，将"现代性"概括为"全世界的男女们都共享着一种重要的经验"：

> 今天，全世界的男女们都共享着一种重要的经验——一种关于时间和空间、自我和他人、生活的各种可能和危险的经验。我将把这种经验称作"现代性"。所谓现代性，就是发现我们身处一种环境之中，这种环境允许我们去历险，去获得权力、快乐和成长，去改变我们自己和世界，但与此同时它又威胁要摧毁我们拥有的一切，摧毁我们所知的一切，摧毁我们表现出来的一切……所谓现代性，也就是成为一个世界的一部分，在这个世界中，用马克思的话来说，"一切坚固的东西都烟消云散了"。①

马歇尔·伯曼以卢梭的长篇小说《新爱洛绮思》为例，描述了在现代性的早期阶段，作为乡下人进城原型的主人公圣普罗伊克斯的困惑和恐惧，对他种种不适应城市（现代）生活的情绪反应进行了精辟的分析。"正是从这样的感受——焦虑和骚动，心理的眩晕和昏乱，各种经验可能性的扩展及道德界限与个人约束的破坏，自我放大和自我混乱，大街上及灵魂中的幻象等等——之中，诞生出

---

① 〔美〕马歇尔·伯曼：《一切坚固的东西都烟消云散了——现代性体验》，徐大建、张辑译，商务印书馆，2003，第15页。

了现代的感受能力。"①

一个世纪以后，这种"现代的感受能力"加上天才的艺术创造能力，造就了现代主义文学的鼻祖波德莱尔。他在那篇评论画家康斯坦丁·盖伊的文章《现代生活的画家》中，提出了关于"现代性"的著名定义：

> 他寻找我们可以称为现代性的那种东西，因为再没有更好的词来表达我们现在谈的这种观念了。对他来说，问题在于从流行的东西中提取出它可能包含着的在历史中富有诗意的东西，从过渡中抽出永恒……现代性就是过渡、短暂、偶然，就是艺术的一半，另一半是永恒和不变……这种过渡的、短暂的、其变化如此频繁的成分，你们没有权利蔑视和忽略。如果取消它，你们势必要跌进一种抽象的、不可确定的美的虚无之中，这种美就象原罪之前的唯一的女人的那种美一样……为了使任何现代性都值得变成古典性，必须把人类生活无意间置于其中的神秘美提炼出来。②

卡林内斯库敏锐地抓住了这个定义中独特的时间意识，指出："在这篇文章中，现代性最显著的特征是其趋于某种当下性的趋势，是其认同于一种感官现时（sensuous present）的企图，这种感官现时是在其转瞬即逝性中得到把握的，由于其自发性，它同凝固于僵化传统中、意味着无生命静止的过去相反。"③

---

① 〔美〕马歇尔·伯曼：《一切坚固的东西都烟消云散了——现代性体验》，徐大建、张辑译，商务印书馆，2003，第19页。

② 〔法〕波德莱尔：《现代生活的画家》，《波德莱尔美学论文选》，郭宏安译，人民文学出版社，1987，第484～485页。

③ 〔美〕卡林内斯库：《现代性的五副面孔》，顾爱彬、李瑞华译，商务印书馆，2002，第55页。

而在马歇尔·伯曼眼中，波德莱尔的散文诗集《巴黎的忧郁》就是一部描绘了众多原初现代景象的杰作。"它们是一些经验，产生于波拿巴统治和奥斯曼指导下的巴黎的具体日常生活，但带有一种想像的共鸣和深度，推动着它们越过自己所在的地点和时间并将它们转化为现代生活的原型。"① 通过对《巴黎的忧郁》中的两首散文诗《穷人的眼睛》和《光环的消失》的细读，马歇尔·伯曼十分精彩地揭示出波德莱尔写作中所蕴含的现代性特质。关于《光环的消失》，在介绍了19世纪拿破仑第三帝国对巴黎进行的大规模城市改造的情况后，马歇尔·伯曼写道：

> 这就是波德莱尔笔下的原初现代景象——"我急冲冲地穿过林荫大道，纵身跳过泥泞，要在这一团混乱的车流中避开从四面八方奔腾而来的死神"——的背景。我们在这儿看到的现代人原型，是一个被抛入了现代城市车流中的行人，一个与一大团厚重的、快速的和致命的物质和能量抗争的孤独的人。迅速增长的街道和车流并不知道任何空间和时间的限制，于是蔓延至都市的每一个角落，将自己的节律强加于每个人的时间，把整个现代环境转变成了一团"运动的混乱"。②

一百多年后，在莫言的中篇小说《幽默与趣味》中，出现了与《光环的消失》描述的情景类似的景观：

　　嗡——一辆皇冠——嗡——一辆奔驰——嗡——一辆奥

---

① 〔美〕马歇尔·伯曼：《一切坚固的东西都烟消云散了——现代性体验》，徐大建、张辑译，商务印书馆，2003，第190页。

② 〔美〕马歇尔·伯曼：《一切坚固的东西都烟消云散了——现代性体验》，徐大建、张辑译，商务印书馆，2003，第204页。

迪——嗡——一辆尼桑——嗡——一辆红旗——五颜六色的车子像闪电一样从他眼前飞过，逼得他连思索的时间都没有。汽车轮子卷起的旋风强烈地吸引着他，灼热的气流里充斥着燃烧沥青的味道和烤煳橡胶的味道，还有燃烧不尽的汽油味道，熏得他头晕恶心。每驰过一辆车他就感到自己被刮掉一层皮，渐渐地他感到自己的身体变成了一张单薄的纸，怎么也立不稳，怎么也挺不直，时而弯向前，时而弓向后；在灼热的废气流中噼噼啪啪地抖索着。车轮甩起的黑砂子像密集的子弹打在纸上。他感到自己如纸的身体随时都有可能被吸引到车轮下，被碾成团儿，被搓成卷儿……

在 20 世纪 90 年代初期的语境下，这段描写以及整个作品被解读为莫言对现代文明的批判。"我之所以不厌其烦引用这一段文字，一是因为它充分体现了莫言捕捉瞬间感觉的天赋；二是因为它实在是理解莫言近期作品的关键所在。这就是所谓的文明，它或许还是人类所津津乐道的奇迹，然而，恰恰是在这人类的创造面前，人类自己反而失去了应有的自由。"①《幽默与趣味》的主人公王三身为大学教师，蜗居斗室，不堪都市的嘈杂喧嚣、世人的粗暴冷漠，竟然变身为猴子逃之夭夭。"由此，莫言对现代文明，或者说对现代文明的消极后果做了彻底的否定和拒绝。"②

发生于 20 世纪 80 年代中期的"文学寻根"运动，从一定程度上显示出中国知识分子对席卷全球的现代化浪潮的反思。对城市（现代）文明的质疑和批判，是这个时期文学创作（包括莫言的

---

① 万千：《莫言：一个物化时代的感伤诗人——读莫言的几个近作》，转引自林建法主编《说莫言》下卷，辽宁人民出版社，2013，第 202 页。

② 万千：《莫言：一个物化时代的感伤诗人——读莫言的几个近作》，转引自林建法主编《说莫言》下卷，辽宁人民出版社，2013，第 202 页。

《红高粱家族》）较为普遍的倾向，并且延续到"新写实"小说的群体中（如池莉在《烦恼人生》和《不谈爱情》、刘震云在《单位》和《一地鸡毛》中对都市生活导致人性异化的揭示）。莫言文本的独特性在哪里呢？如果运用"现代性"的视角观察，对《幽默与趣味》的解读将会呈现与前述评论不同的面向。论者赞誉的"莫言捕捉瞬间感觉的天赋"，不妨理解为卡林内斯库所言"认同于一种感官现时（sensuous present）的企图，这种感官现时是在其转瞬即逝性中得到把握的"。① 莫言善于营造一种古今杂糅、现实和梦境相互渗透交错的叙事情境，借以抒发他那些爱恨交织、赞美与批判纠葛缠绕的情愫。

在这个中国版的"变形记"中，卡夫卡式冷漠客观的叙述被莫言一泻千里的激情倾诉所取代，叙事人和主人公常常不分彼此，叙述视角也在第一人称和第三人称之间自由切换。格里高尔·萨姆沙由人变成甲壳虫之前经受了怎样的精神煎熬，读者从卡夫卡那里无从得知。卡夫卡把"变形"当作既成事实强加给读者，制造出叙事的震惊效果。莫言对王三变成猴子之前作为"人"所陷入的生存困境，却有着详细的铺陈，他似乎对自己的"变形记"能否为读者接受信心不足。然而他终究将人写成了猴子，用这种返祖现象抗议城市（现代）文明非人性的一面，并与自己关于"种的退化"的创作母题遥相呼应。王三站在大街上被来来往往的车辆困住、不知所措的那个"瞬间"，是莫言对"大街上的现代主义"②的敏锐把握和机智再现，也应该如同波德莱尔笔下的原初现代景象一样引起研究者的重视。

---

① 〔美〕卡林内斯库：《现代性的五副面孔》，顾爱彬、李瑞华译，商务印书馆，2002，第55页。

② 参见马歇尔·伯曼《一切坚固的东西都烟消云散了——现代性体验》，徐大建、张辑译，商务印书馆，2003。

在比较了波德莱尔和陀思妥耶夫斯基，以及 19 世纪中叶的巴黎和彼得堡之后，马歇尔·伯曼区分出历史上现代主义的"两极性"，即"先进民族国家的现代主义"和"起源于落后与欠发达的现代主义"，并对"欠发达的现代主义"进行了精彩的描述：

> ……在对立的一极，我们发现一种起源于落后与欠发达的现代主义……欠发达的现代主义被迫建立在关于现代性的幻想与梦境上，和各种幻象、各种幽灵既亲密又斗争，从中为自己汲取营养。为了忠实它从中起源的生活，它被迫成为激动人心的惊险读物，粗糙而不成熟。因为不能独自创造历史，它将自己幽禁关闭起来，折磨自己——或者将自己置于好高骛远的尝试，让自己承担历史的整个重担。它驱使自己进入自我厌恶的疯狂状态，仅仅通过广袤的自我嘲讽保留区把自己保存下来。但是，孕育这种现代主义成长的奇异的现实，以及这种现代主义的运行和生存所面临的无法承受的压力——既有社会的、政治的各种压力，也有各种精神的压力——给这种现代主义灌注了无所顾忌的炽热激情。这种炽热的激情是西方现代主义在自己的世界所达到的程度很少能够望其项背的。[①]

马歇尔·伯曼对"欠发达的现代主义"的概括，完全可以拿来分析评价莫言的现代性叙事。"现代性的幻想与梦境"、"激动人心的惊险读物"、"粗糙而不成熟"、"好高骛远的尝试"、"自我厌恶"和"自我嘲讽"等，简直就是为莫言小说量身定做的评语和鉴定。身处第三世界"后发国家"这样别无选择境地的作家，既"不能独自创造历史"，又幻想"让自己承担历史的整个重担"，唯一可

----

① 〔美〕马歇尔·伯曼：《一切坚固的东西都烟消云散了——现代性体验》，徐大建、张辑译，商务印书馆，2003，第 303 ~ 304 页。

以依凭的恐怕就是"无所顾忌的炽热激情"了。

莫言的才能也如伊夫·瓦岱所言，乃是描绘了一种现代性的"时间类型"，提供了一种"感受时间的方式"。伊夫·瓦岱称之为"瞬时"——"它不再是一个空洞的现时——介于过去与未来的消沉的过渡期，而是一个充实的现时，它靠自己而存在，既不需要依附某个或近或远的过去，也无须投射到某个想象的未来之中"。①伊夫·瓦岱进一步指出："如果我们像波德莱尔一样把现代性定义为一种'短暂的、易失的、偶然的'东西的话，那么，我们正是在没有连续性的瞬时（它本身是短暂易失的）中才能以最忠实、最直接的方式去捕捉现代性。"②莫言尽管在现代性理论方面没有什么建树，却以艺术家的敏感和天赋表现了现代社会支离破碎、转瞬即逝的特质，尤其是现代人骚动不安的精神世界。

短篇小说《长安大道上的骑驴美人》是莫言感受和捕捉"瞬时"的又一例证——不是在现代的生活场景中，而是在现代的精神氛围和艺术想象中。4月1日这天，京城居民侯七像往常一样，拖着疲惫的身躯下班后骑车回家，他被车流和人流裹挟着涌上长安街。车水马龙的大街上突然有一男一女两位古人迤逦而来——男的身披铠甲，手执长矛，骑一匹高头大马；女的红裙裹身，艳丽无比，骑一头油黑的毛驴。这两位目中无人，高视阔步，器宇轩昂地缓缓走过。众人从震惊中醒来，带着莫名的兴奋尾随在两人身后，全然不顾交警的阻拦。侯七多次想挤上前去看个究竟，无奈披甲骑士力大无比，用长矛堵住了所有好奇之人。天色向晚，华灯初放，看热闹的人群渐渐散去。只有侯七跟踪到底，等到的却是男女两人风驰电掣而去，留下一地驴屎马粪。

现实主义的分析理路在这样的小说面前只会走入死胡同，解读

①　〔法〕伊夫·瓦岱：《文学与现代性》，田庆生译，北京大学出版社，2001，第77页。
②　〔法〕伊夫·瓦岱：《文学与现代性》，田庆生译，北京大学出版社，2001，第80页。

的希望在现代主义小说理论那里。"现代小说家倾向于把我们生存的空间（大至整个社会，小到家庭单元）干脆看作一种寓言形式。它的极度不真实的地方恰恰就是它最后的真实——对这样古怪的性质，现代人已经习以为常。该发生的迟迟不发生，不该发生的却接二连三、无比顺当地发生，此类事情我们生活中经历得太多太多。在古代，神话是人类附加于宇宙现象之外的一种解释，而在现代，现实本身就是神话。"①《长安大道上的骑驴美人》就是莫言为每天疲于奔命、厌倦了枯燥乏味生活的现代人编写的一则寓言。作家用天马行空的想象力描绘了一个充满神奇色彩的场景，用亦真亦幻的叙事唤醒现代人沉睡已久的对美的感知——这是唯一能够抵御物质文明、工具理性泛滥成灾的方式。在不可方物的盛装美人面前，侯七心思跳荡，浮想联翩。他的惊喜，他的希冀，他的怅然若失，令人联想到波德莱尔那首著名的《给一位交臂而过的妇女》："电光一闪……随后是黑夜！——用你的一瞥/突然使我如获重生的、消逝的丽人，/难道除了在来世，就不能再见到你？/去了！远了！太迟了！也许永远不可能！/因为，今后的我们，彼此都行踪不明，/尽管你已经知道我曾经对你钟情！"②或许，在这个"远景"和"伊甸园"已经消失的时代，在这个线性时间观和历史整体感破碎不堪的时代，在这个"美"也沦为商品的时代，我们只有紧紧抓住每一个"感官现时"，凭借心灵一次次短暂的"震惊"和"复活"，来抵抗价值虚无陷阱的黑色诱惑。

从这个角度看，莫言的挣扎是倔强的，他的坚持颇有几分西西弗斯的悲壮。《沈园》借助于中国古典文学的原型故事，写现代人精神的焦虑和情感的饥渴。一对初恋男女多年后在京城相聚，彼此

---

① 李洁非：《回到寓言——论莫言及其近作》，转引自林建法主编《说莫言》下卷，辽宁人民出版社，2013，第204页。

② 〔法〕波德莱尔：《恶之花》，钱春绮译，人民文学出版社，1986，第232页。

都感到话不投机，隔阂很深。分别时女方提出要到沈园看看，让不清楚沈园在哪里的男方莫名其妙。在女方的坚持下，他们冒着倾盆大雨找到了"沈园"（其实是圆明园），一瞬间两人都感到没来由地轻松、愉快、幸福。显然这是一种"直把杭州作汴州"式的主动遗忘和错置，只有暂时忘却尘世间的所有盘算计较，只有"梦里不知身是客"，才能赢得这"一晌贪欢"。在谈到波德莱尔诗歌艺术的美学特质时，卡林内斯库提醒研究者注意，"对波德莱尔来说，'现代性'不是一种要艺术家去复制的'现实'，而是他的想像的一件作品，经由想像他穿透可观察到的庸常外表而进入一个'交感'（correspondences）的世界，在那里短暂与不朽是一回事。自波德莱尔以降，现代性的美学始终是一种想像的美学，它同任何形式的现实主义相反"。① 莫言这些以城市生活为题材的小说也当如是观，在其中寻找现实主义意义上的对生活的"再现"是徒劳的。

第三节　莫言小说中的现代性反思

莫言小说主要有对现实的观照、对历史的言说和传奇叙事三个向度，上述现代都市传奇远不足以涵盖他的文学世界。作为一个难以摆脱诗史情结的艺术家，莫言的历史叙事最能够体现他的情怀、抱负、才华，也最能彰显他对中国现代历史和现代化进程的总体思考与矛盾态度。虽然直到《生死疲劳》时莫言的历史轮回观念才得到大规模的艺术表现，但是早在《红高粱》时这种历史意识已初露端倪。②

---

① 〔美〕卡林内斯库：《现代性的五副面孔》，顾爱彬、李瑞华译，商务印书馆，2002，第61～62页。
② 参见吴炫《〈红高粱〉：思的遗憾》，《新时期文学热点作品讲演录》，广西师范大学出版社，2004。

莫言对现实的叙述、对传奇的经营都以他的历史观为依托，可以看作其历史叙事的补充和注脚。因为有对苦难的深入体验，有对农村、农民的深刻了解，有对人性的敏锐洞察，所以他在创作的第一个高峰期（20世纪80年代中期前后）就摒弃了线性时间观和历史进步意识，也不再信奉人性描写中简单的善/恶之分。莫言不像他的山东老乡张炜（《古船》）那样，在文本中正面表达对历史进步观念的怀疑。他肆意挥洒自己丰沛的想象，笔走龙蛇，以天才的感悟能力和表达能力切入现代性反思的主题。

在对莫言创作的研究中，有一个现象是耐人寻味的。莫言发表于1985年的小说《球状闪电》、《爆炸》和《金发婴儿》，尽管常常在关于莫言的评论中被论者附带提及，却很少有专门评论这几篇小说的文章——它们似乎没有为自己赢得独立接受分析的地位。在笔者看来，恐怕是这几部中篇小说旁逸斜出的叙事和含混多义的题旨令文本解读有些无所适从。事实上，几篇作品的相同之处并不难以觉察。它们都被一种共同的情绪、共同的氛围所笼罩，在叙事手段和创作方法上都以新颖别致而夺人耳目，小说叙述者那焦灼不安、急于倾诉的心理溢于言表……也许，文学现代性的批评视角，能够对它们进行某种程度上的整体把握。

这三部中篇小说的主人公都是出身农村的男性青年，他们或者已经获得了城市人的身份，或者对乡村生活产生出严重的疏离之感。《球状闪电》讲述了高考落榜的农村青年"蝈蝈"的戏剧性人生。他虽不甘于务农，却迫于命运的安排（学习成绩不错，几次高考都因为过度紧张、"尿急"而失败）接了父母手中的农活；因为情欲的冲动，他娶了并不爱的女子茧儿为妻。中学的同窗女生毛艳从大学退学回乡，劝导蝈蝈引进国外奶牛来养殖，将城市人的生活理念带到了乡下。蝈蝈重新燃起了生活希望，也在妻子与毛艳之间陷入了感情取舍的两难之中。《爆炸》写身为导演的"我"回乡劝说怀了第二胎的妻子做人流，遭到父母和妻子的强烈反对。叙事中间穿插着"我"对自己乏味婚姻生活的回忆。由于坚持要妻子做人流，"我"与父母的隔阂加重了，夫妻间的裂痕也更深了。《金发婴儿》用双线推进方式，叙述一个军官因无爱的婚姻所受的折磨以及他的妻子因为无法忍受丈夫的冷遇而"红杏出墙"的故事。丈夫先设计"捉奸"，后又因嫉恨掐死了妻子与别人生下的孩子。

三篇小说都不以选材取胜。假如用"脱贫致富"、"计划生育"和"婚外恋"概括其主题，只在文本指涉的生活表象上做文章，那就是买椟还珠，"捡了芝麻，丢了西瓜"。何为"珠"？何为"西瓜"？既牵扯主题难以穷尽的思想意蕴，也包括小说的叙事艺术。而且，作为"有意味的形式"，关于小说叙事艺术的分析，又可以生发出对小说题旨的新理解。《球状闪电》通篇用多角度叙述，视角的转换十分频繁；《爆炸》的故事主线纤弱而枝节蔓生，"爆炸"作为文学意象，其蕴含既丰富又令人费解；《金发婴儿》的叙述双线并置，意识流手法娴熟，以对人物心理尤其是潜意识的发掘见长。它们给读者的共同感觉是什么呢？快速的叙事节奏，变幻的故事场景，频繁的时空转换，人物纷乱动荡、矛盾冲突的内心世界，乡村大地上亘古未见的喧哗与骚动……一言以蔽之，写出了弥漫于城乡的现代性焦虑。那些被灵感捕捉到的神奇意象纷至沓来（"球状闪电"、"爆炸"、"红狐狸"、"夜游神"和"大公鸡"等），穿行于文本内外，承载着作者纷纭复杂、洞见迭出的奇思异想，也赋予难以言说的抽象情绪以具体可感的象征形式。

在对波德莱尔的现代性思想进行深入阐发时，马歇尔·伯曼指出：

> 波德莱尔使用了流动状态（"漂泊的存在"）和气体状态（"像一种空气一样包围浸润着我们"）来象征现代生活的独特

性质。到 19 世纪末，流动状态和蒸汽状态就将成为自觉的现代主义绘画、建筑和设计、音乐和文学的基本品质。我们也会在波德莱尔同时代和以后的那些最深刻的道德和社会思想家——马克思、克尔恺郭尔、陀思妥耶夫斯基、尼采——的思想中遇到它们，对这些思想家来说，现代生活的基本事实是，正如《共产党宣言》所说，"一切坚固的东西都烟消云散了"。①

无独有偶，莫言同样使用了流动状态和气体状态（"爆炸"和"球状闪电"）"来象征现代生活的独特性质"，同样揭示了现代化冲击之下"一切坚固的东西都烟消云散了"的世相人生。他用《白狗秋千架》和《欢乐》解构了沈从文、汪曾祺笔下的原乡神话，用《枯河》和《红蝗》解构了传统乡村的脉脉温情，用《丰乳肥臀》解构了《红高粱家族》中重塑民族英雄人格的努力。② 在现代性的价值取向上，莫言同波德莱尔也有相似之处。"波德莱尔所定义的现代性，就历史意义而言是中性的。应当指出，波德莱尔没有对他所生活的那个时代赋予任何特殊的优越性。"③ 莫言关于现代性的认知何尝不是如此。历史叙事姑且不论，在《球状闪电》、《爆炸》和《金发婴儿》这些与乡村生活基本同步的文本里，几乎找不到对现实和未来的颂扬赞誉之词。洋溢在《乡场上》和《陈焕生上城》等小说中的那种乐观欢快的气氛不见了，对于发展和进步的信心被一种焦灼、迷惘、无所依傍的情绪取代。考虑到主流意识形态话语和"改革文学"所服膺的历史进步理念，考虑到"寻根文学"怀抱的以审视民族文化之"根"而参与现实变革的愿景，考虑到马

① 〔美〕马歇尔·伯曼：《一切坚固的东西都烟消云散了——现代性体验》，徐大建、张辑译，商务印书馆，2003，第 185 页。
② 关于后者，参见邓晓芒《莫言：恋乳的痴狂》，《灵魂之旅——九十年代文学的生存境界》，湖北人民出版社，1998。
③ 〔法〕伊夫·瓦岱：《文学与现代性》，田庆生译，北京大学出版社，2001，第 37 页。

原、残雪从现实关怀中抽身而去并致力于小说艺术形式探索的姿态，《球状闪电》、《爆炸》和《金发婴儿》对现实的表现（不是"再现"）就更具有特别的意味。

在一些作家笔下，作为现代文明体现的都市，"高加林"们（路遥《人生》）宁愿付出沉重代价也要投身其中的都市，却被莫言视为人性丑陋的聚集之地，混乱和罪恶的渊薮。"他们杀人越货，精忠报国，他们演出一幕幕英勇悲壮的舞剧，使我们这些活着的不肖子孙相形见绌，在进步的同时，我真切地感到种的退化……我逃离家乡十年，带着机智的上流社会传染给我的虚情假意，带着被肮脏的都市生活臭水浸泡得每个毛孔都散发着扑鼻恶臭的肉体。"（《红高粱家族》）"城市飞速膨胀，马蹄被挤得愈来愈远，蝗虫一样的人和汽车充塞满了城市的每个角落。"（《红蝗》）诸如此类的描述和感慨在莫言的小说中并不少见。《你的行为使我们恐惧》写出生于乡村的歌手吕乐之成名后混迹京城，周旋于多个女性之间，目迷五色，花天酒地，才华濒于枯竭。为了东山再起，他不惜阉割自己以求得独特的嗓音。在主线叙述之外，小说在"时代英雄"一节里还写了所谓的乡镇企业家"大金牙"贷款建厂生产避孕药而造成环境污染的故事。而在关于吕乐之成长历程的回顾中，阶级斗争年代里乡村权力的肆虐、底层民众的哀苦无告也被揭示得触目惊心。由此看来，一方面，莫言对于发展经济、建立乡镇企业，对于走出农村、追求个人的发展和完善这些现代性诉求的负面效应抱有怀疑和忧虑；另一方面，他也清醒地意识到封闭的、落后的乡土是滋生专制和暴虐的温床，他并不因为对城市化、工业化的殷忧而逃向"世外桃源"，幻想通过牧歌田园来克服现代性焦虑。他的现代性反思（借助于象征、反讽、揶揄等修辞手段）既是矛盾的、充满悖论的，又因而内涵庞杂，意义丰饶，"在犹豫和模棱两可的表达中，反而贴近了现代性问题的复杂性和丰富性"。①

对于莫言童年叙事的登峰造极之作《拇指铐》，如果从现代性的角度去观照，就可以打开一个新的阐释空间。通过古今情境的杂糅和象征传统与现代的众多意象的交织，②《拇指铐》涵括了丰富的话语能指。阿义，一个八岁的小儿，为救治生命垂危的母亲，只身一人从乡下跑到县城买药。当他带着中药满怀希望地往回狂奔时，被一个奇怪的老头用精致的美国手铐铐在了翰林墓地的大松树下。从烈日当空的白昼到大雨倾盆的黄昏，阿义呼天叫地，竭尽全力想挣脱困境。来来往往的路人有的熟视无睹，扬长而过；有的略施援手，半途而废；有的幸灾乐祸，语带嘲讽。最后，在月光朗照的夜晚，在农人关于"麦子啊麦子"的高亢歌声中，阿义鼓起勇气，咬断手指，使自己获得新生。"后来，他看到有一个小小的赭红色的孩子，从自己的身体里钻出来，就像小鸡从鸡蛋壳里钻出来一样"，"他扑进母亲的怀抱，感觉到从未体验过的温暖与安全"。

如果把阿义为母亲求药的壮举，理解为优秀文化传统的象征——"孝顺"、"一诺千金"、"义不容辞"、"仁义"、"信义"和"大义凛然"等——的话，那么他被"高大腐朽"的老头铐在翰林墓地的情节，可以认为其隐喻了传统文化的糟粕对其精华部分的遮蔽和压制。"胡大爷家的高大院落"、翰林墓地、无名老者以及阿义被困树下时梦见的妖魔鬼怪等，喻示传统文化中那些扼杀人性、反对文明、阻碍进步的内容。在一定程度上，正是这种良莠并存、鱼龙混杂的状况，给现代化的文化建设设置了重重障碍，使传统的创造性转换举步维艰。吊诡的是，拇指铐这个"美国货"和它的材质

① 陈乐：《现代性的文学叙事》，浙江大学出版社，2008，第71页。
② 参见拙文《物化时代的抒情歌谣——莫言小说〈拇指铐〉解读》，《中南财经大学学报》2000年增刊。

"合金钢"所象征的西方文明与科技文化，不仅没能成为对抗文化糟粕的利器，反而成了囚禁阿义的帮凶，为无名老者这样的阴森暴虐者所利用。莫言这里或许是无意中的一笔，触及现代化、全球化进程中一个极为重要的问题。对于后发国家来说，"现代性"不像商品和技术一样是可以直接引进的东西。如果没有适宜现代性生长的文化土壤，没有一套对现代性吸收转化的运行机制，机械文明、科学技术等硬性地植入就可能为守旧势力所利用，甚至成为助纣为虐的工具。

促使阿义奋力一搏、向死而生的精神动力，是他对母爱的不能割舍、对大地母亲的感恩。从象征的意义上说，阿义的得救是否意味着那些在现代社会仍然具有正面价值的传统文化内容，必须经过"浴火"才能"重生"？必须经过"欧风美雨"的侵袭、经过痛苦的自我裂变才能转化成为现代中国的文化资源？在这个意义上，把《拇指铐》读解成关于传统文化与现代性的一则寓言，并不牵强附会。

第四节 莫言小说的现代叙事艺术

从创作方法上看，莫言博采众长，兼收并蓄，他的小说表现出熔浪漫主义、现实主义和现代主义于一炉的艺术特征。如果要用一个概念来概括的话，莫言的小说属于地道的"中国现代主义文学"。[①] 莫言在叙事视角和叙事时间的革新、文本结构的谋划（双

---

① 王富仁提出的这个概念，不同于西方文学语境中与古典主义、浪漫主义、现实主义并列的"现代主义"概念，而是根据中国现代文学的形成语境和艺术特征概括出来的对现代文学的一种描述和判断。详见王富仁《中国现代主义文学论》，《天津社会科学》1996年第4、5期。

线和多线并置、时空错置、跨文本叙事等）、修辞手段的运用（戏
仿、反讽等）、多种艺术营养的汲取（绘画、电影）等方面进行了
不懈的探索和实验，取得了世所公认的成就。由于篇幅所限，本节
仅就莫言晚近的几个短篇作品《冰雪美人》、《火烧花篮阁》和
《月光斩》略做分析。

　　从某个角度看，《冰雪美人》讲述的也是一个"遭遇现代性"
的故事。乡镇少女孟喜喜性感早熟，她的"风流"和"时尚"（烫
发、修眉、使用香水并称"香水是女人的内衣"）为保守封闭的中
学环境所不容，经常受到老师的冷嘲热讽。一次在与老师发生激烈
冲突后，孟喜喜退学回家，与母亲经营一家"孟鱼头"火锅店。山
清水秀的小镇地处偏僻，随着旅游资源的开发引来了大批外地游
客。凭借孟喜喜的天生丽质做招牌，"孟鱼头"生意兴隆，财源滚
滚。人们经常看到孟喜喜穿着开衩到大腿的红色旗袍，站在店门前
对客人卖弄风情。镇上人传言孟家发财靠的是孟喜喜"卖那个"。
冬日的一天，孟喜喜突发急病，到镇上的私人诊所就医。对孟家一
向鄙视的医生有意怠慢她，接踵而至的其他患者抢先要求治疗。孟
喜喜的诊治被一拖再拖，她忍受着巨大的病痛，口中毫无怨言，最
后死在了诊所。

　　在小说中，这个貌似平常的故事，是由孟喜喜的同学、暗恋她
的"我"用第一人称限知视角讲述的，"我"在私人诊所当学徒，
是医生的侄子。整个叙事被"我"痛苦抑郁的情绪笼罩，对孟喜喜
的描述严格控制在她的身体相貌、言谈举止和他人议论等外在情状
方面，她的心理活动从头到尾没有任何披露。她是否真的靠出卖身
体赚钱？她如何能够承受种种白眼和非议？夺取她性命的究竟是疑
难杂症还是医生的冷漠以及其他患者的自私？也许，在她所接受的
"现代性"与他人对这种"现代性"的拒斥之间产生的尖锐撕裂，
是置她于死地的根本原因。文本有意制造了意义混沌暧昧的"空

白"来引发读者想象，充分体现了现代小说对读者的尊重和信赖。

这篇小说的标题也耐人寻味。"冰雪美人"是一种反讽吗？反讽的对象除了孟喜喜，是否也包括叙述者"我"呢？是否还包括那些鄙视孟喜喜的众人呢？"在修辞学里，反讽意味着说反话，或者字面意义与深层意思不符。"①莫言喜欢使用反讽修辞，反讽已经成为他的小说语言的一种风格，《冰雪美人》自然也不例外。

"我"饱受单相思的折磨，为了孟喜喜与别人打架，被揍得鼻青脸肿。"我"对孟喜喜凭姿色招徕客人也很恼火，心存的爱意却始终没有消失。当阔别多日的孟喜喜突然上门求医时，"我已经将对她的种种不满抛到脑后，心里剩下的只有甜蜜、幸福和激动"。这种执迷不悟和多情浪漫，在盛行利益交换、爱情要用金钱来衡量的现代商业社会中，既显得可贵，也显得可笑。"我"心目中的"美人"早已不再"冰清玉洁"，"冰雪美人"不过是"我"心中的幻影罢了。另外，孟喜喜不过是在按照自己的意愿生活，没有损害他人，更没有危害社会（关于她"卖那个"的传言并未得到证实）。她为什么就不能为世人所容呢？在学校时，她就受到年级主任的道德责难和公开羞辱；在社会上，她又受到流言蜚语的中伤。她的隐忍，她的沉默，她在死亡威胁面前的从容淡定，对于镇上那些不愿为年迈的母亲出钱治病的人，对于以生产鞭炮谋利而引起爆炸事故的人，对于"叔叔"这样有时救死扶伤、有时草菅人命的人，似乎也构成了一种反讽。环顾整个小镇，孟喜喜这个美人如果当不起"冰雪"这个称谓，谁又当得起呢？反讽修辞使小说产生了以一当十、言近旨远的艺术魅力。

《火烧花篮阁》叙述了一个荒诞的故事。某市有个叫花篮的湖心岛，历任市长多次在岛上修建花篮阁，每次楼阁修好不久就会被大

---

① 〔英〕戴维·洛奇：《小说的艺术》，王峻岩等译，作家出版社，1998，第197页。

火焚毁，然后市长升迁，后任继续建阁。如此这般重复了六次，当地官员和百姓都已经习以为常，以为烧得好，越烧越旺。第七任市长是个建筑专家，上任不久就不断接到信访办传来的群众来信——全都要求重建花篮阁。在办公会议上，新任市长告诉下属，打算用耐火材料修阁。方案公布后，竟然遭到上上下下的一致反对，各方群众代表纷纷求见市长……"难道人民群众需要火灾？"市长在日记里困惑不已。

由众多真实的细节造成一个整体的荒诞效果，或者说，在荒诞的大框架下，叙事讲究细节的拟真性，这是自卡夫卡小说以来现代小说常见的艺术手法。《变形记》等"卡夫卡式"小说的基本特征之一就在于，不用真实的摹写去追求再现式的逼真，而以象征式或者寓言式的表现追求真实中的荒诞、荒诞中的真实。说《火烧花篮阁》的故事荒诞，是因为一个风景区的观赏性建筑竟然先后修建和焚毁了六次。失火的原因不详，建楼阁的动机不祥，而且每次火灾都与当地市长的升迁形成神秘的关联。"在花篮岛上建楼阁，是这个城市的一任又一任市长执着到病态的追求，但他们的努力总是引来那一把将城市的夜空照亮的大火。他们建楼阁的希望总是在烈火中破灭，但他们的官运却总是随着烈火的熄灭而亨通。"小说用不动声色的语气叙述了一个匪夷所思的事件，寓悬念和惊悚于平淡无奇之中，令人联想到《变形记》那个著名的开头。故事内容的荒诞与讲述语气的平淡形成了一种悖谬性情境，打破了读者的欣赏习惯和思维定式。这个故事的大部分情节都写得真实可信，符合日常生活的逻辑，只有楼阁失火和官员升迁以及两者之间的联系显得蹊跷。真相被作者故意隐瞒了。小说是在讽刺地方官员的好大喜功、重复建设吗？是在讽刺基本建设中的贪污腐败、铺张浪费吗？是在讽刺官员的考评和升迁机制吗？是在讽刺官员和民众的封建迷信、因循守旧吗？放到现代化进程的大背景下，《火烧花篮阁》似乎还涉及权力运用、民众参与、科学决策等现代性话题。小说就这样以其含混多义性，给读者留下了丰富的想象空间。

与《冰雪美人》的反讽叙事和《火烧花篮阁》的荒诞叙事有所不同，《月光斩》走的是互文叙事和戏仿的路子。小说由某县领导被杀身亡，头颅高悬树上，有关部门开始追凶说起，引出关于杀人利器"月光斩"的传说。大炼钢铁的年代，两个"右派"专家炼出了一块奇异的蓝钢。这块钢在"文革"时被打造成一把名唤"月光斩"的宝刀——砍人首级，滴血不出，创面平滑如故。当初，"月光斩"的锻造耗去了铁匠父子两代人三条性命，只有老铁匠的小儿子幸存，与带着蓝钢前来要求打刀的无名少女一起流落江湖。调查至此，民间又有传言，说身首分离的只是一个高度仿真的塑料模特，某县领导没死，已在电视上露面云云。这一切，都是表弟给表哥"我"的电子邮件中陈述的。

早在20世纪90年代初期，莫言就在《白棉花》、《红耳朵》和《怀抱鲜花的女人》等作品中对武侠小说有过借鉴和戏仿。《月光斩》借用武侠小说的叙述模式，讲述的似乎是一个现代复仇的故事。文本中的"人血馒头"和"眉间尺"等用语指涉鲁迅的小说《药》和《铸剑》，可能会引起读者对故事主题的探究兴趣，进而思考复仇的社会学背景和心理学动因。不过作者的写作意图也许更在于不同类型的文本之间的拼贴实验，更在于打破文体界限后获得的创作自由。他因此把故事写得扑朔迷离，甚至不惜用后一个传言消解前面的叙事，阻断读者对文本现实批判可能性的探寻。最有意思的是故事结尾，表哥"我"回复给表弟的电子邮件：

表弟如晤，久未通信，十分想念。姑姑好吗？姑父好吗？建国表哥好吗？青青表妹好吗？你在县城工作，要经常回老家看看，姑姑姑父年纪大了，多多保重。你若回去，一定代我去眉间尺的坟前烧两箔纸钱。遇见韦小宝的后人，一定要礼貌周全——宁得罪君子，不得罪小人，这是古训，不可违背。一转眼你也快三十岁了，婚姻问题要赶紧解决，天涯何处无芳草？不必死缠着小龙女不放，我看那个还珠格格就不错，野是野了点，但毕竟也是金枝玉叶，跟她成了亲，对你的仕途大为有利，赶快定下来，万勿二心不定，是为至嘱。

对于表弟邮件中讲述的故乡奇闻，"我"若无其事，不置一词。这种视而不见、漠不关心的态度好似中国传统绘画中的"留白"，其实大有深意焉。回信邮件虚实相间，戏谑滑稽，可以看作揭示故事虚构性的叙事策略，对前文煞有其事的叙述又做了一次消解。可是文本先后两次强调谋杀事件的虚构性质，似乎欲盖弥彰，反倒使读者怀疑起"虚构"本身的真伪来：莫言是把新闻事件写入了小说吗？很有可能，他动用小说家的权力，把"现实"改写成了"艺术"。这个开放性的、具有多种解读可能的小说结尾，再一次体现了作家对现代叙事艺术的重视和追求。

第六章　莫言小说的比较研究

现代主义诗人、批评家艾略特在《传统与个人才能》一文中指出："我们津津乐道这位诗人与他的前人、尤其是与他最邻近的前人之间的区别。我们努力寻找能够被孤立出来加以欣赏的东西。如果我们不抱这种先入的成见去研究某位诗人，我们反而往往会发现不仅他的作品中最好的部分，而且最具个性的部分，很可能正是已故诗人们，也就是他的先辈们，最有力地表现了他们作品之所以不朽的部分。"① 文艺理论家韦勒克也认为："在一个特定的传统内进行创作并采用它的种种技巧，这并不会妨碍创作作品的感性力量和艺术价值。"②

纵观中外文学史，艾略特和韦勒克对作家与传统的关系的论述显然是一个规律性的总结，那些卓有建树的文学大家在创作资源的获取上无不兼收并蓄，博采众长。就莫言而言，他往往在锐意创新这个维度上被人们谈论，他与西方现代主义文学的关系也成为人们津津乐道的话题。其实，莫言的成功与中国文学也是密不可分的。古典文学、民间文学、现当代文学与外国文学一样，共同构成莫言成长的文学资源。本章尝试从外国文学和中国现当代文学两个角

---

① 〔英〕托·斯·艾略特：《艾略特文学论文集》，李赋宁译注，百花洲文艺出版社，1994，第 2 页。

② 〔美〕勒内·韦勒克、〔美〕奥斯汀·沃伦：《文学理论》，刘象愚等译，江苏教育出版社，2005，第 311 页。

度，探讨莫言小说与他所接受的文学传统之间的关系。

第一节　莫言与外国文学

一　莫言与日本文学

日本文学方面，莫言先后阅读过川端康成、井上靖、三岛由纪夫、水上勉、大江健三郎等人的作品，其中川端康成是他谈论较多的：

> 只有当我意识到文学必须摆脱为政治服务的魔影时，我才写出了比较完全意义上的文学作品。这时，已是八十年代的中期。我的觉悟得之于阅读：那是十五年前冬天里的一个深夜，当我从川端康成的《雪国》里读到"一只黑色而狂逞的秋田狗蹲在那里的一块踏石上，久久地舔着热水"这样一个句子时，一幅生动的画面栩栩如生地出现在我的眼前，我感到像被心仪已久的姑娘抚摸了一下似的，激动无比。我明白了什么是小说，我知道了我应该写什么，也知道了应该怎样写。在此之前，我一直在为写什么和怎么写发愁，既找不到适合自己的故事，更发不出自己的声音。川端康成小说中的这样一句话，如同暗夜中的灯塔，照亮了我前进的道路。
>
> ……
>
> 川端康成的秋田狗唤醒了我：原来狗也可以进入文学，原来热水也可以进入文学！从此之后，我再也不必为找不到小说素材而发愁了。①

---

① 莫言：《自述》，《小说评论》2002 年第 6 期，第 28 页。

这段创作谈再清楚不过地告诉我们，莫言是怎样通过阅读川端康成的作品而获得启发，"发现故乡"，解决了困扰众多当代作家的"写什么"的难题。当然，莫言对故乡的"发现"由电光火石般的灵感迸发到变成生动的故事见诸笔端，除了阅读名家名著以外，还需要深厚的生活积累和情感体验，还需要长期的写作训练。反过来说，正是因为性格气质的不同、创作背景的不同，莫言的《白狗秋千架》与川端康成的《雪国》，除了在运用"归乡"叙述模式和塑造洋溢着野性生命活力的女主人公两方面上有相似之处外，在主题意蕴、艺术手法、美学风格等方面都迥然有别。[①]

关于三岛由纪夫，莫言有一篇专门写他的随笔——《三岛由纪夫猜想》。在这篇文章中，莫言以一个作家的敏感、细腻、同情和理解，深入洞见了三岛由纪夫的内心——既有他深藏不露的个性隐秘，又有他难为人知的创作心理：

> 我猜想三岛其实是一个内心非常软弱的人。他的刚毅的面孔、粗重的眉毛、冷峻的目光其实是他的假面。他软弱性格的形成与他的童年生活有着直接的关系。那么强大、那么跋扈的祖母的爱病态了这个敏感男孩的心灵。但如果没有这样一个古怪的祖母，很可能也没有怪异美丽、如同腐尸上开出的黑红的花朵的三岛文学，当然也就没有文坛鬼才三岛由纪夫了。

> 三岛的一生，写了那么多作品，干了那么多事情，最后又以那样极端的方式结束了自己的一生，好像非常复杂，但其实很简单。三岛是为了文学生，为了文学死。他是个彻头彻尾的文人。他的政治活动骨子里是文学的和为了文学的。研究三岛

---

① 参见康林《莫言与川端康成——以小说〈白狗秋千架〉和〈雪国〉为中心》，《中国比较文学》2011 年第 3 期。

必须从文学出发，用文学的观点和文学的方法，任何非文学的方法都会曲解三岛。三岛是个具有七情六欲的人，但那最后的一刀却使他成了神。①

莫言对三岛由纪夫的"猜想"，其实是在借他人酒杯浇心中块垒。谁不知道，成名后的莫言反复强调"饥饿和孤独是我创作的财富"。② 莫言的童年是在肉体的饥饿和精神的孤独中艰难度过的，这种经历对他的一生尤其是艺术个性影响至深，研究莫言不可不知。他众多的作品中那些精灵般的"小男孩"形象，他汪洋恣肆的想象力，他个性中沉默寡言与滔滔不绝这样矛盾而奇特的组合，等等，都可以在他的童年生活中寻找到根源。

另外，莫言强调"研究三岛必须从文学出发，用文学的观点和文学的方法，任何非文学的方法都会曲解三岛"。这何尝不是在暗示，莫言期待对自己的批评也应该如此。莫言因为《透明的红萝卜》而成名，因为《红高粱》而蜚声海内外，但是从1987年的《欢乐》和《红蝗》开始，他就是一个存在巨大争议的作家，这种争议在《丰乳肥臀》发表后达到一个高峰。平心而论，无论是关于《丰乳肥臀》的争议，还是后来关于《檀香刑》、《生死疲劳》和《蛙》产生的分歧，确实都有一些文学以外的因素在干扰着对莫言做出客观公正的评价。有的批评者离开文学的立场，在莫言的政治身份等问题上做文章。对此，莫言已经司空见惯了。批评者需要提醒自己的是，把握住客观公允的批评尺度，从文学的立场出发，站在文学的立场说话。

滥觞于《红高粱家族》中的对暴力、血腥、性爱、畸恋、变态

---

① 莫言：《三岛由纪夫猜想》，《小说的气味》，当代世界出版社，2004，第298、302页。
② 转引自杨守森、贺立华主编《莫言研究三十年》中卷，山东大学出版社，2013，第3～5页。

心理等题材的关注和叙述，在《丰乳肥臀》和《檀香刑》两部作品中达到了登峰造极的地步。巧合的是，《三岛由纪夫猜想》写作的 1995 年，也是《丰乳肥臀》发表的时间。这里不妨也来一个"莫言猜想"，即在《丰乳肥臀》的创作和三岛由纪夫之间，存在某种程度上的关联。就人物形象塑造来看，上官鲁氏自不必说，上官金童当然也是莫言独创的人物。邓晓芒曾经撰文指出，上官金童是中国历史文化语境下的产儿。① 笔者想说明的是，莫言对于上官金童这个病态人物形象的塑造，在情节设计（恋乳症、性无能、奸尸等）和细节安排上，在心理刻画和潜意识挖掘上，或许受到过三岛由纪夫的启发吧！莫言很有可能在三岛由纪夫那里找到描写变态角色的理由和信心。

莫言和大江健三郎交往密切，两人有过多次会面和深谈。从创作上来看，他们也不是没有可以比较的地方。就大江健三郎来说，"他把当前人类的生存困境作为自己最关注的问题，借助一种'变异的现实主义'对世界进行描绘，以富有诗意的想象力，剖析了人类的窘迫和时代的困惑"。② 因为特殊的个人经历和生活环境，"残疾儿问题和核威胁问题是大江健三郎始终关心的问题，对它们的探讨成为他在创作中着力表现的两个主题——'个人的体验'和'描绘现代人类的苦恼与困惑'"。③ 而莫言的创作则始终立足于中国的本土文化语境，雄心勃勃地意图展示 20 世纪百年中国的沧桑变幻。无论是"种的退化"和"精神恋乳症"，还是农业合作化、计划生育，莫言在处理这些主题和题材时，通过对故乡的生活方式和一般生活状况的描写，力求传达出带普遍性的人性内容和人类存

---

① 参见邓晓芒《莫言：恋乳的痴狂》，《灵魂之旅——九十年代文学的生存境界》，湖北人民出版社，1998。
② 聂珍钊主编《外国文学史》第 4 卷，华中师范大学出版社，2010，第 386 页。
③ 聂珍钊主编《外国文学史》第 4 卷，华中师范大学出版社，2010，第 387 页。

在状态。在反思现代文明、关切人的处境和前景方面，两位作家是殊途同归的。

二　莫言与美国文学

诺贝尔文学奖得主、美国小说家威廉·福克纳对莫言的重要性不言而喻，国内这方面进行影响研究和比较分析的成果已有不少。[①]

在国外，M. 托马斯·英奇教授早在 1992 年就写出了《莫言和福克纳：影响和汇合》这样的文章。托马斯·英奇教授认为，对于莫言来说，福克纳给他的启示不仅仅在于叙事技巧上的革新，更重要的是福克纳作品中透露出来的那种独特而深邃的历史观，即过去和现实互为一体、紧密相关，前人的血依然流淌在今人的血管里。[②]通过《红高粱家族》、《食草家族》、《丰乳肥臀》和《生死疲劳》等家族叙事作品以及莫言对"种的退化"的批判、对"纯种高粱"的呼唤，不难发现福克纳的历史观念和叙述方式在他创作中的影响。

但同时托马斯·英奇也强调，即使莫言没有读过福克纳，他也很可能会写出同样的内容，因为两位作家有着类似的以农村大地为生活背景的经历，并且承受了 20 世纪的政治、工业化带来的类似的影响。[③]换句话说，莫言从《红高粱家族》、《酒国》、《丰乳肥臀》、《檀香刑》和《生死疲劳》一路行来，在叙事艺术上不断创新，福克纳、马尔克斯等人的影响固然重要，起决定作用的还是莫

---

① 参见陈春生《在灼热的高炉里锻造——略论莫言对福克纳和马尔克斯的借鉴吸收》，《外国文学研究》1988 年第 3 期；胡小林、刘伟《福克纳、莫言比较论》，《枣庄师专学报》1990 年第 1 期；李迎丰《福克纳与莫言：故乡神话的构建与阐释》，《解放军外国语学院学报》2002 年第 1 期；朱宾忠《跨越时空的对话——福克纳与莫言比较研究》，武汉大学出版社，2006。

② 参见金衡山编写《比较研究：莫言与福克纳》，《外国文学动态》1993 年第 5 期。

③ 参见金衡山编写《比较研究：莫言与福克纳》，《外国文学动态》1993 年第 5 期。

言的个人经历、文化背景、创作天赋和坚持不懈的写作实践。

对于福克纳的学习、模仿和超越，莫言在美国加州大学伯克利分校的演讲是这样说明的：

> 读了福克纳之后，我感到如梦初醒，原来小说可以这样地胡说八道，原来农村里发生的那些鸡毛蒜皮的小事也可以堂而皇之地写成小说。他的约克纳帕塔法县尤其让我明白了，一个作家，不但可以虚构人物，虚构故事，而且可以虚构地理。于是我就把他的书扔到了一边，拿起笔来写自己的小说了。受他的约克纳帕塔法县的启示，我大着胆子把我的"高密东北乡"写到了稿纸上。他的约克纳帕塔法县是完全地虚构，我的高密东北乡则是实有其地。我也下决心要写我的故乡那块像邮票那样大的地方。这简直就像打开了一道记忆的闸门，童年的生活全被激活了。
>
> 我必须坦率地承认，至今我也没把福克纳那本《喧哗与骚动》读完，但我把那本美国教授送我的福克纳相册放在我的案头上，每当我对自己失去了信心时，就与他交谈一次。我承认他是我的导师，但我也曾经大言不惭地对他说："嗨，老头子，我也有超过你的地方！"①

莫言的回忆文字，不禁使人联想起中国古代文学史上的一段佳话。那就是唐代诗人崔颢写下了被严羽称为"唐人七律第一"的《黄鹤楼》后，李白游黄鹤楼读到此诗，感叹"眼前有景道不得，崔颢题诗在上头"。不过他终究按捺不住比试的心理，还是写下了

---

① 莫言：《福克纳大叔，你好吗？——在加洲大学伯克利分校的演讲》，《小说的气味》，当代世界出版社，2004，第176、177页。

《登金陵凤凰台》以较胜负。① 对莫言来说，"福克纳大叔"不仅激活了他的生活积累，赋予他一种"对传统的讲故事方法的挑战和改变的自觉精神"（托马斯·英奇语），而且鼓舞起他超越前人、一试高下的艺术雄心。

莫言自认为，他超过福克纳的地方主要体现在艺术想象力这方面。一个有大作为的作家，不仅能够"发现故乡"，而且能够"超越故乡"。在其硕士学位论文《超越故乡》中，他谈到美国作家托马斯·沃尔夫的《天使，望故乡》、秘鲁作家巴尔加斯·略萨的《胡利娅姨妈与作家》，清醒地意识到自传性写作的局限。② 他因此强调作家"同化生活的能力"："一个作家能不能走得更远，能不能源源不断地写出富有新意的作品来，就看他这种'超越故乡'的能力。'超越故乡'的能力，实际上也就是同化生活的能力。你能不能把从别人书上看到的，从别人嘴里听到的，用自己的感情、用自己的想象力给它插上翅膀，就决定了你的创作资源能否得到源源不断的补充。"③

朱宾忠在比较福克纳和莫言时指出，在超越一般乡土文学的狭隘性和局限性方面，福克纳的成就已经获得了广泛的认可，而国内的评论界对于莫言尚未有这样的嘉许。他期望莫言在未来能够达到福克纳同样的高度，得到同样的评价。④ 我们能否把莫言获得诺贝尔文学奖看作这一目标的达成呢？或者，究竟应该怎样看待汉语文化背景下，对乡土文学狭隘性和局限性的"超越"？因为《喧哗与骚动》对宗教问题、历史问题、人性问题等方面的探讨，都是在英

---

① 参见《唐诗纪事》，转引自章培恒、骆玉明主编《中国文学史》中卷，复旦大学出版社，1996，第70页。

② 莫言：《小说的气味》，当代世界出版社，2004，第370页。

③ 莫言、王尧：《莫言王尧对话录》，苏州大学出版社，2003，第204页。

④ 朱宾忠：《跨越时空的对话——福克纳与莫言比较研究》，武汉大学出版社，2006，第54页。

语（西方）文化语境中进行的。汉语作家对共同人性的思考，对人类命运的关怀，在艺术上或许要开辟另外的路径……

除了福克纳和前文提到的托马斯·沃尔夫外，对莫言创作产生影响的美国作家至少还有美国南方文学的怪才卡森·麦卡勒斯。1979 年，麦卡勒斯的中篇小说《伤心咖啡馆之歌》由翻译家李文俊先生译成中文，在《外国文艺》创刊号上首篇发表。随后，小说又被收入到《当代美国短篇小说集》中，影响了一代文学青年。

在莫言 1985 年之前发表的小说中，《售棉大路》和《民间音乐》具有特殊的地位。前者被《小说月报》转载，后者得到文坛耆宿孙犁先生的赞赏。有意思的是，两个短篇在一定程度上都受到外国文学的影响和启发。《售棉大路》的创作灵感来自阿根廷作家胡里奥·科塔萨尔的《南方高速公路》，①《民间音乐》则对《伤心咖啡馆之歌》多有借鉴。

尽管在小说的人物设计、情节安排、细节描写等方面，《民间音乐》与《伤心咖啡馆之歌》的相似之处可以举出不少，对于初学者而言也无可厚非。但是，莫言的成长背景和创作动机毕竟与麦卡勒斯有很大的不同。他对麦卡勒斯并没有一味地照抄照搬，而是通过对中国北方乡村风俗的再现、对民间艺术的想象，巧妙地将"西式咖啡"换成了"中式音乐"，奏响了一曲改革年代的爱情之歌。②

1985 年，中篇小说《透明的红萝卜》的发表使莫言赢得了全国性声誉，作品中的"黑孩"成为莫言小说的标志性人物。从《民间音乐》的生涩稚嫩到《透明的红萝卜》的成熟老到，在短短的两三年里，莫言在创作上取得了惊人的进步。他是如何实现这个跨越式发展的呢？饥饿和孤独的童年经历，二十年乡村底层生活的

---

① 参见莫言《独特的声音》，《小说的气味》，当代世界出版社，2004。
② 参见拙文《莫言与麦卡勒斯——以小说〈民间音乐〉、〈透明的红萝卜〉和〈伤心咖啡馆之歌〉为中心》，《世界文学评论》（高教版）2014 年第 2 期。

体验，对文学的痴迷与坚持不懈的写作训练，改革开放带来的"欧风美雨"的浸淫，进入解放军艺术学院获得的视野拓展和理论提升，还有天赋才情、梦中灵感……所有这一切因素综合起来，成就了莫言。这其中，《伤心咖啡馆之歌》的影响也是不应忽略的。

值得一提的是，《伤心咖啡馆之歌》中，李蒙为了取悦马文，极尽阿谀逢迎之能事，甚至在马文面前摇动自己的耳朵。《透明的红萝卜》中，黑孩的耳朵也会动啊。到了《红高粱》，甚至有这样惊心动魄的描写："父亲看到罗汉大爷那两只耳朵在瓷盘里活泼地跳动，打得瓷盘叮咚叮咚响。"莫言后来还专门写了一篇叫《红耳朵》的中篇小说，将主人公王十千耳朵的官能夸张到了极致——这些情节与《伤心咖啡馆之歌》类似显然不仅仅是巧合的。

三 莫言与拉美文学

胡里奥·科塔萨尔的《南方高速公路》与我的早期小说《售棉大路》有着亲密的血缘关系，我从八十年代初期的《外国文学》月刊上读到了它……这个拉美大陆颇有代表性的作家的充溢着现代精神的力作，使我受到了巨大的冲击。阅读它时，我的心情激动不已，第一次感觉到叙述的激情和语言的惯性，接下来我就模拟着它的腔调写下了《售棉大路》。这次模仿，在我的创作道路上意义重大，它使我明白了，找到叙述的腔调，就像乐师演奏前的定弦一样重要，腔调找到之后，小说就是流出来的，找不到腔调，小说只能是挤出来的。[①]

胡里奥·科塔萨尔是阿根廷作家，"拉丁美洲的文学爆炸"四

---

① 莫言：《独特的声音》，《小说的气味》，当代世界出版社，2004，第296页。

大主将之一。上述创作谈中，我们可以找到拉美文学影响莫言创作的最早证据。① 莫言不愧是小说家，对叙事技术有种特别的敏感，关注"叙述的激情和语言的惯性"，认为它们构成了作家"叙述的腔调"。进而，他把作家的创作风格称之为"独特的腔调"："我想一个作家的成熟，应该是指一个作家形成了自己的风格，而所谓的风格，应该是一个作家具有了自己独特的、不混淆于他人的叙述腔调。这个独特的腔调，并不仅仅指语言，而是指他习惯选择的故事类型、他处理这个故事的方式、他叙述这个故事时运用的形式等等全部因素所营造出的那样一种独特的氛围。"② 这就是由语言、题材、艺术方法和叙事手法等共同构成的作家独具个性的"声音"。

判断莫言小说的风格形成于哪一个具体的时期是比较困难的，因为他是个锐意进取、不断挑战叙事成规的作家。可以肯定的是，在20世纪80年代初登上文坛并于80年代中期崭露头角的那一批作家中，他较早地注意到了在借鉴模仿他人时必须要有自己的创新。从这个意义上说，马尔克斯对莫言的影响就像川端康成、福克纳等外国作家对他的影响一样，首先体现在创作观念的革新和创作灵感的激发上，"魔幻"和"预叙"等叙事手法上的启示倒还在其次：

> 85年我在军艺上学，一个编辑说《百年孤独》真是一部大作品，我就跑到王府井买了一本，一读之下，被那种语言气势给迷住了——这样写小说真是太痛快了……《百年孤独》至今我也没读完，但我经常翻那么一两页，每一次读都觉得我非常了解这位作家，我不应该再读下去了，我应该赶快写我自己的东西……我觉得好的作家的书它能变成另外一个作家创作的

---

① 《售棉大路》发表于《莲池》1983年第3期，后被《小说月报》转载。
② 莫言：《独特的声音》，《小说的气味》，当代世界出版社，2004，第294页。

酵母。他可以通过一个情节、一句话，把另外一个作家过去一大团处在朦胧状态的生活照亮。[①]

这里莫言所说的《百年孤独》的"语言气势"，大概与他非常重视的"叙述的腔调"意思相近，指作家整体的语言艺术风格。叙事学帮助我们分辨作者和叙事者的区别，从技术的层面更深入地解析莫言提出的"叙述的腔调"问题。吴晓东在比较《百年孤独》与《边城》在叙述上的区别时分析道："《百年孤独》的叙事者像一个巫师、预言家，相信一切奇迹和神话，把魔幻看成真实并对这一切津津乐道，同时因为马孔多不过是一个必将实现的宿命和预言，叙事者讲起来就很超脱，纯粹像讲一个故事。而《边城》的叙事者是为他的地缘政治意义上的偏僻乡土立传，讲起来则有一种悲天悯人的情怀，有一种回溯性的沉湎意绪，有一种挽歌的调子。"[②]

莫言讲故事的才能同样出类拔萃。在几十年的创作中，他小说中的叙事者有着多变的身份：或者是一个饶舌的孩子，或者是一个离家多年的游子，或者叠合了成人与儿童的双重视角，或者多人称叙事穿插交错。很多时候，这种叙事者的设计与小说的故事、主题、结构相得益彰，如《白狗秋千架》、《红高粱》、《牛》和《檀香刑》等。《生死疲劳》甚至全篇皆用了动物叙事者的视角。尽管叙事者的身份不断变化，总的来看，他们不像马尔克斯小说中的叙事者那样冷静、超脱、不动声色，在情感的处理上有着显著的现代主义色彩，反倒是充满浪漫主义的激情，始终摆脱不了作者的声音。这种不同的叙事姿态，显示出作家艺术个性的差异。"从表现整个时代的大氛围看，福克纳无疑是一个现代主义作家。从如实地

---

① 周罡、莫言：《发现故乡与表现自我——莫言访谈录》，《小说评论》2002年第6期，第37～38页。

② 吴晓东：《从卡夫卡到昆德拉》，生活·读书·新知三联书店，2003，第308～309页。

反映了美国南方的历史，从现实与风土人情看，福克纳又是一个现实主义作家。从福克纳爱以传统的价值标准来对待周围陌生、时髦的环境看，人们又把他称为一个浪漫主义者。"① 同样，莫言也不是一个纯粹意义上的现代主义作家。浪漫主义、现实主义和现代主义三方面的因素，在他的创作中都是存在着的。在这一点上，莫言与福克纳是颇为相似的。

在栾梅健看来，"魔幻现实主义"作为一种艺术方法，之所以能够对莫言产生巨大的诱发与触动效果，是因为它与莫言独具的知识积累、个人经历和生活环境形成了"集体共振"。早年民间故事和传说带有的"魔幻"化的文学熏染，少年时代孤独、自卑、郁闷引发的胡思乱想，以及从幼年到成年长期所处的变幻无常、纷纭复杂的社会环境与现实生活，这一切共同构成了莫言接受马尔克斯《百年孤独》影响的内因。② 莫言的卓越之处在于，他从来就不是机械地模仿，而是在借鉴的同时进行创造性的转换，就像日本学者大冢幸男总结的那样："所谓有创建的即名垂文学史册的作家，便是像'雄狮在自己体内消化羔羊'（瓦莱里语）那样，能把从他处摄来之物归为己有，并由此创造出多少具有自己独特性的作品的作家。"③

考虑到莫言在硕士学位论文《超越故乡》中提及秘鲁作家巴尔加斯·略萨和他的作品《胡利娅姨妈与作家》，有理由认为，莫言对于这个"结构现实主义"的文学大师，多少有一定的了解。那么，莫言极富变化的小说结构与略萨的小说结构之间有何关联呢？莫言是否从中受到过启发？他在小说文体上的创新又是如何体现

---

① 郑克鲁主编《外国文学史》下卷，高等教育出版社，1999，第173页。
② 参见栾梅健《民间的传奇——论莫言的文学观》，《当代作家评论》2013年第1期。
③ 〔日〕大冢幸男：《比较文学原理》，陈秋峰、杨国华译，陕西人民出版社，1985，第30页。

的？由于篇幅的限制，这里无法展开比较分析了。

四 莫言与苏联文学

相较于日本文学、美国文学和拉美文学，莫言很少提及苏联文学对他的影响，研究者也较少注意。在笔者看来，起码可以从三个方面展开莫言与苏联文学的比较研究：一是女性角色的塑造；二是"小儿女"爱情的描写；三是文学观念的革新。

有充分的资料显示，莫言熟读过《静静的顿河》这部苏联文学名著。他写于1986年的短篇《弃婴》里有这样的句子："葵花，黄色的葵花地，是葛利高里和阿克西妮亚幽会的地方……"发表于1992年的长篇《酒国》，扉页的题词"在混乱和腐败的年代里，弟兄们，不要审判自己的亲兄弟"，来自《静静的顿河》中的一个情节。《酒国》主人公"丁钩儿"的名字也取自《静静的顿河》中一个叫丁钩儿的红军战士。后者战死在反对苏维埃的哥萨克叛乱者手中，抛尸荒野。有个怀着怜悯之心的哥萨克老人掩埋了死者，并在简陋的墓碑上题字："在混乱和腐败的年代里，弟兄们，不要审判自己的亲兄弟。"

《静静的顿河》中引人注目的叙事之一是葛利高里和阿克西妮亚至死不渝的爱情。情窦初开的毛头小子坠入青春少妇的情网，从此一发而不可收，以至于双方竟然置名誉、家庭于不顾，陷入疯狂痴迷的境地。这样一种充满原始情欲的男欢女爱，被肖洛霍夫描绘得跌宕起伏，自然率真，乃是小说最具魅力的地方。然而要深究男女主人公相爱的原因，他们彼此不能割舍的东西是什么，却难以找到具体明确的答案。葛利高里嫌妻子太冷淡，迷恋阿克西妮亚的狂热、大胆、性感，但这尚不能充分证明他对情人的感情何以经久不衰。阿克西妮亚对葛利高里的死心塌地好像也解释不清……可能在肖洛霍夫的观察和体验中，哥萨克人的情感世界就是如此热烈而暧昧，简单又浪漫，弥散出几分神秘色彩。

在前期创作中，莫言对女性人物的塑造是"灵与肉"并重的。暖姑（《白狗秋千架》）内心的憧憬、凄苦和期盼都揭示得相当深入，描写得很有层次。紫荆（《金发婴儿》）的"红杏出墙"因为有充分的心理描写而显得顺理成章。戴凤莲（《红高粱》）临死前大段的内心独白一向为人称道，被认为是对传统女性心灵的新发现。到了描写方碧玉（《白棉花》）、上官鲁氏及其女儿们（《丰乳肥臀》）、孙眉娘（《檀香刑》）这些人物时，莫言更加突出的是她们的生命本能和身体欲望。从这样一个角度，莫言笔下的女性角色与《静静的顿河》中的阿克西妮亚是具有可比之处的。她们都带着浓郁的乡村气息，敢爱敢恨，为一种非理性的冲动所迷惑，哪怕是付出生命的代价也无怨无悔。

莫言与肖洛霍夫在女性人物塑造上的区别也是明显的。《静静的顿河》中，阿克西妮亚作为葛利高里悲剧的重要组成部分，这个形象在艺术功能上是对葛利高里形象的补充和深化，其他女性人物如伊莉妮奇娜、达丽娅等也扮演着类似的角色，尽管她们都极具个性。莫言作品中的女性形象却常常与男性形象平分秋色（比如戴凤莲），甚至压倒男性形象（比如暖姑、方碧玉、上官鲁氏及其女儿们），体现出莫言特有的女性崇拜思想。

莫言的小说写男欢女爱时，用语泼辣大胆，笔调放肆而无所顾忌，有时不免有疏漏、粗俗之嫌。他对少男少女的朦胧情感和纯情交往，尤其是男孩子对成年女性的爱慕和暗恋，描写起来则细腻真切，动人心弦。这些在《石磨》、《透明的红萝卜》、《白狗秋千架》、《爱情故事》、《初恋》、《红耳朵》和《白棉花》等篇目中有精彩的表现。在关于早年读书的回忆中，莫言异常清晰地讲述了《三家巷》和《钢铁是怎样炼成的》中的爱情叙事给他留下的深刻印象。他曾经为区桃的死失声痛哭，为保尔和冬妮娅的初恋热泪盈眶。时隔数十年，他依然能够回忆起保尔和冬妮娅热恋的细节。[①]文艺心理学研究表明，"情绪记忆"在艺术家的创作中发挥着巨大的、潜在的作用。作家在童年时代体验过的情绪记忆，往往会伴随他们一生，影响他们的创作风格和作品的个性特色。[②]据此有理由认为，莫言早年阅读《钢铁是怎样炼成的》获得的独特的"情绪记忆"，对他后来创作的影响并不是无足轻重的。从某种程度上说，保尔与冬妮娅的爱情故事既是莫言的情感启蒙，也是他的艺术启蒙。

在与评论家王尧的对话中，莫言还表现出对苏联文学史的了解：

> 八十年代的创作环境允许我们站在一个相对更超脱一点的角度来看人、写人，把敌人也当人看，当人来写。其实这些东西也不是我们的发明，前苏联的许多作家已经做得很好了，我们现在的许多"新历史小说"甚至还没有超过人家。当然，前苏联作家在用这种方式写作时，在他们的国家里也曾引起过轩然大波。有许多高官就批评肖洛霍夫站在白匪的立场上来写小说。苏联作家在三十年代、四十年代就认识到了的问题，我们到八十年代才开始意识到，或者说到了八十年代才有可能这样写。[③]

《红高粱》的发表表明，莫言以新颖的历史观念和叙事方式重述抗日战争，有意识地拒绝政治权力对历史的图解。"我终于悟到：

---

① 莫言：《童年读书》，《小说的气味》，当代世界出版社，2004，第317~318页。
② 参见鲁枢元《论文学艺术家的情绪记忆》，《上海文学》1982年第9期。
③ 莫言、王尧：《从〈红高粱〉到〈檀香刑〉》，《当代作家评论》2002年第1期，第14页。

高密东北乡无疑是地球上最美丽最丑陋、最超脱最世俗、最圣洁最
龌龊、最英雄好汉最王八蛋、最能喝酒最能爱的地方。"这种领悟
既是对故乡的发现、对题材的发现，又是创作思想上的飞跃。批评
家吴炫就此认为，在创作观念上，莫言有自己的相对主义哲学。①

　　如果说，莫言从魔幻现实主义文学那里主要获得叙事艺术上的
借鉴，那么，他的文学观念（包括历史观念）的革新，除了来自福
克纳的启示外，肖洛霍夫的影响也是不能忽略的。葛利高里这个摇
摆于革命与反革命之间的悲剧人物的成功塑造，对于习惯了革命现
实主义文学叙事成规的莫言那一代作家来说，带给他们的震撼和启
发无疑是巨大的。多年以后，站在诺贝尔文学奖的领奖台上，面对
全世界的听众，莫言道出了他成功的秘诀："我知道，每个人心中
都有一片难用是非善恶准确定性的朦胧地带，而这片地带，正是文
学家施展才华的广阔天地。只要是准确地、生动地描写了这个充满
矛盾的朦胧地带的作品，也就必然地超越了政治并具备了优秀文学
的品质。"② 谁能说，莫言对"朦胧地带"的发现，没有肖洛霍夫
的一份功劳呢？

第二节　莫言与中国现当代文学

一　莫言与鲁迅

　　鲁迅是中国现代文学的开创者，是中国现代民族文化的象征。
"鲁迅作为一种精神的存在、作为一种思想力量的存在，甚至作为

---

① 吴炫：《新时期文学热点作品讲演录》，广西师范大学出版社，2004，第89页。
② 莫言：《讲故事的人——在诺贝尔文学奖颁奖典礼上的讲演》，《当代作家评论》2013年
　　第1期，第8页。

一种人格和性格的存在，变成了无所不包的宏大叙事。在鲁迅的形象下，汇集了既是唯一的也是全部的现代文学传统。"① 在这样一种特殊语境中成长起来的中国当代作家，几乎所有人都会承认自己与鲁迅存在某种关系，都会在回顾成长历程或总结创作经验时满怀敬意地提起鲁迅。

在莫言接受教育的年代里，鲁迅的作品在现代文学史上和读者心目中享有的崇高地位，是任何其他作家的作品都望尘莫及的。莫言在《读鲁杂感》一文中回忆说，对鲁迅作品的阅读前后经历了几个不同的阶段。最早阶段"大约七八岁的时候，就开始读鲁迅了……不认识的字很多，但似乎也并不妨碍把故事的大概看明白，真正不明白的是那些故事里包含的意思。第一篇就是著名的《狂人日记》，现在回忆起那时的感受，模糊地一种恐惧感使我添了许多少年不应该有的绝望"。② "《狂人日记》和《药》还是给我留下了深刻的印象。童年的印象是难以磨灭的，往往成年后的某个时刻会一下子跳出来，给人以惊心动魄之感。"③ 如同童年的生活记忆后来成为莫言创作的宝库一样，这些早期阅读经历也对他日后的创作形成了潜在影响。

第二个阶段是莫言的青少年时期。"这一阶段的读鲁是幸福的、妙趣横生的，除了如《故乡》、《社戏》等篇那一唱三叹、委婉曲折的文字令我陶醉之外，更感到惊讶得是《故事新编》里那些又黑又冷的幽默。尤其是那篇《铸剑》，其瑰奇的风格和丰沛的意象，令我浮想联翩，终生受益。"④ 在鲁迅的作品中，莫言特别对《铸剑》情有独钟，给予了高度评价。"我最喜欢《铸剑》，喜欢它的

① 陈晓明：《遗忘与召回：现代传统与当代作家》，《当代作家评论》2007年第6期，第6页。
② 莫言：《读鲁杂感》，《小说的气味》，当代世界出版社，2004，第37页。
③ 姜异新整理《莫言孙郁对话录》，《鲁迅研究月刊》2012年第10期，第4页。
④ 莫言：《读鲁杂感》，《小说的气味》，当代世界出版社，2004，第40～41页。

古怪"，"我觉得《铸剑》里面包含了现代小说的所有因素，黑色幽默、意识流、魔幻现实主义等等都有"。① 这里虽然不排除借经典作品为自己的创作理想张目的用意，但是莫言对《铸剑》包含的现代主义质素的发现，的确是别具一格的。

"读鲁迅的第三个阶段，其时我已经从军艺文学系毕业，头上已经戴上了'作家'的桂冠，因为一篇《欢乐》，受到了猛烈的抨击，心中有些苦闷且有些廉价的委屈，正好又得了一套精装的《鲁迅全集》，便用了几个月的时间通读了一遍。"② 此时的莫言因为《红高粱》等作品暴得大名，又因为《欢乐》和《红蝗》而颇受诟病。他经历着人生的大起大落，阅读鲁迅自然别是一番滋味在心头。就像钱理群先生分析的那样，"人在春风得意、自我感觉良好时大概是很难接近鲁迅的，人倒霉了，陷入了生命的困境，充满了困惑，甚至感到绝望，这时就走近鲁迅了……"③

莫言曾在 1985 年写了名为《天马行空》的创作谈，声称："创作者要有天马行空的狂气和雄风。无论在创作思想上，还是在艺术风格上，都应该有点邪劲儿。"④ 或许就是这股"邪劲儿"，"怂恿"莫言进行大胆甚至"越轨"的探索，为自己招来了严厉的批评和无端的指责。这时莫言读到了鲁迅翻译的厨川白村的《苦闷的象征》。"读到后来我忘掉了厨川白村，我认为那就像是鲁迅的创作，什么非有大苦闷不可能有天马行空的大精神，非有天马行空的大精神，不可能有大艺术……"⑤ 在鲁迅所倡导的艺术精神的激励下，莫言不仅没有放弃自己的小说理想，而且写出了《我痛恨所有的神灵》

---

① 姜异新整理《莫言孙郁对话录》，《鲁迅研究月刊》2012 年第 10 期，第 5 页。
② 莫言：《读鲁杂感》，《小说的气味》，当代世界出版社，2004，第 41 页。
③ 钱理群：《与鲁迅相遇》，生活·读书·新知三联书店，2003，第 11 页。
④ 莫言：《旧"创作谈"批判》，《小说的气味》，当代世界出版社，2004，第 286 页。
⑤ 姜异新整理《莫言孙郁对话录》，《鲁迅研究月刊》2012 年第 10 期，第 6 页。

这样的"狂妄"宣言。① 在一定意义上，正是因为敢于反叛长期禁锢作家的清规戒律，张扬一种"渎神"意识，莫言才能写出抨击现实的《天堂蒜薹之歌》、结构奇异的《酒国》，才能写出震惊文坛的《丰乳肥臀》、惊世骇俗的《檀香刑》。

除了艺术雄心和探索勇气外，鲁迅作品对莫言创作的影响和启发，首先体现在主题意蕴的开掘上。20 世纪初的中国，清王朝摇摇欲坠，西方列强对华夏的蚕食鲸吞日益加剧，而民众依旧如一盘散沙。负笈东渡、心系故国的鲁迅发出悲怆的呼号："今索诸中国，为精神界之战士者安在？有作至诚之声，至吾人于善美刚健者乎？有作温煦之声，援吾人出于荒寒者乎？"② 此时的鲁迅颇受尼采的影响，服膺"立意在反抗，指归在动作"的摩罗诗派。③ 在他看来，那种"大都不为顺世和乐之音，动吭一呼，闻者与起，争天拒俗，而精神复深感后世人心，绵延至于无已"的声音充满生命强力，④ 引导人们去从事反抗和战斗。在以后三十年的文字生涯中，鲁迅始终不遗余力地诊疗我们民族的精神痼疾，抨击封建礼教"吃人"的本质，对"精神胜利法"等"国民性弱点"进行揭露和批判。

时光如梭，斗转星移。到了 20 世纪 80 年代，经历了惨痛的教训和曲折，中国这艘驶向现代化的巨轮终于校正了自己的航向。在经济建设的同时，文化反思也深入展开。无论是理论界还是创作界，有识之士再次将目光聚焦到"国民性批判"这个主题上。从《红高粱》对"种的退化"的忧虑，到《丰乳肥臀》对"精神恋乳症"的揭示，再到《拇指铐》对"看客"心态的针砭，以及《檀

---

① 参见莫言《我痛恨所有的神灵》，《小说的气味》，当代世界出版社，2004。
② 鲁迅：《摩罗诗力说》，转引自郭绍虞主编《中国历代文论选》，上海古籍出版社，1979，第 492 页。
③ 鲁迅：《摩罗诗力说》，转引自郭绍虞主编《中国历代文论选》，上海古籍出版社，1979，第 462 页。
④ 鲁迅：《摩罗诗力说》，转引自郭绍虞主编《中国历代文论选》，上海古籍出版社，1979，第 462 页。

香刑》对"刽子手"形象的塑造，莫言向鲁迅致敬的用心溢于言表。《红高粱》的叙述者在小说开头有一段激情澎湃的感叹，极力赞美他的故乡和那些无法无天、大胆妄为的先辈，声称前辈先人的豪放悲壮之举"使我们这些活着的不肖子孙相形见绌，在进步的同时，我真切地感受到种的退化"。这种感叹贯穿在整个《红高粱家族》的叙事当中，并在发表于 1995 年的《丰乳肥臀》中得到了进一步的强化。在洪子诚看来，"作者对于民族的骁勇血性的那种理想状态的寻找"，与对乡村现实的冷峻观察"似乎构成一种对比，而暗含着对生活于其中的后代的怯懦、孱弱的批判"。①

在当时，莫言为"种的退化"开出的治疗方案就是中国版的"酒神精神"，即通过对散落民间的民族光荣历史的想象和打捞，通过召唤一种带有原始生命强力的英雄主义，来振奋国人萎靡的精神。"酒神象征着生命之流，它冲破所有羁绊，不顾一切禁忌，撕破现象世界的面具，将自己消融在原始的统一之中……酒神精神揭示了意志与现象的矛盾，表现了生活中欲仙欲死苦难而又光荣的矛盾。"② 莫言的主张与尼采关于希腊悲剧的论述相吻合，也与鲁迅早年对摩罗诗派的大力倡导遥相呼应。

从"种的退化"的忧虑到"精神恋乳症"的揭示，其间是有一个内在的逻辑关联的。"种的退化"是结果，"精神恋乳症"是主要原因之一。在《丰乳肥臀》中，上官家唯一的男孩儿上官金童迟迟不愿断奶，终生因为"恋乳"而一事无成。哲学家邓晓芒对这个情节的隐喻功能做了深入阐发，认为"国民内在的灵魂、特别是男人内在的灵魂中，往往都有一个上官金童，一个永远长不大的婴儿，在渴望着母亲的拥抱和安抚，在向往着不负责任的'自由'和

---

① 洪子诚：《中国当代文学史》，北京大学出版社，1999，第 330 页。
② 赵敦华：《现代西方哲学新编》，北京大学出版社，2001，第 20 页。

解脱"。①邓晓芒将这种"精神恋乳症"又命名为"文化恋母情结",认为它是"我们时代各种症状的病根"。②尽管邓晓芒的解读不免带有"文化决定论"的武断,但是他的分析的确触及国民病态精神的症结所在,也揭示出莫言思想与鲁迅精神的一脉相承。

鲁迅作品对莫言创作的影响和启发,其次体现在小说的叙事艺术上。鲁迅不仅开创了现代文学表现农民与知识分子的两大题材,而且为后来者提供了成熟的现代短篇小说新形式。研究者认为,《呐喊》和《彷徨》主要有两种情节、结构模式:"看/被看"模式和"离去—归来—再离去"(也称"归乡")模式。③莫言小说对这两种模式多有借鉴,他的作品中采用"归乡"叙事模式的有《白狗秋千架》、《爆炸》、《金发婴儿》、《断手》、《弃婴》、《怀抱鲜花的女人》和《酒国》等,将"看/被看"作为主要情节结构的有《拇指铐》、《长安街上的骑驴美人》和《檀香刑》等。

在鲁迅的《故乡》、《祝福》和《在酒楼上》等经典名篇中,叙述人"我"多年前逃离故乡,为探索人生的意义而到"异地"寻求"别样的"出路。若干年后,"我"故地重游,以现代知识分子的眼光审视故乡沉闷、落后的现状,批判的立场是不言而喻的,对启蒙者自身的质疑也多有流露——但这种质疑并未否定启蒙本身的价值。莫言"归乡"小说中的叙述人同样是经过现代文明洗礼的知识分子,或者干部、军人等。他们观察/评价故乡的眼光和态度,他们对自我的认识与反省,却与鲁迅小说有耐人寻味的不同。

莫言小说中的叙述人没有居高临下的姿态,不再承担"启蒙

---

① 邓晓芒:《莫言:恋乳的痴狂》,转引自杨扬编《莫言研究资料》,天津人民出版社,第269页。
② 邓晓芒:《莫言:恋乳的痴狂》,转引自杨扬编《莫言研究资料》,天津人民出版社,2005,第257～258页。
③ 钱理群、温儒敏、吴福辉:《中国现代文学三十年》(修订本),北京大学出版社,1998,第40页。

者"的使命，反而在乡村强悍而愚顽的风俗与伦理面前进退失据。如果说，乡村批判与乡愁倾诉当初分别在鲁迅和沈从文那里得到充分表达，但两者是泾渭分明的，那么在莫言这里则显示出对乡村文明爱恨交织的情感态度，赞扬与批判纠葛缠绕，到处是含混暧昧的调子。《红高粱》中的这段自白非常典型地表达了作家的心声："高密东北乡无疑是地球上最美丽最丑陋、最超脱最世俗、最圣洁最龌龊、最英雄好汉最王八蛋、最能喝酒最能爱的地方。"莫言崇尚"作为老百姓的写作"的创作理念，反感作家以民众"代言人"自居。他评判乡村文化的矛盾立场自然与他的文学观念不能分开。同时，这种彷徨游移也折射出 20 世纪 80 年代学术界关于现代化与传统关系的讨论对作家创作心态的影响。

最后，鲁迅作品对莫言创作的影响和启发体现在人物形象的塑造上。孙郁对话莫言时说道："鲁迅写的是看客，《檀香刑》写的是刽子手，这是对鲁迅思想的一个发展。"莫言回答："不敢轻言发展，否则会乱箭穿心！但毫无疑问《檀香刑》在构思过程中受到了鲁迅先生的启发"，"我想，如果在一部小说里，把刽子手当作第一主人公来写，会非常有意义。通过鲁迅的作品我们可以知道看客的心理，也可以知道罪犯的心理，但是我们不知道刽子手到底是什么心理。而刽子手在一场杀人大戏里，是不可或缺的角色啊，是铁三角的一个角啊"。① 在鲁迅笔下，《药》和《示众》等篇目里出现的"看客"作为"类型形象"② 已经成为"国民劣根性"的高度艺术概括，"刽子手"则被一笔带过。有鉴于此，莫言在《檀香刑》中另辟蹊径，塑造了赵甲这个著名的刽子手形象。

关于"刽子手"这类人物，藏族作家阿来在 20 世纪 90 年代末出版的长篇小说《尘埃落定》里已有不俗的描写。在阿来笔下，行

---

① 姜异新整理《莫言孙郁对话录》，《鲁迅研究月刊》2012 年第 10 期，第 7、10 页。
② 钱理群：《与鲁迅相遇》，生活·读书·新知三联书店，2003，第 127 页。

刑人扮演的是土司文化承载者的角色，带有异域风情的野蛮和神秘。为麦琪土司执行刑罚的老少两代"尔依"，以其怪异的相貌和利索的刀法引人注目。作家无暇关注他们的内心世界，他的笔墨主要集中在几个土司形象那里。《檀香刑》就不同了，刽子手赵甲是莫言花大气力创作的形象。在很大程度上，正是赵甲这个人物的塑造才成就了《檀香刑》这部小说。就作品的其他人物而言，我们在孙眉娘身上可以看到戴凤莲（《红高粱》）、方碧玉（《白棉花》）、上官家姊妹（《丰乳肥臀》）的影子，在钱丁和孙丙身上可以看到余占鳌（《红高粱》）、司马库（《丰乳肥臀》）的影子，甚至在小甲身上也可以看到此前莫言作品中那些儿童的身影。可是赵甲的形象我们的确是第一次见到，并且就此难忘。恶心恐惧也罢，反感愤怒也罢，这个罕见的艺术形象就如此这般地以其阴郁狰狞之美赫然兀立在当代文学人物的画廊中。

作为专制制度下的职业刽子手，赵甲有着精湛的行刑技艺和高度的"敬业精神"。他以忠实地、"艺术地"为皇帝施行杀戮为己任，甘心做皇家的奴才和鹰犬。他竟然能够为自己的杀人行为找到种种冠冕堂皇的理由，在几十年的职业生涯中总结出一套"刽子手理论"，以此泯灭自己的人性，消除内心的惶恐和不安。莫言通过小说人物——德军将领克洛德之口，深刻揭示出专制统治凶残暴虐的本质："中国什么都落后，但是刑罚是最先进的，中国人在这方面有着特别的天才。让人忍受了最大的痛苦才死去，这是中国的艺术，是中国政治的精髓。"《檀香刑》对人性的深度考问也涉及"看客"身上，鲁迅笔下作为"类型形象"的"看客"，他们的畸形病态心理在这里得到了更加全面深入的揭示。如此一来，《檀香刑》引导读者把对国民"看客"心态的反思与对"刽子手"的审视联系起来，在审视"国民性弱点"上获得了一种新的认识角度。

二 莫言与当代文学

长期以来，学术界对莫言与民间文学（文化）、古典文学和外国文学相互关系的研究蔚为大观，已经有不少重要的成果。相比之下，对他的创作具有重要警示作用的"十七年文学"，它与莫言创作之间的关联，却没有得到必要的重视。这当然不是发生在莫言身上的个别现象。当代文学史对"十七年文学"的漠视和贬斥由来已久，部分学者重新评介其成就与影响的努力似乎没有得到广泛的呼应。但是，这种研究却是必需的和亟待进行的，因为"'十七年'某种意义上是任何中国作家和批评家都无法绕过去的'中国当代史'（社会主义历史经验），'十七年'变成他们批判、反思和叙述的对象，但与此同时'十七年'的精神生活和文学规范又在暗中支配并影响着他们对自己所创制的'八十年代'和'九十年代'文学的理解。在这个意义上，如果没有具有中国当代思想史特色的'十七年文学'资源，就不可能有真正的'八十年代'和'九十年代'"。①

事实上，在莫言发表的一系列创作心得中，②一方面我们不难发现"十七年文学"在作家精神成长和写作过程中留下的深深印痕；另一方面也容易察觉莫言面对文学的成规、前人的成就与不足而产生出来的强烈反抗与超越意愿。这里借用美国批评家哈罗德·布鲁姆在《影响的焦虑》一书中提出的批评理论，为研究莫言与当代文学的关系提供一个独特的观察视角。

《影响的焦虑》的中文译者徐文博所撰序言，对哈罗德·布鲁

---

① 程光炜：《新时期文学的"起源性"问题》，《当代作家评论》2010 年第 3 期，第 85 页。
② 参见莫言《天马行空》，《解放军文艺》1985 年第 2 期；莫言《漫谈当代文学的成就及其经验教训》《战争文学断想》《我痛恨所有的神灵》《童年读书》，《小说的气味》，当代世界出版社，2004；莫言、王尧《从〈红高粱〉到〈檀香刑〉》，《当代作家评论》2002 年第 1 期。

姆的观点做了准确简明的概括：

> 为了形象地描述诗的影响与焦虑感的内在联系，布鲁姆借用了弗洛伊德精神分析学的"家庭罗曼史"模式。强者诗人之"自我"（ego）的形成是一个无意识的、不可逆转的过程。在这一过程里，前驱诗人的形象无时无刻不存在于后来诗人的"本我"（id）之中，两者之间的关系类似弗洛伊德"家庭罗曼史"之父子相争关系。其结果是，在后来诗人的心理上形成了对影响的焦虑的第一情结（primal fixation of influence）：由于诗歌的主题和技巧早已被千百年来的前驱诗人发掘殆尽，后来诗人要想崭露头角，唯一的办法就是把前人的某些次要的、不突出的特点在"我"身上加以强化，从而造成一种错觉——似乎这种风格是我首创的，前人反而似乎因为巧合而在模仿"我"。……
>
> 布鲁姆认为，在后来诗人的潜意识里，前驱诗人是一种权威和"优先"（priority）——首先是历时平面上的优先，是一个爱和竞争的复合体。由此为发轫点，后来诗人在步入诗歌王国的一刹那就开始忍受"第一压抑感"（primal repression）。他无可避免地——有意识抑或无意识——受到前驱诗人的同化，他的个性遭受着缓慢的消融。为了摆脱前辈诗人的影响阴影，后来诗人就必须极力挣扎，竭尽全力地争取自己的独立地位，争取自己的诗作在诗歌历史上的一席之地。如果没有这种敢于争取永存的"意志力"（will to divination），后来诗人就谈不上取得成功，就不可能成长为强者诗人。①

---

① 徐文博：《"一本薄薄的书震动了所有人的神经"》，载哈罗德·布鲁姆《影响的焦虑》，江苏教育出版社，2006，第 4~5 页。

从莫言的创作谈得知，"十七年文学"是他能够获取的主要文学资源之一，也是他进行文学模仿训练的样板。早在20世纪70年代前期他就准备仿照当时流行的题材和创作方法，写一部反映兴修水利工程的长篇小说《胶莱河畔》。① 莫言初登文坛发表的作品《春夜雨霏霏》、《放鸭》和《白鸥前导在春船》等模仿孙犁的风格，写景状物具有水乡的明丽润泽。《丑兵》、《岛上的风》和《黑沙滩》等描写部队生活的篇目，同当时文坛流行的叙事模式如出一辙，如《黑沙滩》就符合"伤痕小说"和"反思小说"对"两条路线斗争"的想象。即便是到了《红高粱家族》和《丰乳肥臀》这些具有莫言独特风格的作品，其中对抗日战争的叙述，在相当程度上也得力于《苦菜花》等"红色经典"提供的写作启蒙和结构"范式"。莫言自己坦言："如果我没有读过《苦菜花》，不知道自己写出来的《红高粱》是什么样子。"② 《丰乳肥臀》以上官鲁氏和她的子女为中心组织故事情节，显然是从《苦菜花》那里得到启发的，因为"以母亲——家庭为核心，从母亲一家的经历辐射开去，展开叙事，安排小说布局，是《苦菜花》为20世纪50年代的英雄传奇小说提供的重要叙述模式之一"。③ 我们甚至还能发现细节的相似性，如在《红高粱家族》和《苦菜花》中，都有抗日队伍中的兵痞奸污民女被处以死刑的描写。

20世纪80年代中期前后，在一浪高过一浪的创新潮流驱动下，无论是"十七年小说"的叙述"范式"，还是"新时期文学"的最新成就，都成为莫言必须超越的对象。在这里，文学"传统"以一

---

① 莫言、王尧：《从〈红高粱〉到〈檀香刑〉》，《当代作家评论》2002年第1期，第12页。

② 莫言、王尧：《从〈红高粱〉到〈檀香刑〉》，《当代作家评论》2002年第1期，第12页。

③ 董之林：《追忆燃情岁月——五十年代小说艺术类型论》，河南人民出版社，2001，第185页。

种反面的力量施加影响，迫使莫言突破既有成规，开辟出新的审美空间。如果说当时大规模引进的外国文学（川端康成、福克纳、马尔克斯等）启示莫言应该怎样写、可以怎样写，那么"十七年文学"则告诫莫言不应该如何写。"我们以往的抗战题材文学，太重视了对战争过程和战争事件的描写，太忽略了对人的灵魂的剖析。在这些作品中，有英勇的故事，有鲜明的旗帜，有伟大明晰的经典化了的战争理论，但缺少英雄的怯懦，缺少光明后面的黑暗，缺少明晰中的模糊。"①

莫言对"十七年文学"反思的最直接收获，就是《红高粱》在叙事时间、叙事视角、人物刻画和主题意蕴等方面全方位的革新，彻底颠覆了既往"革命历史题材"小说的叙事规范。莫言用大幅度的时空跳跃取代单一的线性叙述，故事的讲述在过去和现实之间灵活转换，用"我爷爷"和"我奶奶"这样的复合视角，既摆脱了第三人称叙事的沉闷单调，同时又保持了全知叙事的自由。在抗日故事的框架下，《红高粱》不再是主流意识形态历史观的形象演绎，而是民族生命伟力的热情赞歌。"十七年文学"中被边缘化、被简单化、被丑化的"土匪"形象，堂而皇之地成为莫言故事的主角，其文化价值和审美价值都得到了重新评判。

受创新思想和超越意识的激励，"归乡"叙事模式在莫言手中也有了变化，这一点在《白狗秋千架》、《爆炸》和《金发婴儿》几篇中最为突出。故事的结局都不是主人公的再次出走，而是回乡经历引起的精神困惑和身体"沦陷"，即"离乡—归乡—陷落"。这种变化昭示的文化意义是意味深长的，莫言凭借艺术直觉似乎已经预见到了启蒙思潮后来的整体消散。《白狗秋千架》中，身为大学教师的"我"邂逅初恋情人"暖"——一个生下三个残疾儿的

---

① 莫言：《战争文学断想》，《小说的气味》，当代世界出版社，2004，第156页。

村妇。面对暖要求给自己一个健康儿子的大胆诉求，"我"张皇失措，无以应答——"我"接受的现代教育却不能给出一个解决问题的方案。《爆炸》的男主人公是公职人员，妻子怀了二胎，他回乡劝说父母和妻子做流产手术。面对辛劳卑微的父母和善良愚钝的妻子，面对"传宗接代"观念强大的影响力，拥有知识优势的"我"饱受感情与理智冲突的折磨。尽管家人最终接受了男主人公的要求，"我"却沉浸在深深的负疚感当中。《金发婴儿》写军人与农村妻子因为无爱的婚姻而彼此隔阂。忍受不了丈夫的冷落，妻子与同村的男青年"黄毛"有了外遇，生下他的孩子。妒火中烧的丈夫潜行回乡，杀死了那个"金发婴儿"。

值得注意的是，当时文坛上用城市/乡村、现代/传统、文明/愚昧等二元对立模式叙述 20 世纪 80 年代"改革"故事的常见写法，在莫言这里并没有被简单地复制。身居都市、朝夕接受现代文明熏染的军官，内心却为落后愚昧的封建意识所占据，竟然禁止士兵观看公开陈列的女性裸体雕塑。相反，生活在偏僻闭塞的乡下的青年男女，却敢于冲破种种道德伦理约束，大胆追求自由的爱情（《金发婴儿》）。在莫言笔下，这种越轨甚至"违法"的举止产生于不可抑制的生命冲动，并没有什么现代理性思想的支撑。作家不落俗套的构思也许是无意之举，却多少暴露了 20 世纪 80 年代启蒙话语所面对的复杂现实境遇。套用莫言的"结构就是政治"，可以说结构隐含着思想，指涉着语境。叙事模式的改变不仅是文学"本身"的问题，而且关联着文学所处时代的社会问题和文化问题。

在莫言颇为热衷的爱情叙事方面，同样也可以看到他推陈出新的艺术尝试。"在十七年的长篇小说中，我认为写得最真的部分就是关于爱情的部分，因为作家在写到这些部分时，运用的是自己的思想而不是社会的思想。一般说来，作家们在描写爱情的时候，他们部分地、暂时地忘记了自己的阶级性，忘记了政治，投入了自己的美好感情，自然地描写了人类的美好感情。十七年的长篇小说中故事各异，但思想只有一个，作家只是在努力地诠释着什么。但他们在占了篇幅很少的爱情描写中，忘记了阐释领袖思想，所以这些章节我认为实际上代表着作家们残存的个性。""由于有了这些不同凡响的爱情描写，《苦菜花》才成为了反映抗日战争的最优秀的长篇小说。"① 这种有意识的"误读"引导莫言在构思时另辟蹊径，于前人踌躇不前、欲言又止的地方做足了文章。

《红高粱家族》以"我爷爷"与"我奶奶"及"二奶奶恋儿"的情感纠葛贯穿全篇。《天堂蒜薹之歌》以高马和金菊反抗包办婚姻的爱情悲剧为叙事主线，将一个尖锐的批判官僚主义的主题"隐藏"在"自由恋爱"的主题之中。《丰乳肥臀》人物众多，意蕴复杂，故事时间绵延近一个世纪，在情节的编织方面，上官家儿女们的情感故事依然占据了众多篇幅。莫言必须把"十七年文学"中的爱情叙事这种属于边缘叙事的"次要的、不突出的特点"在自己的创作中加以强化，以此彰显出独创性特质。从这个角度看《红高粱》中对"我爷爷"和"我奶奶"高粱地里"野合"的夸张描写，从这个角度评价"我奶奶"戴凤莲临死前那段著名的内心独白，就能够在对民族骁勇血性的追寻、对健康理想人格的构建这些主题意义之外，还能窥探出作家艺术想象力产生的奥秘，从而对作家多一份宽容和理解。

在莫言塑造的人物形象中，除了"小男孩"系列和刽子手赵甲外，著名的还有"母亲"形象。作为"母亲"形象的代表，上官鲁氏（《丰乳肥臀》）有善良宽广的胸襟和坚忍顽强的生命力，尤其以匪夷所思的生育经历（八次生育九个儿女都不是和原配丈夫的）而令人震惊。莫言关于"母亲"的想象早在写作《欢乐》时

---

① 莫言：《漫谈当代文学的成就及其经验教训》，《小说的气味》，当代世界出版社，2004，第150、152页。

就打破了"十七年文学"对"母亲"描写的成规，曾得到作家余华的激赏。① 在《丰乳肥臀》中，上官鲁氏虽然继承了《苦菜花》中的"母亲"身上勤劳质朴、吃苦耐劳的品格，但是没有像后者那样接受共产党的教育，成长为一个自觉的革命战士。上官鲁氏始终是一个"民间"的母亲，游离于民族冲突和阶级斗争这些"宏大叙事"之外。上官鲁氏具有的强烈反叛意志的行为细节，主要体现在日常生活中。她有与瑞典传教士"偷情"的行为，更有失手打死恶婆婆的"悖逆"举止。她的宽厚慈爱也不是通过"阶级情谊"来体现的，而是对不同党派身份的女婿女儿以及他们的孩子一视同仁。这个"母亲"形象的变异在很大程度上打破了读者的接受心理定式，对传统的文化伦理和叙事成规都构成大胆挑战。这既是对民间道德伦理的"发现"和"重塑"，也是一种艺术上的矫枉过正。

莫言对当代文学叙事模式的借鉴和对其缺憾的克服，往往借用"戏仿"的修辞策略来实现。张闳认为，戏仿是莫言小说最重要的文体方式之一。"戏仿文本以一种与母本相似的形态出现，却赋予它一个否定性的本质。它模拟对象话语特别是政治意识形态话语的严肃外表，同时又故意暴露这个外表的虚假性，使严肃性成为一具'假面'。这也就暴露了意识形态话语的游戏性，或干脆使之成为游戏。在剥下'假面'的一瞬间，产生喜剧性的效果。"② 中篇小说《牛》通过一头牛的命运，折射出极端年代经济的凋敝和生存的艰辛。公社采取强制手段扣留生产队病死的耕牛，用来改善干部及家属的生活，没想到发生了大范围的食物中毒。故事的结尾，莫言鬼使神差般地戏仿了一段"文革"时充斥各种社论、讲话、总结等文体的八股式文字：

---

① 参见余华《谁是我们共同的母亲？》，《当代作家评论》1996 年第 5 期。
② 张闳：《感官的王国——莫言笔下的经验形态及功能》，《当代作家评论》2000 年第 5 期，第 87 页。

　　在战无不胜的毛泽东思想的光辉照耀下，在人民解放军的无私帮助下，在省、地、县、公社各级革委会的正确领导下，在全体医务人员的共同努力下，三百八十个人，只死了一个人（死于心脏病），这是无产阶级文化大革命的伟大胜利。这事要是发生在万恶的旧社会，三百八十个人，只怕一个也活不了，我们虽然死了一个人，其实等于一个也没死，他是因为心脏病发作而死。

　　发心脏病而死的那个人就是杜大爷在公社食堂做饭的大女婿张五奎。

　　我们村里的人都说他是吃牛肉撑死的。

　　这个喜剧性结局令人哭笑不得，使读者在为那头可怜的牛的遭遇唏嘘不已时，掩卷深思"极左"政治的荒谬。而"戏仿"的策略得以实行，又怎能离开那"母本"的存在呢？

第七章　莫言小说的文学史评价

对创作生命力旺盛的在世作家做出带有文学史性质的评价，不啻是冒险的行为。习见的说法是，由于和对象之间没有拉开时间距离，这样的评价不可避免地存在着片面和武断，甚至有可能沦为学术界的笑柄。在中国现当代文学史上，批评家和文学史家对作家"误判"的例子并不罕见。针对关于在世作家研究的困难和由此造成的"畏惧"之类的问题，韦勒克等的分析很有说服力：

> 反对研究现存作家的人只有一个理由，即研究者无法预示现存作家毕生的著作，因为他的创作生涯尚未结束，而且他以后的著作可能为他早期的著作提出解释。可是，这一不利的因素，只限于尚在发展前进的现在作家；但是我们能够认识现存作家的环境、时代，有机会与他们结识并讨论，或者至少可以与他们通讯，这些优越性大大压倒那一不利的因素。如果过去许多二流的、甚至十流的作家值得我们研究，那么与我们同时代的一流或二流的作家自然也值得研究。学院派人士不愿评估当代作家，通常是因为他们缺乏洞察力或胆怯的缘故。他们宣称要等待"时间的评判"，殊不知时间的评判不过也是其他批

评家和读者——包括其他教授——的评判而已。①

作为造诣深厚、享誉世界的文学理论家，韦勒克和沃伦的见解无疑会帮助那些犹豫不决的研究者树立信心。既然"确立每一部作品在文学传统中的确切地位是文学史的一项首要任务"②，那么确立作家的文学地位也是文学史研究的应有之义。对研究者来说，风险的存在既是挑战也是诱惑。本章就是应对挑战的一种尝试，希望通过对当代文学史著作中关于莫言的"叙述"的梳理，和对来自西方的批评声音的辨析，获得对莫言小说相对客观公允的评价。

第一节　文学史对莫言的"叙述"

莫言从 20 世纪 80 年代初登上文坛到 20 世纪末，在小说创作方面，已经发表了《白狗秋千架》、《枯河》、《拇指铐》和《一匹倒挂在杏树上的狼》等短篇，《透明的红萝卜》、《红高粱》、《欢乐》、《红蝗》、《牛》和《三十年前的一场长跑比赛》等中篇，《红高粱家族》《天堂蒜薹之歌》、《酒国》和《丰乳肥臀》等长篇。他凭借自己的创作成就，成为当代最有影响力的作家之一。莫言对文学成规的"挑战"和"反叛"，对读者阅读习惯的"冒犯"，也使他成为一个"话题人物"，在批评家那里引起了激烈的争议。于1999 年问世的洪子诚著《中国当代文学史》（以下简称"洪著"）和陈思和主编的《中国当代文学史教程》（以下简称"陈编"），被学

---

① 〔美〕勒内·韦勒克、奥斯汀·沃伦《文学理论》，刘象愚等译，江苏教育出版社，2005，第 38~39 页。

② 〔美〕勒内·韦勒克、奥斯汀·沃伦《文学理论》，刘象愚等译，江苏教育出版社，2005，第 311 页。

术界公认为体现了当代文学史著述的新成就和较高水准。从洪著和陈编以及其他有影响的文学史著作中，梳理关于莫言的"叙述"，发现莫言"入史"的路径，比较这些"叙述"的异同，对于评价莫言小说的文学史价值是十分必要的。

洪著分上、下两编，上编名之为"50～70年代的文学"，下编名之为"80年代以来的文学"。第二十一章"80年代后期的小说（一）"各节的小标题分别是：一　文学的"寻根"，二"寻根"与小说艺术形态，三　市井、乡土小说，四群体、流派之外。第二十二章"80年代后期的小说（二）"各节的小标题分别是：一　文学探索和"先锋小说"，二　对"新写实"的描述，三"先锋小说"作家，四"新写实"小说家，五　其他重要小说作家。

第二十一章单独用"群体、流派之外"一节评介汪曾祺，这种安排本身含有对汪曾祺文学史地位的推崇。作为"为数不很多的'潮流之外'的作家之一"，汪曾得到洪著欣赏的是"他按照自己的文学理想写作，表现他熟悉的、经过他的情感、心智所沉淀的记忆"。在洪著看来，"他虽然被一些批评家当作'寻根'作家谈论，但那只是作品的意绪符合对于'寻根'的某种理论归纳"。[①]洪著强调汪曾祺对小说文体的贡献，肯定"他在小说文体上的创造，影响了当代一些小说和散文作家的创作"。[②]第二十二章用"其他重要小说作家"一节评介韩少功、史铁生、张炜、张承志等。洪著指出这几位作家"在八九十年代的评论和文学史叙述中，常有多种'归属'"，"在90年代的文学语境下，他们创作的倾向的某些相似点又会被突出，为有的批评家看作是追求和捍卫精神性理想的一群"。[③]

---

① 洪子诚：《中国当代文学史》，北京大学出版社，1999，第330～331页。
② 洪子诚：《中国当代文学史》，北京大学出版社，1999，第332页。
③ 洪子诚：《中国当代文学史》，北京大学出版社，1999，第347页。

在洪著的章节编排中，莫言小说没有被纳入"现代派小说"、"寻根小说"或"先锋小说"这些类型中，而是按照题材被归类到"市井、乡土小说"名下，如此的"定位"是耐人寻味的。莫言既不被看作"群体、流派之外"如汪曾祺那样的特立独行者，似乎还没有形成"自己的文学理想"和"经过他的情感、心智所沉淀的记忆"，也没有得到相应"群体"和"流派"的接纳；莫言虽然也可以有多种"归属"，却又不被算作"重要小说作家"。那么他在文坛上的位置何在？给他"定位"的困难在于，如果说《枯河》还可以勉强算作"伤痕小说"的话，《透明的红萝卜》就不能再这样"归类"；《球状闪电》姑且可以称为"改革小说"，《白狗秋千架》、《爆炸》和《金发婴儿》显然不能，更不要说《欢乐》和《天堂蒜薹之歌》了；《红高粱》固然可视为"寻根小说"，《红蝗》又该如何处置呢？尽管莫言在叙事艺术上锐意创新，对外国小说尤其是现代主义小说广泛借鉴，可是洪著也没有把他视为残雪那样的"现代派"小说家，或者马原、余华、格非等那样的"先锋小说"作家。

莫言的难以"定位"至少说明，在成为知名作家的初期（1985～1987），他创作的含混性、复杂性已经不能简单地用某个术语或"流派"来"概括"了，他的"宽阔"（李敬译语）一开始就已经显露了出来。当时有评论家就此论道："第一，作为一种文学评论对象，他给人们提供的可供分析、评说的东西，确实是新异而丰盈的；第二，在这一个独特的评论对象面前，每一种评论都可以获得解说的角度，从而也使评论家获得一试身手、肯定自己的机会。"① 随着时间的推移，莫言在后来的创作中越来越显示出"巨大"、"综合"和"生机勃勃"（张清华语）的艺术气象。

---

① 白烨：《莫言小说研究概述》，载杨守森、贺立华主编《莫言研究三十年》（上卷），山东大学出版社，2013，第274页。

　　莫言的艺术特质，首先表现在小说的取材和立意方面。他几乎从一开始就自觉服膺于鲁迅先生"选材要广，开掘要深"[①]的忠告，在叙事上建立了覆盖"历史"与"现实"的广袤时空。他的"这些小说，主要以对小说中的故乡高密的记忆为背景展开。《红高粱》系列，以及发表于1995年的长篇《丰乳肥臀》，是作者对于民族的骁勇血性的那种理想状态的寻找。显然，他也要如福克纳那样，不断叙述他所建造的'高密东北乡'的故事……他把笔伸向'历史'，在这片充满野性活力的生活场景上，叙述先人在过去年代的生活……另一些小说，写当代的乡村生活，农民的情感、生存状态，人的本性所受到的压抑和扭曲……这两部分作品似乎构成一种对比，而暗含着对生活于其中的后代的怯懦、孱弱的批判"。[②]

　　其次，莫言在叙事艺术和表现手法上的兼收并蓄与大胆创新，也让企图用某种"主义"和"流派"描述、界定他的尝试变得困难重重。只是因为在强调"创新"和"超越"的20世纪80年代文学批评语境中，莫言善于捕捉和描写"感觉"，运用大量新颖、奇特的"意象"来叙事抒情、写景状物的才能特别引人注目，所以洪著也沿着这样的思路来"概括"其艺术特点：

　　　　莫言的小说，表现了富于感性化的风格。他的写作，对当代小说过分的观念结构所形成的文体模式，是一次冲击。他采用一种不受控制的、重视感觉的叙述态度。在描述中，心理的跳跃、流动、联想，大量的感官意象奔涌而来，而造成一个复杂的、色彩斑斓的感觉世界。这种强烈的感性体验的写作方式，与对于带有原始野性生命力的向往有关。不过，有的小说

① 鲁迅：《二心集·关于小说题材的通信》，转引自杨义《中国现代小史说》（第2卷），人民文学出版社，1993，第448页。
② 洪子诚：《中国当代文学史》，北京大学出版社，1999，第330页。

也会由于对感觉过分倚重，表现出控制不够、刻意追求暧昧意象的倾向。①

莫言小说的叙事风格在"感性化"、"感官意象"、"感觉世界"和"感性体验"等词语的密集"轰炸"中被确认下来。洪子诚肯定莫言创作"对当代小说过分的观念结构所形成的文体模式，是一次冲击"。至于这种"冲击"能否产生汪曾祺那样"影响了当代一些小说和散文作家的创作"的效果，恐怕要等待"时间的评判"了。这或许就是莫言在文学史上还不能单独"享有"一节的原因吧？一个显见的事实是，莫言小说其他方面的艺术特征在这里被"感性化"地遮蔽了，否则很难解释他仅仅凭借"感觉"为何走得那么远。当然，不能要求文学史著作把篇幅过多地留给某一个作家，尤其是在这个作家还没有被经典化的时候。任何批评或史论都不可避免地带有批评家或文学史家自己的眼光、"偏见"，某种程度上"以偏概全"乃是研究的常态。值得提出的问题是：为什么是"感性化的风格"而不是其他，比如"童年视角"、"审丑"、"神话"或"寓言"写作甚至"狂欢化"叙事等，被当作莫言小说的艺术特点在文学史里记录下来？20世纪80年代关于莫言的文学批评对文学史著述的影响，在这里明白无误地显露出来。"所有的批评都声称是对作品文本最真实、客观和贴切的体察，但是，在这一过程中，也难以避免它们对作品这一部分的夸大，和对另一部分的简缩；选择有利于批评基点的例证，或是作品本来突出的优点反而被稍微降低。"②看来，文学史著述也难以避免如此的偏颇。

陈编有两章涉及莫言创作。第十七章"先锋精神与小说创作"

---

① 洪子诚：《中国当代文学史》，北京大学出版社，1999，第330页。
② 程光炜：《魔幻化、本土化与民间资源——莫言与文学批评》，《当代作家评论》2006年第6期。

首节名为"先锋小说的文化背景和文化意义",第二、三、四节分论马原的《冈底斯的诱惑》、孙甘露的《我是少年酒坛子》和余华的《现实一种》。首节是这样"叙述"作为"先锋小说"作家的莫言的:

> 80 年代中期马原、莫言、残雪等人的崛起是先锋小说历史上的大事,某种意义上甚至可以把它当作先锋小说的真正开端。这一开端在叙事革命、语言实验、生存状态三个层面上同时进行。马原是叙事革命的代表人物……与马原相比,莫言的成就是多方面的,他的小说形成了个人化的神话世界与语象世界,并由于其感觉方式的独特性而对现代汉语进行了引人注目的扭曲与违反,形成一种独特的个人文体。这种文体富于主观性与感觉性,在一定意义上是把诗语引入小说的一种尝试……残雪的《山上的小屋》等小说……把一种个人化的感觉上升到对人的生存状态的寓言的层次。莫言与残雪是在寻求表达自己的感觉方式的时候显示出其在形式方面的先锋性的,这一点与马原不同,但他们确实基本涵蕴了以后的先锋小说的基本方面的萌芽。①

陈编把莫言的"感性化"风格落实到"文体"和"语言"的层面,在"语言实验"的意义上("对现代汉语进行了引人注目的扭曲与违反")论述莫言小说"形式方面的先锋性"。由于这种"语言实验""确实基本涵蕴了以后的先锋小说的基本方面的萌芽",莫言因此顺理成章地获得了"先锋小说"作家的"归类"。在关于 20 世纪 80 年代小说流变习见的叙述模式("伤痕小说"—

---

① 陈思和主编《中国当代文学史教程》,复旦大学出版社,1999,第 291~292 页。

"反思小说"—"改革题材小说"—"寻根小说"和"现代派小说"—"先锋小说"—"新写实小说")中，文学史为莫言寻找到了一个"合适"的位置。现在看来，这一"定位"包含着批评家和文学史家急于为作家"正名"的职业冲动，仓促之间不免会暴露出矛盾与尴尬之处。

何为文学的"先锋精神"？"所谓先锋精神，意味着以前卫的姿态探索存在的可能性以及与之相关的艺术的可能性，它以不避极端的态度对文学的共名状态形成强烈的冲击。"①"共名"与"无名"是陈编所使用的"一对专指文化形态的相对立的概念"。"共名"所指的文化形态是"重大而统一的时代主题深刻地涵盖了一个时代的精神走向，同时也是对知识分子思考和探索问题的制约"。反之，"价值多元、共生共存"的文化形态称为"无名"。② 按照陈编对"先锋精神"的理解，且不说把20世纪80年代"先锋小说"的"开端"设定为"叙事革命、语言实验、生存状态"三个层面是否准确全面，它对莫言"先锋性"的阐释也是片面的，人为地割裂了小说文本的完整性。难道莫言小说只具备作为"先锋精神"的"艺术的可能性"而没有"存在的可能性"吗？一方面判断莫言"是在寻求表达自己的感觉方式的时候显示出其在形式方面的先锋性的"；另一方面又说这种"形式方面的先锋性""确实基本涵蕴了以后的先锋小说的基本方面的萌芽"，那么是否意味着格非、孙甘露、苏童、余华等人的"先锋小说"也仅仅只有"形式方面的先锋性"呢？实际情况显然不是这样的。"'先锋小说'那些出色的作品，在它们的'形式革命'中，总是包含着内在的'意识形态涵义'。它们对于'内容'、'意义'的解构，对于性、死亡、暴力等主题的关注，归根结蒂，不能与中国现实语境，与对于'文

---

① 陈思和主编《中国当代文学史教程》，复旦大学出版社，1999，第291页。
② 陈思和主编《中国当代文学史教程》，复旦大学出版社，1999，前言。

革'的暴力和精神创伤的记忆无涉。"①

陈编第十八章"生存意识与文学创作"将莫言的中篇小说《红高粱》列入"新历史小说"的名下，专门设第四节"对战争历史的民间审视"来详细读解作品的主题意蕴和艺术手法：

> 新历史小说的代表作是莫言的中篇小说《红高粱》，作家以抗日战争为背景，把政治势力之外的民间武装或民间社群作为主要描写对象，刻意突现出充满生命力的民间世界的理想状态，把一种充沛饱满自由自在的民间情感作为作品内在的精神支撑。

> 莫言曾较深地受到美国作家福克纳和拉美作家马尔克斯的影响，从他们那里大胆借鉴了意识流小说的时空表现手法和魔幻现实主义小说的情节结构方式……莫言在这部小说中还显示出了驾驭汉语言的卓越才能，他运用了大量充满想象力并且总是违背常规的比喻与通感等修辞手法，在语言的层面上就形成了一种瑰丽神奇的特点……②

从章节设置和篇幅使用情况来看，与关于莫言小说"先锋性"的描述相比，陈编显然更在意对莫言小说"民间文化形态"的意义阐释。"民间立场"、"民间激情"、"民间世界"、"民间的本色"、"民间的价值尺度"和"民间话语空间"……一系列用语寄托着论者对"民间"的"想象"和无保留的赞誉。"民间是自由自在无法无天的所在，民间是生机盎然热情奔放的状态，民间是辉煌壮阔温柔淳厚的精神"③ ——这种无保留的赞誉甚至反映到文学史叙述语

---

① 洪子诚：《中国当代文学史》，北京大学出版社，1999，第338～339页。
② 陈思和主编《中国当代文学史教程》，复旦大学出版社，1999，第310、319页。
③ 陈思和主编《中国当代文学史教程》，复旦大学出版社，1999，第318～319页。

言的修辞上来。可是，无论是在历史文本中还是在现实社会里，真有一个能够与"庙堂文化"、知识分子话语鼎足而立的"民间文化形态"吗？"民间"作为一个理论范畴，自20世纪90年代以降，确实为文学批评和文学史研究开辟了新的话语空间。但是它的不断衍生且相互抵牾的概念内涵，它的日益泛化的适用范围，使得相关讨论歧义丛生，莫衷一是。就连当事人莫言也坦言相告："民间这个问题确实到现在也没有弄清楚。民间的内涵到底是什么东西，我看谁也无法概括出来。"① 那么用"民间文化形态"、"民间隐形结构"和"民间的理想主义"等"关键词""入史"，是否能够支撑起文学史叙述的半壁江山，就是值得慎重考虑的问题了。陈编对莫言作为"先锋小说"作家的描述，对《红高粱》"新历史小说"的"定位"以及对"民间文化形态"研究价值的发掘，在拓宽治史者的眼界，为研究提供新的切入角度的同时，恐怕也会给他们带来新的困扰。

洪著于2007年出了修订版，第二十一章第四节"几位小说家的创作"分述汪曾祺、莫言、贾平凹，关于莫言的"定位"和"叙述"都发生了有意思的变化。这种调整，与莫言在21世纪推出的几部长篇《檀香刑》、《四十一炮》和《生死疲劳》等产生的影响，以及《酒国》和《丰乳肥臀》等获得的新的评价不无关联。"在自称或被称的文学群体、流派涌动更迭的80年代，汪曾祺是为数不很多难以归类的作家之一。"② 显然在修订版的洪著看来，莫言、贾平凹也属于"为数不很多难以归类的作家"之列。如果"难以归类"（"宽阔"与"综合"）显示了创作上思想和艺术的多样与复杂，是评价作家的重要尺度的话，那么莫言有幸被与汪曾祺、贾平凹并举，意味着他的文学史地位得到了提升。洪著修订版

---

① 莫言、王尧：《从〈红高粱〉到〈檀香刑〉》，《当代作家评论》2002年第1期。
② 洪子诚：《中国当代文学史》（修订版），北京大学出版社，2010，第361页。

称莫言小说"展开了中国现代文学此前少见的乡村天地：狂躁、混杂，充满酒气和血色，有骁勇血性的人物，和无所拘束的激情"①，把他的贡献放到现代文学史的背景下衡量，评价较高。对于莫言20世纪90年代以后的创作，修订版一方面肯定他"突破艺术成规"、"积极运用、转化'民间资源'"和"挑战极限"等；另一方面也指出其创作"既令人惊讶，受到赞赏，也引发争议"的事实。②

21世纪问世的中国当代文学史著作中，陈晓明的《中国当代文学主潮》（以下简称"陈著"）对作家作品的分析最为用力。该书第十三章"应对西方潮流的现代派与寻根派"、第十四章"先锋派的形式变革及其后现代性"、第二十章"乡土叙事的转型与汉语文学的可能性"共三处论及莫言，是笔者所见的对莫言小说论述最全面、最详细的文学史著述。陈著分别从寻根小说、先锋派小说和乡土小说三个维度展开对莫言的"叙述"，在关于莫言的"定位"上可以看作对洪著和陈编的综合。

第十三章第四节"寻根文学的源起及其代表作"讨论了《红高粱》等系列作品。陈著首先指认这样一个事实，"莫言并没有明确的'寻根'的意图，只是凭着他的本真的经验以及对文学更为质朴的理解登上文坛"，"红高粱"系列是"'寻根'的一个意外收获，却又仿佛是它的必然结果"。③何谓"本真的经验"？何谓"对文学更为质朴的理解"？"意外收获"和"必然结果"之类的表述也有些率性自由。如果说这样的评价更带个人色彩，乃是批评家的言说方式的话，那么随后的判断则体现出史家的眼光。"莫言改变了'寻根'的历史意向，他把'寻根'拉回到中国本土的历史和生活状态中来。对于他来说，这种生活的原始生命力才是中华民族

①　洪子诚：《中国当代文学史》（修订版），北京大学出版社，2010，第363页。
②　洪子诚：《中国当代文学史》（修订版），北京大学出版社，2010，第363页。
③　陈晓明：《中国当代文学主潮》，北京大学出版社，2009，第334页。

真正缺乏的，是中国民族的生命之根。"① 这一点成为学术界较为普遍的看法，如於可训也认为"红高粱"系列作品"有双重的意义"，"一重意义是他把'寻根文学'对原始野性的张扬发挥到极致，同时又赋予这种原始以一定的社会历史（如抗日）意义，避免了'寻根文学'在其后期普遍存在的原始主义倾向……另一重意义则是他把对原始主义的这种艺术的改造，与先锋作家对西方现代主义的表现方法和技巧的学习结合起来，使之呈现出一种被我们称之为类似'魔幻现实主义'的现代派色彩，从而使传统的现实主义表现方法和技巧，在经历了80年代初期的'意识流'小说和'诗化'小说之类的艺术革新之后，又得到一次更带本质性的艺术改造"。②

考虑到作为"思潮"和"流派"的"文学寻根"在20世纪80年代中期短暂的辉煌之后风流云散，莫言对"寻根"的"历史意向"的"改变"，其文学史意义何在就成为一个悬而未决的问题。陈著中反倒是这样的分析可能更受治史者的关注："莫言与此同时的一系列作品还有《透明的红萝卜》、《爆炸》、《球状闪电》等，都是相当出色的作品。这些作品尤其显示了莫言的描写能力，他的语言表现力和丰富的感觉。莫言在这些方面所作的探索，他在文学叙事中对传统道德观念的反叛，都强有力地影响了随后先锋派的小说意识。回到个人体验的生命本体，回到叙事语言的本体，莫言为新的小说意识打下了坚实的基础。"③ 显然，莫言的"语言"、"感觉"和"对传统道德观念的反叛"，使他超越"文学寻根"，而对先锋派更大规模的艺术变革具有启示意义。

陈著第十四章评述先锋派小说家，第一节标题为"变革的前行

---

① 陈晓明：《中国当代文学主潮》，北京大学出版社，2009，第334页。
② 於可训：《小说家档案·主持人语》，《小说评论》2002年第6期。
③ 陈晓明：《中国当代文学主潮》，北京大学出版社，2009，第335页。

者：莫言、残雪、马原"，对作家的"归类"与陈编第十七章第一节"英雄所见略同"。但是陈著对莫言"先锋性"的分析却显得隔靴搔痒，甚至有些言不及义：

> 1986 年左右出现的莫言、马原和残雪就鲜明地体现了当代中国文学"向内转"的趋势。尽管莫言的写作还带有很强的社会意识，与时代精神也有着相当紧密的关系，但他的作品确实与作家的主体意识，与他的经验与记忆有着更为紧密的内在关系，而且也没有明显的与时代意识形态的直接关联。莫言是在"寻根"的后期出现的，他的小说也带有某些"寻根"的流风余韵，但他一开始就有很强的个人风格，正是这种个人风格，使他的作品打上了他的经验的印记，而不是客观的社会意识形态的印记……莫言在 90 年代以后，成为中国首屈一指的作家，正是在于他始终具有自己的文学观念，这种观念不是外在概念，而是发自他内心的激情，与他的文学才华完全融合在一起。他的写作总是从个人出发，他可以控制他笔下的文学，而不是被文学拖着走。①

文学的"先锋性"是由作家的"主体意识"和"经验与记忆"体现出来的吗？如果是，那么是怎样的"主体意识"和"经验与记忆"才能显示其"先锋性"呢？在莫言的"个人风格"、"文学观念"和"内心的激情"等与他的"先锋性"之间，究竟存有怎样的关联？这些都是需要进一步论说的地方。

陈著第二十章第四节"新世纪的乡土叙事与本土化问题"，在"乡土叙事"的视域中评说刘震云、莫言、铁凝、贾平凹、阎连科

---

① 陈晓明：《中国当代文学主潮》，北京大学出版社，2009，第 340 页。

等作家。陈著将莫言的乡土叙事称为"历史反讽与戏谑的叙事"，①按照这个调子论述了莫言的几部重要小说。《丰乳肥臀》具有"穿透乡土中国历史的那种力量"，"叙述始终是那么精神饱满，那么富有激情，那么充满乐趣，这就是尼采式的游戏精神，也是尼采式的美学意义上的虚无和永劫回归"。②《檀香刑》"透示出浓厚的民间气息，莫言返回到乡土记忆深处去发掘写作资源，写出了乡土中国历史与生活中最朴实本真的状况"。③《生死疲劳》"是一个变形记的故事，卡夫卡的形而上的变形记，在这里被改变为一种历史的变形记，一个阶级的变形记，人在历史中的变形记。从这个意义上来说，莫言是把卡夫卡本土化了"。④

陈著总结说，"莫言小说在艺术上最突出的特点就是游戏精神：它在饱满的热情中包含着恶作剧的快感；在荒诞中尽享戏谑与幽默的狂欢；在虚无里透示着后悲剧精神"⑤，甚至说"莫言本人并不是一个对历史多么眷恋的人，而是一个要在文学中寻找快乐、创造快乐的人……莫言更感兴趣的是用他的叙述制造戏谑，在这里，游戏精神使他的语言表达获得了最大的解放"。⑥这种将莫言与外国现代主义作家的"对接"，以及悬置莫言小说历史关怀的解构式分析，虽然给人耳目一新的感觉，却挤压了文本的阐释空间，在一定程度上妨碍了更多研究路径的选择。总的来看，陈著以强烈的个性色彩在当代文学史著述中别具一格，对作家作品论述详尽而新意迭出，"叙述"常带感情，自有一种感染力。不过，率性自由地发挥有可能影响到持论的客观和严谨。

---

① 陈晓明：《中国当代文学主潮》，北京大学出版社，2009，第 586 页。
② 陈晓明：《中国当代文学主潮》，北京大学出版社，2009，第 586~587 页。
③ 陈晓明：《中国当代文学主潮》，北京大学出版社，2009，第 587 页。
④ 陈晓明：《中国当代文学主潮》，北京大学出版社，2009，第 588 页。
⑤ 陈晓明：《中国当代文学主潮》，北京大学出版社，2009，第 587 页。
⑥ 陈晓明：《中国当代文学主潮》，北京大学出版社，2009，第 586 页。

文学史对莫言的"叙述"当然不只是肯定和赞誉。洪著初版批评莫言"有的小说也会由于对感觉过分倚重，表现出控制不够、刻意追求暧昧意象的倾向"①，再版时这句话被删除，大概是著者认为莫言"奔涌的叙述方式有了朝着内敛、节制的方向演变"②，初版指出的问题已经不那么重要了。陈编对《红高粱》开拓的"对民间粗鄙形态不加选择的表现方式"③也是有所保留的。在有影响的当代文学史著作中，对莫言创作的"不足"或"缺陷"提出直言不讳批评的有於可训著《中国当代文学概论》（以下简称"於著"），董健、丁帆、王彬彬主编《中国当代文学史新稿》（以下简称"董编"），等等。於著欣赏莫言创作早期"强调直觉经验、追求感观效果"的艺术特点，认为"莫言后来的创作也把这种追求推向了极端，用官能的刺激反应代替了审美的情感愉悦，破坏了整体的艺术效果"。④这种看法或许影响到於著对莫言小说的整体评价，以至于该书的下编在论及 20 世纪 90 年代的长篇创作时，只字未提莫言的《丰乳肥臀》等作品。董编也批评说，90 年代"一些作品对过去流行的价值观念进行彻底颠覆的同时，并未为我们重构新的价值理想。如莫言的《丰乳肥臀》、刘震云的《故乡天下黄花》对战争的正义与非正义、神圣与卑下的关系进行颠覆的同时，却流于思想失度和艺术失控"。⑤

"文学史的写作，离不开对史实的叙述和研究，但是叙述主体和话语权力掌握在史家手里，这样，文学史事实上就是史家的'历史'。他选择什么和如何叙述，在某种意义上就是一种'权力行

---

① 洪子诚：《中国当代文学史》，北京大学出版社，1999，第 330 页。
② 洪子诚：《中国当代文学史》（修订版），北京大学出版社，2010，第 363 页。
③ 陈思和主编《中国当代文学史教程》，复旦大学出版社，1999，第 319 页。
④ 於可训：《中国当代文学概论》，武汉大学出版社，2005，第 218 页。
⑤ 董健、丁帆、王彬彬主编《中国当代文学史新稿》，北京师范大学出版社，2011，第 422 页。

为'，历史/叙述事实上是矛盾的。"① 这种矛盾既反映在每一部文学史内部，也反映在不同的著述之间。各种文学史著作对莫言的不同"定位"和"评价"，就在这些相互矛盾的叙述中对话、争论、辩驳。而莫言的文学史价值就在当下和后世的批评家、文学史家不断的探讨和商榷中得以确认。这正如韦勒克等判明的那样，"一件艺术品的全部意义，是不能仅仅以其作者和作者的同时代人的看法来界定的。它是一个累积过程的结果，亦即历代的无数读者对此作品批评过程的结果"。② 一个作家的全部意义，同样也是一个历代读者（包括批评家和文学史家）反复评说的"累积过程的结果"。文学史关于莫言的"叙述"，也许才刚刚开始。

第二节　西方文学批评对莫言的"塑形"

在谈到文学理论、文学批评和文学史的关系时，韦勒克等明确指出：

> 文学理论不包括文学批评或文学史，文学批评中没有文学理论和文学史，或者文学史里欠缺文学理论与文学批评，这些都是难以想象的。
>
> 有人曾试图将文学史与文学理论和文学批评隔离开来……认为文学史旨在展示甲源于乙，而文学批评则在宣示甲优于乙。根据这一观点，文学史处理的是可以考证的事实，而文学批评处理的则是观点与信仰问题。可是这个区别是完全站不住

---

① 孟繁华、程光炜：《中国当代文学发展史》，人民文学出版社，2004。

② 〔美〕勒内·韦勒克、奥斯汀·沃伦：《文学理论》，刘象愚等译，江苏教育出版社，2005，第36页。

脚的。在文学史中，简直就没有完全属于中性"事实"的材料。材料的取舍，更显示对价值的判断：初步简单地从一般著作中选出文学作品，分配不同的篇幅去讨论这个或那个作家，都是一种取舍与判断。甚至在确定一个年份或一个书名时都表现了某种已经形成的判断，这就是在千百万本书或事件之中何以要选取这一本书或这一个事件来论述的判断。①

韦勒克等的论述阐明了文学批评与文学史相互依存、相互影响的动态关联性。事实上，在关于莫言的文学批评和文学史对他的"叙述"之间，就呈现出这种复杂的共生关系。就国内学术界而言，"这些年来的对莫言作品的批评已经深刻影响了文学史的写作，成为撰写者在考虑叙述框架、展开问题和形成定论时无法绕开的重要'观点'、'参照'，并具有某种强烈的'暗示'性作用。但文学史家也在拒绝文学批评话语更露骨的入侵，排除它的话语干扰……文学史在借鉴和吸收文学批评成果的同时，也在'控制'、'过滤'、'纠正'或'修补'它的过度'叙事'"。②前述几种文学史关于莫言的"叙述"，就与文学批评对他的"命名"和"指认"密切相关。

作为成长于20世纪80年代的小说家，莫言的创作历程伴随着中外文化交流的不断扩大和深入。互联网使信息的传播和反馈几乎不再受到时空的限制，歌德当年憧憬的"世界文学"时代已然到来。"对莫言的阐释和评价不仅来自中国的作家、批评家，同时也来自国际文学界。而国际文学界对莫言的评价甚至会深刻地影响到

---

① 〔美〕勒内·韦勒克、奥斯汀·沃伦：《文学理论》，刘象愚等译，江苏教育出版社，2005，第33页。

② 程光炜：《魔幻化、本土化与民间资源——莫言与文学批评》，《当代作家评论》2006年第6期。

国内批评界的态度和看法……在国际化的语境中，不同的视角发现了评价莫言更多的可能性。或者说，西方的声音或尺度，已经进入了莫言经典化的过程中。"① 孟繁华因此认为："由中国批评家自己指认经典的时代已经成为过去。"② 在莫言获得了诺贝尔文学奖之后，瑞典文学院的授奖词等来自西方的"权力话语"可能会产生"放大效应"，在一定程度上影响国内学术界对莫言的评价。未来的文学史著述，恐怕再也不能无视国外批评家的意见。有鉴于此，回顾西方文学批评对莫言的看法，考查这些批评的得失，对于确认莫言的文学地位就不会是无足轻重的事情。

有关资料显示，莫言的创作在 20 世纪 90 年代已经进入西方学者和批评家的视野中。刘江凯的研究表明，在英、法、德、日几个语种之间，都有大量关于莫言的研究文章。③ 较早的研究成果有托马斯·英奇的《莫言与福克纳：影响和相似之处》，杜迈可的《20世纪 80 年代莫言小说中的过去、现在和未来》，尚德兰的《莫言的红高粱》《童年对莫言创作的影响》等。④ 金衡山以《比较研究：莫言与福克纳》为题撰文介绍了托马斯·英奇论文的主要内容；钟志清编写了《英美评论家评〈红高粱家族〉》。此后陆续译介到国内的批评文章还有约翰·厄普代克的《苦竹：两部中国小说》，杜迈可的《论〈天堂蒜薹之歌〉》，史景迁的《重生——评〈生死疲劳〉》，白礼博的《时代的书：你几乎能触摸一个中国农民的"二十二条军规"》，葛浩文的《莫言作品英译本序言两篇》和汉斯约克·比斯勒－米勒的《和善先生与刑罚》等。

① 孟繁华：《中国当代文学经典化的国际语境——以莫言为例》，《文艺研究》2015 年第 4 期。
② 孟繁华：《中国当代文学经典化的国际语境——以莫言为例》，《文艺研究》2015 年第 4 期。
③ 参见刘江凯《本土性、民族性的世界写作——莫言的海外传播与接受》，《当代作家评论》2011 年第 4 期。
④ 参见宁明编译《海外莫言研究》，山东大学出版社，2013，第 3 ~ 9 页。

托马斯·英奇主要从作品的叙事技巧、思想内容及作家背景三个方面比较福克纳和莫言的创作，认为"对于莫言来说，福克纳给他的启示不仅仅在于叙事技巧上的革新，更重要的是福克纳作品中透露出来的那种独特而深邃的历史观，即过去和现实互为一体、紧密相关，前人的血依然流淌在今人的血管里。尽管福克纳写的是一个特定地区的人和事，但道出的却是整个人类的命运史、人类社会的'螺旋发展史'"。① 福克纳的启示还包括"对传统的讲故事方法的挑战和改变的自觉精神，他的那种通过叙述关于某个特定地区的故事反映全人类的普遍性问题的能力以及那种相信人类即使在最艰难的条件下也能生存、忍耐并延续下去的信心"。② 通过对作品主题、视角和人物形象的比较分析，托马斯·英奇令人信服地论证了福克纳对莫言的影响。他还特别指出，由于两位作家有类似的个人经历，又都面临 20 世纪动荡纷争的社会政治、工业化对乡村的冲击等现实情境，莫言即使没有读过福克纳，他也很可能会写出同样的内容。③ 这个公允的判断无论是对作家本人还是对国内批评家来说，都是极大的鼓舞。因为"从某种意义上说，我们仍然属于文学弱势国家，西方强势文学国家的评价尺度和发出的声音，对我们仍然具有较大的影响力，它甚至比我们自己批评家的声音更容易找知音或信任感"。④

在《论〈天堂蒜薹之歌〉》一文中，杜迈可对这部国内学者较少论及的长篇进行了系统全面的分析，认为该书是一部"风格独

---

① 金衡山编写《比较研究：莫言与福克纳》，转引自杨扬编《莫言研究资料》，天津人民出版社，2005，第 496~497 页。

② 金衡山编写《比较研究：莫言与福克纳》，转引自杨扬编《莫言研究资料》，天津人民出版社，2005，第 496~497、499 页。

③ 金衡山编写《比较研究：莫言与福克纳》，转引自杨扬编《莫言研究资料》，天津人民出版社，2005，第 498~499 页。

④ 孟繁华：《中国当代文学经典化的国际语境——以莫言为例》，《文艺研究》2015 年第 4 期。

特、感人至深、思想深刻的成熟的艺术作品"。在主题表达方面，他认为这部小说的成功在于：

> 尽管作品带有明显的思想取向，但它绝不是简单的报道式作品，它是二十世纪中国小说中形象地再现农民生活复杂性的最具想象力和艺术造诣的作品之一。一九八〇年代中国农民的身体的、物质的、精神的和心理的生活以及包含其中的社会的、政治的、文化的实践，都在这部想象性的叙事作品中得到了传达，也许比一大堆社会科学相关课题的研究还要丰富得多。读者从这部作品中获得一种明确的意识，可以理解中国农民是怎样一种生活状态——他们的爱，恨，善良，残忍，文雅和粗俗，可以活生生地感受到这一切。在这部作品中，莫言或许比任何一位写作农村题材的二十世纪中国作家更加系统深入地进入到中国农民的内心，引导我们感受农民的感情，理解他们的生活。①

由于受到知识结构、文化背景、作品阅读等方面的限制，杜迈可对《天堂蒜薹之歌》不乏过誉之词，判断失当也在所难免。就"形象地再现农民生活复杂性""系统深入地进入到中国农民的内心"的"最具想象力和艺术造诣的作品"而言，20 世纪 80 年代高晓声、路遥、张炜、贾平凹等人的创作，以及莫言自己的《红高粱家族》等，显然更具代表性。从莫言的创作历程看，在《红高粱家族》之后与《丰乳肥臀》、《檀香刑》和《生死疲劳》等更为成熟的作品之前，《天堂蒜薹之歌》的意义主要在于显示出一种艺术的探索精神和过渡性。当然，如果用传统的社会学方法解读这部小

---

① 杜迈可：《论〈天堂蒜薹之歌〉》，季进、王娟娟译，《当代作家评论》2006 年第 6 期。

说，也可以说它敏锐地捕捉到改革年代凯歌高奏下的不协调音符，对新形势下的社会矛盾有一种预见性。

在对小说进行主题意蕴的发掘和叙事艺术的探究时，杜迈可习惯于拿《天堂蒜薹之歌》与五四小说进行多方面比较。"我们可以看出这部小说所呈现的许多主题与五四小说一脉相承。最显著的是，他认同许多五四作家的视角，把农民描写成一种罪恶的、不平等的社会体系的牺牲品，而这个体系是农民无法掌控的"，"与大多数五四作家的作品相比，莫言更注重艺术体式、结构及语言的运用……莫言试图把传统中国和现代西方的文学技巧结合起来，将他丰富的人生阅历和思想进行想象性的转化，由此创造一种表达他个人声音和视野的纯粹现代中国式的叙述风格"。[①] 这种比较引入文学史视角本身无可厚非，问题是杜迈可虽然用鲁迅的《狂人日记》和《阿Q正传》等与莫言作品做对比，但他完全没有涉及"解放区文学"和"十七年文学"中的农村题材小说，也没有比较莫言同时代其他作家的乡土叙事。其论述在文学发展的逻辑链条上呈断裂状态，显得生硬突兀，由此也就缺乏被文学史"修补"和"整合"的话语空间。

汉斯约克·比斯勒－米勒的《和善先生与刑罚》专论《檀香刑》，这可能是笔者本章所引用的西方评论中最有思想深度的。比斯勒－米勒的分析从阅读入手，以己度人，为《檀香刑》揭示出"悲悯"这样一个未被国内批评家发现的主题：

> 阅读这部小说是个巨大的挑战，小说的大部分内容简直是对人性的挑衅。书中详尽描述了惨绝人寰的刑罚和处决过程，这些过程或许只会令人作呕，但描述之美却让我们如痴如醉，

---

① 杜迈可：《论〈天堂蒜薹之歌〉》，季进、王娟娟译，《当代作家评论》2006年第6期。

欲罢不能。小说也由此揭去了我们的面罩：我们欣喜若狂地观看和阅读惨无人道、践踏人权的暴行。经过审美包装，暴行变得更容易让人接受，甚至可以成为人人称颂的文学巨作。小说带领我们这些善良人游走于人性善的边缘，然后我们这些文明人突然被卷入充满暴行的历史和文化。我们渐渐明白，我们这儿正有深深根植于西方文化的殉难史和苦难史。面对这殉难史和苦难史，读者只有借助一种普世价值才能保护其人性不泯：悲悯。……

《檀香刑》可以被解读成对西方现代世界和盲目西化的批评。但小说并不呼吁摒弃一切西方价值观，而是推崇基督教化的西方世界和儒家传统共同秉持的一种价值观，即怜悯被侮辱和被损害的人们。[①]

在跨文化的比较视角下，比斯勒－米勒还用基督教欧洲的根本性叙事即耶稣殉道的故事，来比照《檀香刑》中孙丙的慷慨赴死。"孙丙的殉难史和苦难史是伟大的基督教叙事的世俗版本。我们可以借黑格尔的话说，上帝之子的苦难史以笑剧形式重现于凡人之子孙丙的苦难史中。"[②] 这种登高望远、打通东西方文化的视野，以及在文本中探求叙事模式和人物"原型"的努力，确有令人耳目一新之感。但是由于缺乏深入细致的比较论证过程，论者的良苦用心并不能转化成缜密的学术结论，其论述对国内学术界的影响恐怕也是有限的。

《莫言作品英译本序言两篇》是葛浩文为《丰乳肥臀》和《酒

---

① 〔德〕汉斯约克·比斯勒－米勒：《和善先生与刑罚》，廖迅译，《当代作家评论》2010年第 2 期。

② 〔德〕汉斯约克·比斯勒－米勒：《和善先生与刑罚》，廖迅译，《当代作家评论》2010年第 2 期。

国》的英译本写的序言。作为莫言小说的资深英译者，葛浩文对莫言的译介和评论都具有相当的代表性。他认为《酒国》"是斯威夫特式的讽刺之作……在其他当代小说家中还找不到能写出这讽刺经典的"；《丰乳肥臀》"在处理（自然是有选择性的）历史事件的同时，亦探讨暴露社会与人性更广的层面，超越和驳斥那些特定事件或对历史的经典化政治解读……通过对男主人公不留情面、毫不恭维的描绘，莫言要读者注意的是人种退化和中国人个性的混杂削弱（对初见于《红高粱家族》中情感的回响），亦即失败的父权社会"。① 不仅如此，葛浩文还对莫言做了概括性描述：

> 　　据我所知，在想象昔今中国历史空间和重新评价中国社会方面，莫言的贡献依然无与伦比……在探索中国官方或民间神话以及中国社会某些黑暗角落的过程中，莫言成了中国最具争议性的作家……
>
> 　　莫言自认是现实主义作家，书写的多为历史小说。就现状而论，此言不假。其如拉丁美洲魔幻现实主义的创造者（莫言读过他们的作品，且爱不释手，但却坚称作品不受影响），朝新方向发展"现实主义"和"历史主义"，常带恶意地拓延两者的界线。这位小说家对官方历史与记录在案的"事实"不感兴趣，而是惯于运用民间信仰、奇异的动物意象及不同的想象性叙事技巧，和历史现实（国家和地方性的、官方和流行的）混为一体，创造出独特的文学，唯一令人满意的文学。这些作品具有吸引世界目光的主题和感人肺腑的意象，很容易就跨逾

---

①　葛浩文：《莫言作品英译本序言两篇》，吴耀宗译，《当代作家评论》2010 年第 2 期，第 194～195 页。

国界。①

葛浩文心目中的莫言"形象"，对中国读者来说既熟悉又陌生。
一方面，莫言的确是一个"最具争议性的作家"。尽管一些重要刊
物经常登载"正面"研究他的文章，尽管有的批评家不惜用"天
才"和"伟大"来赞扬他，尽管赢得了众多文学奖项，国内学术
界对莫言的质疑和批评却从未停止。20 世纪 80 年代的《欢乐》和
《红蝗》等引发过关于作家"毫无节制"、"滥用感觉"和"反文
化"的批评。② 20 世纪 90 年代的《丰乳肥臀》受到的批评更为尖
锐，莫言解构、重述历史的冒险被正统批评家视为"荒唐"、"颠
覆"甚至"反动"。③ 21 世纪以来，《檀香刑》、《生死疲劳》和
《蛙》等几部"力作"也遭到严厉的批评，甚至在莫言赢得诺贝尔
文学奖后，批评的声音也未消失。④

另一方面，莫言并未"坚称"他的创作不受魔幻现实主义的影
响。相反，他倒是反复提及自己受惠于马尔克斯、福克纳、川端康
成等外国作家。⑤ 他反感的是把他与马尔克斯、福克纳等人进行简
单的比附。与对莫言创作谈的"误读"相比，前述引文中更值得注
意的是葛浩文对莫言的基本评价。在他看来，莫言创造出了"独特

---

① 葛浩文：《莫言作品英译本序言两篇》，吴耀宗译，《当代作家评论》2010 年第 2 期，第
193 页。

② 参见贺绍俊、潘凯雄《毫无节制的〈红蝗〉》，《文学自由谈》1988 年第 1 期；王干
《反文化的失败——莫言近期小说批判》，《读书》1988 年第 10 期；等等。

③ 参见唐韧《百年屈辱，百年荒唐——〈丰乳肥臀〉的文学史价值质疑》，《文艺争鸣》
1996 年第 3 期；刘蓓蓓、李以洪《母神崇拜与"肥臀情结"——读莫言的〈丰乳肥
臀〉》，《文艺评论》1996 年第 6 期；彭荆风《莫言的枪投向哪里？——评〈丰乳肥
臀〉》，《内部文稿》1996 年第 12 期；等等。

④ 参见李建军《是大象，还是甲虫——评〈檀香刑〉》，《文学自由谈》2001 年第 6 期；
李建军《〈蛙〉写的什么？写得如何》，《文学报》2011 年 10 月 20 日；李建军《直议
莫言与诺奖》，《文学报》2013 年 4 月 10 日。

⑤ 参见莫言《两座灼热的高炉》，《世界文学》1986 年第 3 期；《黔驴之鸣》，《青年文学》
1986 年第 2 期；《自述》，《小说评论》2002 年第 6 期；等等。

的文学"，"唯一令人满意的文学"，"在想象昔今中国历史空间和重新评价中国社会方面，莫言的贡献依然无与伦比"。葛浩文对莫言作品的理解，在充分评估原著文学价值的前提下，也有"过度阐释"之嫌。将莫言小说纷繁的主题意蕴简缩为"想象昔今中国历史空间和重新评价中国社会"，也会给作家带来创作中难以承受之重。实际上，莫言不过是从他自己的角度建构了"小说中国"（王德威语）的一种"历史空间"而已。

葛浩文的看法在相当程度上反映了西方批评的共同倾向。莫言获奖后，佩尔·魏斯特拜尔（"诺奖"提名小组主席、瑞典学院院士）的授奖致辞用超过三分之二的篇幅谈论小说的主题内容，对莫言小说与中国历史和现实的关联性，有片面和简单化的理解；对《酒国》和《丰乳肥臀》等作品的分析也颇有些郢书燕说的味道。①这样的"思维定式"也反映在其他相关评论中。亚思明在《"喧哗与骚动"——莫言获奖分裂德国文坛》一文中报道了莫言获诺贝尔文学奖在德国产生的反响。文坛耆宿马丁·瓦尔泽对莫言获奖无保留地表示赞同，声称"再也没有比莫言更合我意的人选，毋庸置疑他是实至名归"，认为莫言"是我们这个时代最重要的小说家"，"今天谁要谈论中国，应该先去拜读莫言的作品，他在我心中的排名与福克纳不相上下"。②这自然是在强调莫言作品的社会意义和认识功能。与他的观点相反，汉学家顾彬并不看好莫言，认为莫言在现代小说技法上所做的实验性探索极为有限，其社会批判题材也并未超出鲁迅20年代的窠臼。③用鲁迅的光环来削弱莫言的光彩，顾

---

① 全文被陈文芬《莫言在斯德哥尔摩——诺奖日记》引用，见《上海文学》2013年第3期。
② 转引自亚思明《"喧哗与骚动"——莫言获奖分裂德国文坛》，载杨守森、贺立华主编《莫言研究三十年》中卷，山东大学出版社，2013，第258页。
③ 转引自亚思明《"喧哗与骚动"——莫言获奖分裂德国文坛》，载杨守森、贺立华主编《莫言研究三十年》中卷，山东大学出版社，2013，第260页。

彬倚重的依然是"主题"性视角。比较起来，倒是著名女批评家伊利斯·拉迪施（Iris Radisch）从阅读感受出发的评论贴近了莫言小说艺术的某些特质：

> ……那些原始朴拙、绚烂多彩、惊心动魄的作品完全打破了西方既有的区分现代与前现代、新潮与落伍、精英与大众的文学观念。莫言给了西方读者当头一棒，同时令人感到一种不可理喻、不知所措、痛并快乐着的感官折磨和恐惧。
>
> 小说中的鬼气森森、远非田园风光的乡村世界更令熟悉柏林、巴黎和纽约都市背景的欧洲读者感觉自己仿佛一个被遗弃的孩子，光着屁股站在中国的红薯地里。
>
> 取材于中国民俗文化的写作内容据莫言推测很难受到西方文学爱好者、尤其是高级知识分子的喜爱。但他错了，莫言百无禁忌的书写将我们带回那段被人遗忘了的、充满惊悚、魔力和无休无止的故事的生命。[①]

无论怎样，莫言在小说艺术上的探索和成就还是得到了西方批评家的充分肯定的。在"诺奖"授奖词中，莫言被描述为"一个诗人"、"一个妙不可言的自然描绘者"，他的"想象飞越在整个人类的存在状态之上"。[②] 佩尔·魏斯特拜尔进一步发挥说，"莫言的故事有神话和寓言的诉求"，"在莫言的作品里，栩栩如生地，一个消失了的农民世界在我们的眼前升起展开，你能感觉到它的鲜活味道"。[③]

---

① 转引自亚思明《"喧哗与骚动"——莫言获奖分裂德国文坛》，载杨守森、贺立华主编《莫言研究三十年》中卷，山东大学出版社，2013，第261页。

② 全文被陈文芬《莫言在斯德哥尔摩——诺奖日记》引用，见《上海文学》2013年第3期，第13～14页。

③ 全文被陈文芬《莫言在斯德哥尔摩——诺奖日记》引用，见《上海文学》2013年第3期，第13～14页。

当佩尔·魏斯特拜尔声称"他的写作比拉伯雷和斯威夫特之后的大多数作家都更趣味横生，也更恐怖丑恶，在加西亚·马尔克斯之后的我们这个时代更是如此"① 时，表明了西方批评家把莫言放置到世界文学的框架中给予"定位"的努力。将莫言与文学史上已有定评的大家相提并论，对莫言的文学地位自然是高度的肯定。

至于有论者提及的西方评论在莫言小说阐释上的"偏见"，国内批评家的看法分为两派。孟繁华发现，"茅盾文学奖""更多强调莫言讲述故事的方法以及修辞方面的技巧及风格"，"诺奖""强调的是莫言小说思想的深刻性以及作品的社会价值和功能"。② 因而，他认为："透过这些貌似的'东方奇观'，西方读者在莫言作品中看到的是另外一些东西，也是更重要的东西。这些东西就是莫言在'诺奖'获奖演讲中提到的，比如感恩、悲悯、同情、孤独、自信、坚持、学习等与人生、与人的内心事务相关的基本价值和观念……这种宽容、悲悯和同情，显然与西方的宗教情怀有关，同时也是普遍的人性。因此，这显然不只是'中国经验'，它蕴含的恰恰是人类的普遍价值。这样的价值观与文学说来才事关重大。"③

与孟繁华的赞同意见不同，陈辽从地理因素、亲缘因素和政治因素三个方面分析了"诺奖"的局限性和意识形态色彩，批评了莫言的代表性作品《丰乳肥臀》、《檀香刑》和《蛙》等，并对"诺奖"评委会的文学观和判断力表达了强烈的质疑。④ 除了对莫言获奖的意义做有限的肯定之外，陈辽坚称，只有中国的读者、作家和

---

①　全文被陈文芬《莫言在斯德哥尔摩——诺奖日记》引用，见《上海文学》2013 年第 3 期，第 13~14 页。

②　孟繁华：《中国当代文学经典化的国际化语境——以莫言为例》，《文艺研究》2015 年第 4 期，第 23 页。

③　孟繁华：《中国当代文学经典化的国际化语境——以莫言为例》，《文艺研究》2015 年第 4 期，第 22 页。

④　参见陈辽《理智对待莫言获诺贝尔文学奖》，载李斌、程桂婷编《莫言批判》，北京理工大学出版社，2013，第 395~399 页。

评论家，对中国作家作品的评价才最有发言权。[①] 这种对本土批评家"话语权"的争夺，与孟繁华所认为的"由中国批评家自己指认经典的时代已经成为过去"[②] 的观点可谓针锋相对，两者隐含的文学观念和文化立场的矛盾与冲突等都是耐人寻味的。

作家有国籍，而文学是没有国界的。无论是对一个特定国家或民族的文学的评判，还是对某个作家的判断，批评家来自哪个国度并不重要，重要的是批评尺度、价值标准。在全球化进程以空前的规模和速度推进的形势下，各种信息通过互联网被即时发布和反馈。文学的创作、传播、接受、评价都不再仅仅是地方性、区域性的事件。批评家应该具有世界文学的宏观视野，应该认同人类的普遍价值观念，应该持有更为专业的批评立场和更为宽容的批评态度。在文学活动中，既具备全人类的视野和高度，又富含本民族独特的文化内容和审美趣味，处理好"世界的"与"民族的"辩证关系，乃是艺术家和批评家的使命与职责。

对于莫言这样将自己的创作深深地融入世界文学潮流的中国作家来说，全面的观照和整体的把握更需要会通中外文学和文化的知识结构。就这一点而言，无论是西方汉学家，还是国内现当代文学的批评家与文学史家，都可能囿于观念、方法、知识的缺陷而留下研究的遗憾。值得关注的是，西班牙文学和拉美文学专家陈众议对莫言文学成就做出的判断和把握，慧眼独具，显示出深厚的学养与独到的艺术洞察力。[③] 陈众议认为"魔幻现实主义"文学深刻地表现了拉美民族"集体无意识"的情感内容，而莫言的杰出贡献就在于对中华民族"集体无意识"的文学表达。"拉美魔幻现实主义和

---

① 参见陈辽《理智对待莫言获诺贝尔文学奖》，载李斌、程桂婷编《莫言批判》，北京理工大学出版社，2013，第 395 ~ 399 页。

② 孟繁华：《中国当代文学经典化的国际化语境——以莫言为例》，《文艺研究》2015 年第 4 期，第 21 页。

③ 参见陈众议《论莫言》，《东吴学术》2013 年第 1 期。

莫言的伟大在于揭示了各自所出的生活奥秘，即'集体无意识'或'原始经验遗迹'在现实生活中的奇异表征，以及这些表征所依着的社会历史文化环境或语境。正是在相似且又不同的生活和语域中，莫言与加西亚·马尔克斯完成了美丽的神交。"①

在陈众议看来，世界文学的发展从古至今具有以下几个规律：之一是"由高向低，一路沉降，即形而上形态逐渐被形而下倾向所取代"；之二是"由外而内，是指文学的叙述范式如何从外部转向内心"；之三是"由强到弱，即文学人物由崇高到渺小"；之四是"由宽到窄，即文学人物的活动半径如何由相对宏阔的世界走向相对狭隘的空间"；之五是"由大到小，也即由大我到小我的演变过程"。② 在世界文学发展现状不容乐观的背景下，莫言小说的意义就在于"见证了某种顽强的抵抗。譬如他对传统的关注、对大我的拥抱、对内外两面的重视等，貌似'以不变应万变'，而骨子里或者潜意识中却不失为是一种持守、一种既向前又向后的追寻"。③ 陈众议也没有回避莫言创作存在的问题，他称之为五根"软肋"，分别是"缺乏节制"、"审丑倾向"、"过于直捷"、"蝌蚪现象"④ 和"原始生命力崇拜"。⑤ 陈众议别开生面的《论莫言》表明，当代文学批评如同创作一样，再也不能局限于本土文化的视野了。在中外文学的比较视域内，当代文学史的书写也将会呈现出新的面貌。

莫言是中国土地上诞生和成长起来的世界级作家。他和我们这个苦难而辉煌的民族一起，经历了由饥饿、贫困、封闭到富强、繁荣、开放的巨大变化。莫言像热爱生命一样热爱文学，他与文学如影随形，须臾不可分离。文学给了他安慰、温暖、梦想，他则反哺

---

① 参见陈众议《论莫言》，《东吴学术》2013 年第 1 期，第 6 页。
② 参见陈众议《论莫言》，《东吴学术》2013 年第 1 期，第 7～8 页。
③ 参见陈众议《论莫言》，《东吴学术》2013 年第 1 期，第 8 页。
④ 指莫言某些作品未能及时收尾而导致情节拖沓、笔力衰弱等现象。——笔者注
⑤ 参见陈众议《论莫言》，《东吴学术》2013 年第 1 期，第 10～11 页。

以浩大、瑰奇的"高密东北乡"的小说世界。他的文学创作一方面植根于中国文学的深厚土壤；①另一方面吸收了世界文学的丰富营养，对古今中外的文学资源进行了创造性的整合与利用。莫言的想象力与他的故事一样丰富，其艺术探索的勇气冲垮了所有的清规戒律。

"我感到徒劳的危险。用什么样的词语和概念可以概括他的写作？任何一种企图都会因为这个作品世界过于宽阔、巨大和生气勃勃而陷于虚飘、苍白和支离破碎……莫言已不再是一个仅用某些文化或者美学的新词概念就能概括和描述的作家了，而成了一个异常多面和丰厚的，包含了复杂的人文、历史、道德和艺术的广大领域中几乎所有命题的作家。"②批评家张清华十几年前的这段话并未过时，他道出了莫言研究者共同面临的窘境。对于文学批评和文学史而言，莫言将是持久的诱惑与挑战。

---

① 参见莫言、王尧《从〈红高粱〉到〈檀香刑〉》，《当代作家评论》2002 年第 1 期；孙郁《莫言：与鲁迅相逢的歌者》，《当代作家评论》2006 年第 6 期；马瑞芳《诺贝尔文学奖和〈聊斋志异〉》，《光明日报》2013 年 4 月 8 日；季红真《莫言小说与中国叙事传统》，《文学评论》2014 年第 2 期；等等。

② 张清华：《叙述的极限——论莫言》，《当代作家评论》2003 年第 2 期，第 59 页。

附　录

物化时代的抒情歌谣

——莫言小说《拇指铐》解读

完成了《丰乳肥臀》后的莫言经过短暂的停顿后，创作又进入了高产期。他连续推出了一批长篇、中篇、短篇小说，如长篇《红树林》，中篇《三十年前的一场长跑比赛》、《牛》和《我们的七叔》，短篇《一匹倒挂在杏树上的狼》等。2000 年第 1 期《当代作家评论》"新作网页"栏目上，一下子就评介了莫言的四个中篇，可见他旺盛的创作势头。这些作品的相继发表，引起了读者和评论界的关注。本文选择其短篇《拇指铐》为分析对象，试图以此透视莫言创作的若干特色。

《拇指铐》大约有 1.5 万字，作为短篇小说篇幅似乎长了些。但莫言以他神奇的言说才能，将小说写得亦真亦幻，虚实相间，既引人入胜，又耐人寻味。在八岁小儿阿义为病危母亲买药的表层故事之下，莫言赋予文本以丰富复杂的主题意蕴和瑰丽多姿的艺术魅力。

不知道是深思熟虑还是灵感所至，莫言的艺术构思首先表现出与鲁迅小说"互文"的特点。《拇指铐》的主人公名"阿义"，篇中还出现过"老 Q"、"小 D"和"大 P"若干人物。这与鲁迅小说中的人名相同或相似。再看两篇小说中的若干文字：

临近黎明时，阿义被母亲的呕吐声惊醒。　　（《拇指铐》）

秋天的后半夜，月亮下去了，太阳还没有出来，只剩下一片乌蓝的天。　　（《药》）

她从炕席下摸出一张揉皱的纸片，说："这是上次用过的药方……"　　（《拇指铐》）

华大妈在枕头底下掏了半天，掏出一包洋钱。　　（《药》）

路过胡大爷家的高大院落时，他蹑手蹑脚，连呼吸都屏住，生怕惊动了那两条凶猛的狼犬。　　（《拇指铐》）

有时也遇到几只狗，可是一只也没有叫。　　（《药》）

摸摸怀中的银钗和药方，硬硬软软的都在。（《拇指铐》）

按一按衣袋，硬硬的还在。　　　　　　　　（《药》）

可以发现《拇指铐》与《药》的开头部分，无论故事时间和氛围，还是叙述语调，都有相似之处。从小说的结构看，《药》的时间跨度从头一年的秋天到第二年的春天，《拇指铐》从一天的黎明到这天的深夜，两者都有一个时间的轮回或周而复始（当然，《药》中随着时间轮回的是由希望到死亡的幻灭，《拇指铐》则在昼夜更替中展示阿义受难——再生的命运，两者的基调是迥然有别的）。最后，两篇小说的标题《药》和《拇指铐》都有浓厚的象征意旨，蕴含着统领全篇的结构张力。

素以神出鬼没之笔著称的莫言，莫非要对经典来一次重写、戏拟或者解构？抑或沿着《药》的主题思路，重启文学史上沉重的启蒙话题？然而随着买药回家的阿义被莫名其妙地铐在了翰林墓地的大松树下，故事情节发生了变化。莫言另辟蹊径，将阿义的受难过程延宕、敷衍成篇，仿佛跟读者的阅读期待开了个玩笑。若用一句话来概括，鲁迅写的是"药"的无效，莫言写的则是"买药"的艰难。

那么，莫言有意无意中造成的叙事"互文"现象，该如何理解呢？联系到他将故事背景处理成非古非今、古今杂糅状态的用意来看，他是借助对经典"原型"的运用来拓展叙事时间和空间。《拇指铐》的故事时间不过一昼夜，若与鲁迅小说联系起来，故事时间一下子向后推移了数十年甚至近一个世纪，故事指涉的空间也因鲁迅小说的高度概括力而大大拓宽。莫言借此跨越了"高密东北乡"的地域限制，使小说在叙事时间的不确定性和叙事空间的大幅度延展中获得了面对普泛的人类生存境况的言说效果。读者在这种文本的互文中生发出对现代文学经典以及现代社会历史的广泛思考。

鲁迅笔下"华"与"夏"二姓的寓意众所周知，"阿Q"等人物已成为病态国民精神的典型。鲁迅所深恶痛绝的"看客"心理，在《拇指铐》中的"老Q"、"小D"和"大P"等人身上依然保留着。他们面对厄运加身的阿义，无不是嘻嘻哈哈地先去欣赏那个精致的手铐。"老Q"不听阿义的哭诉，对他的被困横加指责，毫无怜悯之心。从阿义被铐开始，"不时有提着镰刀的农人从河边的土路上走过，他们都匆匆忙忙，低着头，目不斜视。阿义的喊叫、哭泣都如刀剑劈水一样毫无结果。人们仿佛都是聋子"。"聋子"和"看客"一样，乃是麻木、冷漠、自私的病态国民精神的写照。在看似不动声色的平静叙述中，莫言的针砭态度是不难体会的。

不过，对人性的冷漠和自私的批判尚不是《拇指铐》最重要的主题。以《透明的红萝卜》和《红高粱》成名的莫言，很早就注重在展现中国人生存活动与生存环境之间的复杂关系时，张扬生命力量和生存意志。他在一系列创作中流露出对"种的退化"的深深忧虑。莫言眼中的乡土中国有苦难也有欢乐，现代文明则往往成为生命力的对立面，充满了压抑性的机制。文明的压抑性机制与生命力之间的冲突，借助于"拇指铐"这一独特的意象得到了充分的表现。"拇指铐"小巧精致，结实耐用，钢锯也奈何它不得，真的是现代文明的产物。老 Q 不时连声赞叹"好东西，真是好东西！地地道道的美国货"。"拇指铐"又是坚硬、冷酷的，象征着压抑与囚禁。它将八岁的阿义铐在树下，叫他求生不得，求死不能，饱受饥渴和恐惧的煎熬。对一个稚气未脱、一心救母的孩子来说，这真是生命中不能承受之重啊！那个坐在墓地石供桌上的古怪老头，只因阿义赶路时往后看了两眼，就不由分说地将他铐住，这个情节好像喻示生命成长中压抑的非理性和猝不及防。有论者认为，"莫言在表现'种的退化'观念的同时，更注重文明压抑机制对现实生活的遏制作用，首先即体现在对儿童生命力的遏制"，莫言笔下因此出现了一个受苦受难的"儿童系列"。"另一方面，同样是在这些小男孩身上，莫言发现了潜伏在脆弱的外部形象之内的顽强生命力。"① 莫言以其擅长的"魔幻"叙事手法，赋予他的小男孩以神奇的"精灵"品格，使他们在苦难中迸发出异乎寻常的幻想能力，为他们勾画了一个慰藉痛苦的童话世界。

在《拇指铐》中，身体被缚的阿义思想异常活跃，可谓神游八极，浮想联翩。莫言写了阿义的四个梦，把孩子对死亡的恐惧和恋母情绪渲染得淋漓尽致。当阿义终于咬断拇指、挣脱束缚时，莫言简直是用诗的语言将阿义送入幻想的天国：

> 他仰面朝天躺在地上，看着那棵离开了自己怀抱的松树，猛然的惊喜降临。一轮皎皎的满月在澄澈的天空里喷吐着清辉，无数白色的花朵成团成簇地、沉甸甸地从月光里落下来。暗香浮动，月光如洒。白花不停地降落，在他的面前，铺成了一条香气扑鼻的鲜花月光大道。他抖抖索索地站起来，往那诱

① 张闳：《莫言小说的基本主题与文体特征》，转引自林建法主编《说莫言》下卷，辽宁人民出版社，2013，第 158 页。

人的大道扑去，但他却头重脚轻地栽倒了。他感到嘴唇触到了冰凉的地面。

后来，他看到一个小小的赭红色孩子，从自己的身体里钻出来，就像小鸡从鸡蛋壳里钻出来一样。那小孩身体光滑，动作灵活，宛如一条在月光中游泳的小黑鱼。他站在松树下，挥舞着双手，那些散乱在泥土中的中药——根根片片颗颗粒粒——飞快地集合在一起。他撕一片月光——如绸如缎，声若裂帛——把中药包裹起来。他挥舞双臂，如同飞鸟展翅，飞向铺满鲜花月光的大道。从他的两根断指处，洒出一串串晶莹圆润的血珍珠，叮叮咚咚地落在仿佛玛瑙白玉雕成的花瓣上。他呼唤着母亲，歌唱着麦子，在瑰丽皎洁的路上飞跑。他越跑越快，纷纷扬扬的月光像滑石粉一样从他身上流过，馨香的风灌满了他的肺叶。一间草屋横在月光大道上。母亲推开房门，张开双臂。他扑进母亲的怀抱，感觉到从未体验过的温暖与安全。

这里母子团聚是幻觉还是实情，母亲是否药到病除，阿义究竟是死是活，所有这些已不重要了。重要的是我们从阿义身上感受到的生命力的顽强和从囚禁中解放后的欢乐。莫言通过写实之境与幻想之境的巧妙缝合，将对生命的歌颂言说得淋漓尽致。同时，对生命的歌颂也是对压抑生命力的文明机制的批判，对幻想世界的讴歌也是对平庸、丑陋现实的鞭挞。

在回顾自己的创作道路时，莫言自陈："最早的《透明的红萝卜》几乎没有文学技巧，像初上战场的士兵一样，完全凭本能操作，有很多朴素的感情。到了《红高粱》就是用激情在写作，当时有一种压抑不住的澎湃的感情。后来到了《欢乐》和《红蝗》则是疯狂的写作，连篇累牍，让读者也受不了。""我努力变换着语言，尽量简洁平实一点，通俗易懂一点，但是一旦进入创作的下意识，这种东西就忘掉了，过去那种随意挥洒的状态又恢复了。"①从莫言近期创作的情况看，"随意挥洒"的是无拘无束、自由自在的艺术想象力，改变语言的痕迹也是清晰可见的。过去那种汪洋恣肆、铺天盖地的语词的"狂轰乱炸"有所节制，主观的强力介入和自我的强烈宣泄也有所收敛。取而代之的是比较客观化的冷静的叙说，是"叙述者"适度的隐退。《拇指铐》不以惊心动魄的故事情节和鲜血淋漓的感官刺激取胜，而以散文化、诗化的景物描写见长。莫言似乎有意淡化了传统小说的一些要素。当然，他特有的激情的叙述腔调并没有消失，而是化为小说内在的诗性品质。这就要谈到《拇指铐》的意象营造及象征运用特色了。

这篇小说的意象不仅十分丰富，而且多呈对比性排列。如象征母爱和阴性的夜晚、月光、土地、麦田、乳汁、河流等，隐喻父权与暴力的无名老者、烈日、白天、冰雹、拇指铐等。前者要么是阿义精神和情感的归宿，要么是他困厄时的救助。后一组意象是阿义受苦的根由。母亲本原、母爱和恋母情结，自始至终支撑着阿义与不幸抗争，支撑着他的肉体与精神。值得注意的是，阿义遭受的所有痛苦都发生在白天烈日暴晒之时，所有的幸福幻想却发生在月光朗照之夜。难道这仅仅是写作时的巧合？笔者更愿意理解为此乃莫言潜意识中对母爱缺失的呼唤，或者求之不得的替代性诉求。读者似乎习惯于莫言的勇猛刚劲，仿佛他如笔下的绿林好汉那样豪气干云，快意恩仇。然而他气质中还有深情缠绵、柔情似水的一面需要细加体认呢。莫言坦言他歌颂和崇拜母亲，甚至对女人都有一种特

---

① 莫言、李志子、庚钟银：《在写作中发现检讨自我——莫言访谈录》，《艺术广角》1999年第 4 期，第 19、20 页。

殊的崇拜，① 这早有《丰乳肥臀》等一系列小说中的女性形象为证。在《拇指铐》中，显在的是阿义的一片救母之心，而救母、爱母之心源于对母爱的不能割舍，所以小说隐含着对母爱的深情歌颂。最后唤醒阿义，给他自救勇气和力量的，不正是那回荡在麦地上空高亢的"麦子之歌"吗？"歌声如同河水，如同麦子，如同棉衣。歌声如同月亮。歌声就是月光，照亮了他的内心。"歌声、月光、麦子、土地、母亲，莫言营造的这个意象系列，饱含着对大地/母亲广博的爱的颂扬和感恩。

中药、银钗、翰林墓地（包括石马、石桌、石人）、猫头鹰、松树、古老的泛着青铜色的大茶壶等意象，具有延展叙事时空、营造乡村情境和文化氛围的作用，恰好和水银灯、榨油厂、模特、拖拉机、放大镜等构成又一对比系列并相互映衬。后者渲染时代氛围，喻指现代生活情境。此外，阿义几次在梦中分别体验到的地狱和天堂景观，象征死亡的墓地与象征生命的麦田，均构成二元对立的意象。这种意象的呈现方式或许不是莫言有意为之的，而是下意识的产物。以这种艺术直觉捕捉的繁复意象为依托，莫言在历史与当下、梦幻与现实、地狱与天堂之间纵横驰骋，挥洒自如，其叙事技巧可谓左右逢源，游刃有余。

概而言之，《拇指铐》借与经典文本的"互文"、"魔幻写实"和意象呈现与对比等艺术手法，涵盖广袤时空，融合古今情境，具有丰富的主题意蕴和独特的叙事魅力。莫言以广阔的视野，奇诡的想象穿行于现实与梦幻之间，谱写出一篇现代的乡村寓言，一首物化时代的抒情歌谣。

---

① 莫言、李志子、庚钟银：《在写作中发现检讨自我——莫言访谈录》，《艺术广角》1999 年第 4 期，第 20 页。

在苦难和幻想之间

——莫言小说的爱情/性爱叙事

一

经过作品的反复叙写和演讲/对话的再三强调，莫言创作的精神动因已广为人知，那就是他早年生活中深切体验到的乡村苦难和作为痛苦代偿机制的神奇幻想。肉体的饥饿与身体的孤独，在饥饿与孤独中孕育、萌生的浪漫想象与白日梦境，既成为莫言小说着力表现的生命情状，也汇聚成众多研究文章关注的焦点。

对苦难的同情、再现乃至倾诉，因其话语意识形态的道德优势，在现当代文学创作和批评中被视为不证自明的价值标准。新文学早期的"乡土小说"和新时期的"伤痕文学"，尽管艺术水平不高，却在文学史上占据着重要地位。相比之下，爱情/性爱母题叙事及其解读，则历来歧义丛生，争论颇多。无论是郁达夫的《沉沦》等"自叙传"小说、张资平的海派性爱小说，还是肖也牧的《我们夫妇之间》、宗璞的《红豆》，抑或张洁《爱，是不能忘记的》、张贤亮《绿化树》和《男人的一半是女人》，分别都在不同时期引起了轩然大波。20世纪90年代，文学已失去轰动效应并迅速被边缘化，一部《废都》因大胆直露的性爱描写竟成为文化热点。人们或津津乐道或义愤填膺于小说刺激露骨的情色场面，有意无意间忽略了作品严肃深刻的社会/文化批判主题。当下的实际情况是，文学创作的爱情/性爱禁区早已打破，情感、欲望、身体、本能的描写和评价尺度则颇为模糊含混，读者的阅读期待和接受意向也显得矛盾暧昧。爱情/性爱叙事的话语系统呈现出启蒙话语、现代主义话语和解构主义话语相互质疑、抵牾的状态，在带来多重审美/认知体验的同时也造成了批评的犹豫不决和理论困惑。

莫言对乡村苦难的申诉和梦幻天堂的想象是通过多重叙事视角来表达的。从主题学方面看，政治/权力批判，历史/文化反思，生命本能的压抑与释放，爱欲与文明的冲突等主题纠葛缠绕，展示出丰富多彩的乡村生活/文化视景和幽暗深邃的人性心理内涵。从叙事学方面看，除传统的第三人称全知叙事、第一人称限知叙事以外，莫言又探索性地使用多人称视角、第二人称视角、童年视角等。他为小说叙事的时空的自由切换、人物心理的深度探测和梦幻/原初情境的逼真再现进行了多方位大胆的试验。其中，爱情/性爱叙事作为莫言小说惯用的结构模式和言说策略，承载着他对乡土中国民间生活/精神状态爱恨交织的感受，体现出他严肃深刻的批判眼光和丰厚卓越的艺术才情。

就莫言个人的生活经历而言，饥饿和孤独的生命体验养成他敏锐异常的感觉官能和耽于幻想的浪漫气质，以及早熟的、多情善感的诗性灵魂。乡村荤腥不忌的民间文化传统，相对宽松的性话语交流传播场域，"十七年文学"虽然经政治规训却依然部分留存的爱情叙事，无论是对莫言个体生命的成长还是对他小说情感/艺术的熏陶，其重要程度未必不如那些关于苦难的记忆。"喜欢论述自己艺术的作家们自然总是谈论自己创作活动中那些有意识的、自觉运用某些技巧的部分，而无视那些'外界各种因素给予的'、非自觉进行的部分。他们对自己自觉的创作经验感到荣幸，然而往往正是那些他们不愿谈论的部分反映或折射了他们的本质。"① 相对于滔滔不绝的近乎强迫症似的关于饥饿与孤独的宣示，莫言不愿谈论的似乎是生命本能的冲动、爱欲的寻求释放，文明压抑机制对力必多的囚禁和控制。爱的缺失给过去的岁月投下了浓重的阴影，这阴影也扰乱着现实的生存。"我回答记者的提问，说如果你认为我的小说中有美好的爱情描写，我自然很愿意承认，要问我为什么能写出这样美好的爱情，其根本原因就是我没有谈过恋爱。一个在爱情上经验丰富的人，笔下的爱情一般地说都是索然无味的。"② 以上这段话既可以看作莫言为避免别人对自己小说的无端猜测而施放的烟幕，也可以借此概括出他的写作理念：正是因为现实的残缺和贫乏，才需要、才可能产生艺术的完满与丰富。在莫言这里，苦难和幻想通过爱情故事得以联系和沟通。无论痛苦还是欢乐，莫言借助爱情/性爱叙事深刻动人地表现了乡村生存状况、乡村文化特征和乡村中国的精神。

二

性情忧郁、性格孤僻的乡村儿童/少年，也许是莫言小说塑造的最重要、最成功的人物形象。《透明的红萝卜》中令人难忘的黑孩，以其沉默寡言承受和拒斥来自成人世界的暴虐，在"失语"的同时表现出超常的感觉能力。这一性格特征及其寓意引起了不少研

① 〔美〕勒内·韦勒克、〔美〕奥斯丁·沃伦：《文学理论》，刘象愚等译，江苏教育出版社，2005，第93页。
② 莫言：《神秘的日本与我的文学历程》，《小说的气味》，当代世界出版社，2004，第338~339页。

究者的兴趣，笔者也有拙文予以分析，[①] 兹不赘述。与孤苦伶仃、无人关爱的处境相伴随的是黑孩不得不时常面对成人语言"暴力"的侵扰。妇女们关于黑孩后娘的闲言碎语中充斥着性意味，小铁匠则用连篇荤话在黑孩面前发泄他爱菊子姑娘而不得的满腹牢骚。其他采用童年/少年视角的小说，如《草鞋窨子》、《爱情故事》和《白棉花》，以及著名的《红高粱》，都不约而同地写到了乡村文化的性话语对男孩/少年的撩拨，揭示了他们好奇、紧张、激动、惧怕的复杂心态。"小弟"于苦闷压抑中战战兢兢地向女知青示爱（《爱情故事》），方碧玉的美丽性感令"我"寝食难安（《白棉花》），少年时的父亲向戏言要吃奶奶两个"插枣饽饽"的乡亲开枪（《红高粱》），王十千因思慕、暗恋女教师而毁家散财（《红耳朵》）……性话语的交流和传播，荤故事的编撰和演绎，催化剂般地促成了男孩子们性意识的苏醒，而身体的未完全发育使这些男孩在争取异性青睐的竞争中处于劣势。他们常常只能以旁观者、艳羡者、窥视者的身份参与故事，从而产生难言的惆怅和深深的挫败感。

在《透明的红萝卜》中，黑孩无意间窥见了菊子姑娘与小石匠幽会的一幕，对他产生了惊心动魄的震撼：

> 他很惊异和新鲜地看到一根紫红色头巾轻飘飘地落到黄麻秸上……那件红格上衣也落到地上。成片的黄麻像浪潮一样对着他涌过来。他慢慢地站起来，背过身，一直向前走，一种异样的感觉猛烈地冲击着他。

黑孩不敢看下去，莫言不忍写出来。陌生又刺激的场面远远超出了孩子的承受力，对作家的文笔也是个考验。莫言聪明地让黑孩

---

① 参见拙文《童年叙事：意义丰饶的阐释空间——重读莫言的中篇小说〈透明的红萝卜〉》，《湖北社会科学》2008 年第 10 期。

"躲"开了。然而，那"很惊异和新鲜"的冲击已深深烙进黑孩的记忆，从此难以抹去。精神分析学很重视这种儿童目睹原初景象的震惊/创伤性体验，认为随之产生的道德禁忌意识和负罪感，可能会在孩子成年后滋生严重的心理障碍和精神病。循着这样的思路分析上官金童（《丰乳肥臀》）的"恋乳症"和性无能，可以给这个精神与肉体的双重残疾者诊断出病患的心理诱因。上官金童幼年经历的战争、死亡、灾荒，包括他目睹亲生父亲的坠楼自杀和母亲的惨遭强暴，从精神上遏制、阻断了他生命的自然生长，使他"固着"于心理伤痛而难以自拔。莫言的叙述策略是，将乡村生存环境的恶劣作为故事展开的背景，而细腻深入地摹状乡村少年生命成长中的精神焦虑和情感压抑。精神的苦痛发展到极致，便是《欢乐》中的永乐。他屡考不中，蹉跎岁月，饱受情欲、内疚和绝望的煎熬。其归宿只能是在死亡本能的驱使下返回母体，返回子宫，以自杀中止力必多的释放，获得永久的庇护。

三

莫言笔下的女性人物形象，从与小说叙述者的关系来看，主要有两类角色：母亲（包括祖母）和恋人（包括妻子）。在初期创作中，莫言对女性情感世界的描写单纯而明朗，故事洋溢着欢快轻盈的调子（《民间音乐》）。随着创作观念的转变和艺术思维的成熟，莫言重新发现和认识故乡。高密东北乡女子灰暗无奈的人生命运和痛苦压抑的精神境况，逐渐在他指涉现实的作品中真切地再现出来。另外，他在历史想象/浪漫传奇性文本中，赋予女性人物刚烈果决、激情迸射的性格特征和不屈不挠的反抗意志，极力张扬她们轰轰烈烈、无所顾忌的爱恨情仇。两类叙事（关涉现实/构撰历史）

和两类人物（挣扎于现实泥淖中的女性/充满生命活力的传奇女子），在莫言的创作中既构成鲜明对比，又相互渗透，产生双声对话、富有张力的艺术表达效果。

标志着莫言"发现故乡"的第一篇小说《白狗秋千架》，以主人公"暖"理想的破灭和婚姻的不幸，观照乡村女性悲苦的人生。暖曾有美丽的容颜和动听的歌喉，憧憬着当文艺兵改变自己的命运。她因事故失去一只眼睛，不得已嫁给简单粗暴的哑巴，生下三个不会说话的孩子。面对少时伙伴、如今的大学教师"我"的似水乡愁，暖劈面呵斥："有什么好想的，这破地方……高粱地里像他妈×的蒸笼一样，快把人蒸熟了。"万念俱灰的她唯一的心愿，就是向"我""借种"，生个会说话的孩子。这份绝望中的企盼真令人唏嘘不已。《金发婴儿》中的紫荆以换亲方式嫁给了现役军官。她勤劳善良，乐观开朗，却得不到丈夫的爱。小说以象征、暗示手法和意识流笔触，细致勾勒了这个青春女子生命欲望的冲动与压抑。在理智与情感的苦苦纠缠中她终于接受了同村青年黄毛的求爱，生下了金发婴儿。嫉恨难忍的丈夫愤而杀婴，紫荆也沦为无爱婚姻的牺牲品。由于文化层次和身份地位的差异，夫妻间缺乏沟通和理解，彼此视为路人（《球状闪电》和《爆炸》）。尽管男性叙述人的身份遮蔽了女性人物内心感情的展示，读者也不难想到她们遭遇冷落的哀愁。方碧玉（《白棉花》）不愿违心嫁给村长的傻儿子，大胆追求性受，结果惨遭毒打；七姐乔其莎（《丰乳肥臀》）在极端的年代，甚至以身体换取食物，不顾被强暴的痛苦而吞咽馒头……在性、权力、政治结成的强大联盟面前，柔弱的女性只能交出自己，背负生命中不可承受之重。

仿佛是为了摆脱现实生存的沉重和艰难，莫言在《红高粱》、《丰乳肥臀》和《檀香刑》等历史叙事性文本中，浓墨重彩地表现了乡村女性反叛传统、抗争命运的个性。"我奶奶"戴凤莲（《红高粱》）以高粱地里狂放的"野合"而惊世骇俗，其放浪不羁的言行令须眉男儿相形见绌。她临死前大段的内心独白，痛快淋漓地倾吐了追求自由和幸福的心声："天，你认为我有罪吗？……天，什么叫贞节？什么叫正道？什么是善良？什么是邪恶？你一直没有告诉我，我只有按自己的想法办……我的身体是我的，我为自己做主，我不怕罪，不怕罚，我不怕进你十八层地狱，我该做的都做了，该干的都干了，我什么都不怕。"这无疑是五四新文化精神的传承（就莫言的创作思想而言），更是中国乡村生生不息的生命力的见证。母亲上官鲁氏（《丰乳肥臀》）生下的众多儿女都不是原配丈夫的"种"，她的女儿们也在大胆追求性爱中演绎丰富多彩的人生。孙眉娘（《檀香刑》）无视封建的门第、妇道观念，竟敢去勾引县官老爷。莫言甚至不惜借助魔幻的神奇力量，实现人物向梦想境界的攀升。新娘燕燕（《翱翔》）为逃婚狂奔，追逐的包围圈却越来越小，"只见那燕燕挥舞着双臂，并拢着双腿，像一只美丽的大蝴蝶，袅袅娜娜地飞出了包围圈"。这飞翔的姿态象征着乡村文化蕴含的浪漫、超越精神，正是乡村苦难孕育的奇丽幻想。

四

除了余占鳌（《红高粱》）、司马库（《丰乳肥臀》）等少数历史传奇中的英雄以外，莫言小说的成年男性主人公多是性格阴郁、卑琐不堪之人。面对爱情、婚姻、性爱，他们常表现出精神的苦闷、思想的困惑和行动的犹豫，在两性关系上矛盾被动，进退失据。"种的退化"在这些男人身上显露得最为突出。传统的因袭、现实的束缚、各种利害得失的权衡，固然限制着他们的选择和接受；生命力的衰退、性格的懦弱更是他们情感悲剧的主因。

　　《酒国》的主人公、高级侦查员丁钩儿奉命到"酒国"调查烹食婴儿事件。一路行来，他在美酒和女人面前心猿意马，难以自持，不是酩酊大醉便是苟且偷情，其言谈举止与身份地位形成了强烈的反讽。在他身上，"食"与"性"的本能汪洋恣肆，"自我"的约束作用与"超我"的惩戒机制荡然无存。丁钩儿的调查是一次次的出丑露乖。人性的卑俗和堕落折射出社会的混乱，物欲的泛滥。丁钩儿与女司机的性爱故事粗鄙直露，乏善可陈。女司机赤身裸体拿枪指向丁钩儿的细节则颇可玩味。女性的肉体与男性的武器奇妙地结合在一起构成一支威力无比的"性手枪"，暗喻男性眼中女性巨大的杀伤力和他们又爱又怕的惶恐心理。

　　《怀抱鲜花的女人》更把"诱惑"作为主题，小说叙事中爱欲与死亡如影随形。海军上尉王四回乡完婚，路遇一神秘性感的女子而惹下祸根。他本能冲动下的亲昵举止招来了女人的跟踪纠缠。王四欲罢不能，众叛亲离，最终与女人相拥而死。这个被莫言戏称为"武侠小说"的作品，其情节荒诞离奇，人物形象也不能按正常逻辑分析。冷艳诡异的女子自始至终一言不发，有时固执任性，有时楚楚可怜，宛如《聊斋》里以色惑人的狐仙。作为凡人的王四则被身体欲望和道德顾虑折磨得形容枯槁，精神崩溃。如此"人鬼情未了"的故事可称得上莫言"男性书写"立场的典型文本。

　　从小说透露的信息看，未婚妻并不令王四牵肠挂肚，他对回乡完婚没有任何兴奋、激动之情，倒像是完成一件例行公事。王四为何无动于衷呢？由于传统文化观念和现实生存条件的双重制约，乡村中婚姻的缔结难以避免地附带上种种非爱的因素，如传宗接代、赡养父母等。男女当事人是否两情相悦倒退居其次。也许，王四对完婚并没有什么兴致，充满了无奈。那场奇遇/艳遇契合了他潜意识中摆脱既定婚约而期盼浪漫真情的心理。然而传统的力量实在过于强大（乡间对违约的道德谴责），现实的束缚实在过于严密（浪漫邂逅将使王四付出既得的一切），男性主人公又缺乏"我爷爷"（《红高粱》）那豪气干云、"胡作非为"的胆魄。除了选择死亡，他似乎别无退路。死亡意识、死亡本能叙事也成为莫言书写乡村苦难的习用叙事模式之一。

作为一个多方汲取艺术营养、大胆创新的小说家，莫言的思想感情是很混杂的，这也造成他爱情/性爱叙事话语的驳杂不一。这里有浪漫主义的激情倾诉，以"我奶奶"戴凤莲（《红高粱》）临死前的大段内心独白和心理幻觉描写最为典型。这里有现实主义的冷峻严酷，《爆炸》、《球状闪电》、《金发婴儿》和《白棉花》等指涉现实婚恋状况的作品可做例证。这里还有现代主义的非理性意识、以丑为美的"反向诗学"，悲观、神秘、性力、死亡等情绪和事象充斥其中，《欢乐》、《红蝗》、《酒国》和《丰乳肥臀》等堪称代表。多重叙事话语的交相缠绕，多种艺术手段的兼容并蓄，多样美学形态的异彩纷呈，使莫言小说的爱情/性爱叙事主题丰富深刻，情感饱满充沛，审美空间博大而富有张力。

（原载《新闻与文化传播论丛》第四辑，中国财政经济出版社，2007）

童年叙事：意义丰饶的阐释空间
——重读莫言的中篇小说《透明的红萝卜》

　　《透明的红萝卜》发表于 1985 年，是莫言的成名作。作品刊出后，中国作家协会召开了座谈会，由登载小说的《中国作家》杂志主编冯牧先生主持。据莫言自己回忆，北京的评论家大多数都去了。① 这篇小说在当时就广受关注，深获好评。用著名评论家雷达先生的话说，是"评家蜂起，各擅其妙"。② 莫言对这篇小说也很偏爱，觉得"这篇小说实际上使我信心大增，野心大增"，"这篇小说的成功增强了我的信心，使我意识到原来这就是好小说"。③ 后来，他的第一个小说集即以《透明的红萝卜》为名。从某种意义上说，莫言是举着"透明的红萝卜"踏上成功之路的。

　　评论家李敬泽认为："尽管莫言因《红高粱》而广为人知，但在此前的《透明的红萝卜》中，他的世界的基本元素已经就绪。"④ 回顾莫言 20 多年的创作历程，翻阅他卷帙浩繁的小说文集，可以发现童年叙事乃是其艺术世界的主要构成元素之一，遍及他创作的各个阶段和长篇、中篇、短篇诸文体。儿童视角和"小男孩"形象

---

① 莫言、王尧：《莫言王尧对话录》，苏州大学出版社，2003，第 118 页。
② 雷达：《冯立三其人其文》，载冯立三《从艺术到人生》，人民文学出版社，1995，第 319 页。
③ 莫言、王尧：《莫言王尧对话录》，苏州大学出版社，2003，第 116、118 页。
④ 李敬泽：《莫言与中国精神》，《小说评论》2003 年第 1 期，第 73 页。

也是最能体现莫言小说魅力的地方。作为童年叙事的发端，《透明的红萝卜》因而具有文学发生学的研究价值。本文将首先探讨小说创作的心理动因，然后通过文本"细读"，分析小说的主题意蕴。对莫言小说的"感官化"叙事风格和"透明的红萝卜"这个著名的意象，本文也将根据已有的研究成果进行述评。

熟悉莫言经历的读者会把作品与他的个人生活以及那个极端的年代联系起来，《透明的红萝卜》不妨看作是莫言童年生活的精神自传。事实上，这篇小说的确有"本事"可依。作者12岁时参加修建水利工程，曾因偷吃一根红萝卜而被几百人批斗。他受罚跪在毛主席像前请罪，回家后立即挨了一顿毒打。① 这个真实的事件对他的精神造成了极大的打击，令莫言刻骨铭心。成名后的莫言在不同场合反复提到童年遭际的不幸：饥饿，孤独，受屈，挨打，遭误解，被处分……实在难以释怀。"每个人都有自己的童年，但你当了作家以后，这个童年就显得特别重要。我想，这肯定是一种职业性的需要。也就是说，每个作家都有一个自己的出发点，这个出发点也就是人生的出发点。"② 2000年在美国斯坦福大学演讲时，莫言就以《饥饿和孤独是我创作的财富》为题。③ 这样看来，生存的苦难——饥饿、孤独、爱的缺失，不公正——暴力、压抑、歧视等，作为莫言童年叙事的中心主题和表现对象（除《透明的红萝卜》以外，早期的《枯河》与晚近的《牛》和《拇指铐》最为典型，《酒国》和《丰乳肥臀》的部分章节也有出色的描述），"并不仅仅出自艺术灵感的迸发，更是与他的童年经历、心理伤痛、回忆与梦想这种纠缠不已的生存体验分不开的，是在渗透到血液和生命之中

---

① 莫言：《莫言散文》，浙江文艺出版社，2000，第241~244页。

② 《莫言王尧对话录》，苏州大学出版社，2003，第4页。

③ 参见莫言《莫言散文》，浙江文艺出版社，2000。

的伤悼、追思、缅想等情感方式里逐渐'习得'的"。① "童年"之于莫言不可救药地与他的生命绞合编织在一起,在其创作中所起到的巨大作用俨如心理学家所称的"情结"。

"个人无意识有一种重要而又有趣的特性,那就是,一组一组的心理内容可以聚集在一起,形成一簇心理丛,荣格称之为'情结'","当我们说某人具有某种情结的时候,我们的意思是说他执意沉溺于某种东西而不能自拔。用流行的话来说,他有一种'瘾'"。② 由前文分析可知,莫言的"童年情结"大致由饥饿与孤独、暴力与伤害、隐忍与无奈、爱和被爱的欲望等"心理内容"构成。这些被压抑的个人无意识隐匿于心灵的深处,蠢蠢欲动,一旦遇到适当的机会,便汹涌而出,一发而不可收。虽然莫言从1981年就开始发表作品,但他真正的创作契机是1984年考入军艺,其创作环境和艺术观念有了重大的改变之后。

《透明的红萝卜》直接的创作灵感来自莫言在军艺学习时做的一个梦。他"梦见一块红萝卜地,阳光灿烂,照着萝卜地里一个弯腰劳动的老头,又来了一个手持鱼叉的姑娘,她又出一个红萝卜,举起来,迎着阳光走去。红萝卜在阳光下闪烁着奇异的光彩。我觉得这个场面特别美,很像一段电影。那种色彩,那种神秘的情调,使我感到很振奋……"③

梦与作家的创作灵感之间的关系是个有趣的话题,也是文艺心理学难以回避的问题。比较极端的研究者要数弗洛伊德,他把艺术

---

① 拙文:《从故乡通往世界——莫言创作论略》,载王梅芳主编《新闻与文化传播论丛》第2辑,中国财政经济出版社,2005,第185页。

② 霍尔等著:《荣格心理学入门》,冯川译,生活·读书·新知三联书店,1987,第35~36页。

③ 徐怀中、莫言等:《有追求才有特色——关于〈透明的红萝卜〉的对话》,转引自杨守森、贺立华主编《莫言研究三十年》上卷,山东大学出版社,2013,第65页。

比作精神神经病，称作家为白日梦者。① 特里·伊格尔顿对此批评道："艺术家作为精神神经病患者的形象实在是过于简单，俨然像一个严肃的公民对发狂的、精神错乱的浪漫主义艺术家所作的漫画。"② 但是，伊格尔顿并没有否定弗洛伊德的精神分析学说对文学研究的重要作用。相反，他非常重视弗洛伊德的名著《梦的解析》，认为该书对精神分析文学理论更有启发性。仿照弗洛伊德关于梦的生产机制的研究，伊格尔顿提出"文学批评可以做类似的事情：通过注意那些在叙述中看来像回避、心理矛盾和加强意义的情况——未说出的话，说的话超过正常的次数，语言的重叠和滑动——它可以刺透再度矫正的层次，揭示那种像无意识的愿望一样既隐蔽于作品之中又被作品显现的'潜原文'之类的东西"。③

按照弗洛伊德关于"显梦"和"隐梦"的区分，莫言讲述的那个梦当属"显梦"，"只是一个化装的代替物"。④ 由于经过了莫言的"掩饰"和"修改"，梦的潜意识的全部内容不得而知，笔者也不好妄加猜度，因为"对作者进行精神分析是一件冒险的事情"，⑤ 很可能陷入"意图谬误"的陷阱。可以肯定的是，莫言的童年记忆与他的梦境，同小说创作存在着深层次的内在沟通。"梦"回故乡既是他童年情结的无意识流露，触发了他的创作灵感，又为其小说提供了故事背景和人物框架。与梦境（显梦）对童年情结所做的"加工"一样，小说对现实生活也进行了"再度矫正"。这正

① 参见弗洛伊德《创作家与白日梦》，伍蠡甫主编《现代西方文论选》，上海译文出版社，1983。
② 〔英〕特里·伊格尔顿：《当代西方文学理论》，王逢振译，中国社会科学出版社，1988，第259页。
③ 〔英〕特里·伊格尔顿：《当代西方文学理论》，王逢振译，中国社会科学出版社，1988，第262页。
④ 〔奥〕弗洛伊德：《精神分析引论》，高觉敷译，商务印书馆，1984，第83页。
⑤ 〔英〕特里·伊格尔顿：《当代西方文学理论》，王逢振译，中国社会科学出版社，1988，第258页。

如韦勒克指出的："与其说文学作品体现了一个作家的实际生活，不如说它体现作家的'梦'；或者说，艺术作品可以算是隐藏着作家真实面目的'面具'或'反自我'；还可以说，它是一幅生活的图画，而画中的生活正是作家所要逃避开的。"① 《透明的红萝卜》在现实主义的基调中糅入魔幻变形手法和浪漫抒情色彩，显示着莫言小说艺术风格的演进轨迹。它在揭示生活的艰辛和苦难的同时，也展示了乡村大地的厚重质朴（通过老铁匠）和生命力的坚忍顽强（通过黑孩）。它既是莫言的生活之"梦"，也是他的艺术之"梦"。这幅"生活的图画"包蕴着莫言全部的痛苦和欢乐。"画中的生活"既是莫言要逃避开的，又是他难以忘怀、深情眷恋的。莫言对童年生活和乡村记忆爱恨交织的情绪弥漫在小说的字里行间。

继《透明的红萝卜》发表后不到一年的时间内，莫言接连推出了《白狗秋千架》、《老枪》、《秋水》、《大风》、《枯河》、《金发婴儿》、《球状闪电》和《爆炸》等10多个中短篇，创作和发表呈喷涌态势。这既向文坛宣告了一颗新星的升起，也是莫言长期郁积情感的大爆发、大宣泄，是他无意识中对自我的精神疗治。通过写作，莫言缓解内心压力，沟通与他人的交流；通过写作，曾经失爱的他呼唤爱，讴歌爱，滋润自己和他人枯萎的心田。他终于经由文学找到了解除孤独——一种精神饥饿的办法。自1985年成名至今，莫言20多年来笔耕不辍，创作势头长盛不衰，从心理学方面看，未尝不能视为摆脱童年"阴影"的持续努力。因此，从传记角度解读《透明的红萝卜》，在文学发生学之外，还有文学动力学的问题值得关注。

《透明的红萝卜》写成的1985年，在当代文学史上是个特殊的年份。在这一年前后，小说界创新意识高涨，文学"寻根"现象和

---

① 〔美〕勒内·韦勒克、〔美〕奥斯汀·沃伦：《文学理论》，刘象愚等译，江苏教育出版社，2005，第79~80页。

"现代派"小说相继出现，文学正酝酿着重要的变革。时在军艺学习的莫言躬逢其盛，耳闻目睹之下跃跃欲试，他开始创作一批与此前自己的写作风格迥异的作品。就介入现实的方式而言，他撷取的儿童视角，他创造的以黑孩为代表的"小男孩"形象，他对象征、变形、通感的灵活运用和感官化的叙事等，成功地规避了"伤痕小说""反思小说"的粗糙直露，而赋予文本以含蓄蕴藉、深厚绵长的韵味。"他的写作，对当代小说过分的观念结构所形成的文体模式，是一次冲击。"① 与同时期的《枯河》相比，《透明的红萝卜》社会批判的主题表现得更为冷静节制，不动声色。请看小说开头的一段文字：

> 秋天的一个早晨，潮气很重，杂草上，瓦片上都凝结着一层透明的露水。槐树上已经有了浅黄色的叶片，挂在槐树上的红锈斑斑的铁钟也被露水打得湿漉漉的。队长披着夹袄，一手里拃着一块高粱面饼子，一手里捏着一棵剥皮的大葱，慢吞吞地朝着钟下走。走到钟下时，手里的东西全没了，只有两个腮帮子像秋天里搬运粮草的老田鼠一样饱满地鼓着。他拉动钟绳，铁锤撞击钟壁，"嘡嘡嘡"响成一片。老老少少的人从胡同里涌出来，汇集到钟下，眼巴巴地望着队长，像一群木偶。队长用力把食物咽下去，抬起袖子擦擦被络腮胡子包围着的嘴。人们一齐瞅着队长的嘴，只听那嘴一张开就骂："他娘的腿！公社里这些狗娘养的，今日抽两个瓦工，明日调两个木工，几个劳力全被他们零打碎敲了。小石匠，公社要加宽村后的滞洪闸，每个生产队里抽调一个石匠，一个小工，只好你去了。"队长对着一个高个子宽肩膀的小伙子说。

---

① 洪子诚：《中国当代文学史》，北京大学出版社，1999，第330页。

　　权力政治的威势借队长嘴巴狼吞虎咽的"吃"和发号施令的"说"形象地传达出来。"眼巴巴地望着队长"暗示众人的生理欲望（饥饿）和心理状态（羡慕），"木偶"则直陈村民被控制和操纵的命运，自己做不得主。秋天阴冷潮湿的肃杀气氛衬托出人物荒芜压抑的情绪，奠定了小说凄清悲凉的基调。不到四百字的篇幅，叠合了权力政治学、生理学、心理学的多重视角，堪称莫言小说的经典开头。

　　黑孩的"弃儿"身份在小说中主要由两个层面界定。从家庭血缘关系来看，亲生父亲抛家外出，后娘"一喝就醉，喝醉了他就要挨打，挨拧，挨咬"。工地就在村后，黑孩却不愿意回去睡觉，宁肯待在四处漏风的桥洞里。他是个无"家"的孩子。从社会关系来说，年幼体弱的他时刻要面对成人语言暴力和身体暴力的攻击。小说在关于黑孩的叙事中，这种伤害随处可见。一再重复的暴力侵害，对精神和身体都没有发育健全的孩子势必会造成深刻的心灵创伤，也许终生都难以愈合。有论者发现，"莫言在表现'种的退化'观念的同时，更注重文明压抑机制对现实生活的遏制作用，首先即体现在对儿童生命力的遏制……在成人与儿童之间便存在着一个'权力结构'，'父与子'关系表现为'施暴与受暴'关系"。[①]

　　《透明的红萝卜》中，代行"父权"的是生产队长、公社刘副主任、小铁匠等一帮成人。小说发表伊始，受当时社会主流意识形态话语的影响，评论者多将黑孩视为"极左"政治肆虐下中国贫穷、苦难农民的缩影和象征，[②]社会学的阅读视角使批评的眼光未能探入到文本的深层寓意之中。时过境迁后重读小说，并与同是发

---

① 张闳：《莫言小说的基本主题与文体特征》，转引自林建法主编《说莫言》下卷，辽宁人民出版社，2013，第158页。

② 参见冯立三《为了告别那个荒凉的世界》，《北京文学》1986年第2期。

表于 1985 年的《枯河》相比，可以看出黑孩的孤苦处境与《枯河》中小虎的悲惨命运的形成原因是不尽相同的。如果说，小虎之死主要是权力政治暴虐专横的结果，那么，黑孩则主要是家庭暴力、成人暴力的受害者。这种暴力并不随着现实政治的拨乱反正而消失，像小虎一家受到的出身歧视和由此产生的精神恐惧那样。实际上，成人暴力、"父权专制"经由历史的逐代相传，早已渗透到民族的集体无意识当中，人们习焉不察，司空见惯。鲁迅先生在《我们现在怎样做父亲》和《灯下漫笔》等杂文中对此有过痛切的揭示，巴金的《家》、曹禺的《雷雨》等也涉及这一主题。莫言对文明压抑机制中成人和儿童间施虐与受虐关系的艺术表现，一直是他创作的一个关注点和兴奋点，也成为他童年叙事中"暴力"主题的中心意旨。在《透明的红萝卜》、《枯河》和《老枪》等早期作品中，这个中心意旨往往与社会批判主题缠绕在一起，表现得不那么显豁。到了晚近的《拇指铐》等作品，小说凸显的乃是文明压抑机制对儿童施行的"规训"和"惩罚"。在孩子眼中，这种来自成人世界的"暴力"是那样的不可理喻，冷酷蛮横。莫言在叙事中有意模糊时空背景——从文化语境中只告诉读者那是"中国故事"。至此，他的童年叙事已经摆脱个人生活经验和一定社会现实的束缚，而被提升为具有浓厚象征意蕴的民族文化寓言。

"莫言的小说，表现了富于感性化的风格……他采用一种不受控制的，重视感觉的叙述态度。在描述中，心理的跳跃、流动、联想，大量的感官意象奔涌而来，而创造一个复杂的、色彩斑斓的感觉世界。"① 这种"感官化"叙事风格虽然到了《球状闪电》、《爆炸》、《金发婴儿》和《红高粱》等才正式确立，并在《红蝗》和《欢乐》中达到登峰造极的地步，但在《透明的红萝卜》中已初露

---

① 洪子诚：《中国当代文学史》，北京大学出版社，1999，第 330 页。

端倪，有迹可循。"感官化"叙事在这篇小说中主要通过儿童视角（即黑孩视角）的设置而体现出来。一般意义上的儿童视角指的是小说借助于儿童的眼光或口吻来讲述，故事的呈现过程具有鲜明的儿童思维的特征。美国作家亨利·詹姆士就此论道："小孩子虽然说不清、道不明，但其感觉、眼光和理解力远比他们所能用词汇表达的更丰富敏锐、更深邃。"①黑孩幼年失母，心灵深处有难以愈合的隐痛。后娘的虐待、饥饿的折磨、成人的欺凌及无谓的怜惜，使这个原来"说起话来就像竹筒里晃豌豆，嘎嘣嘎嘣脆"的孩子"话越来越少，动不动就像尊小石像一样发呆"。在数万字的中篇里，作为主人公的黑孩竟然未发一言！但是，就在言说功能因压抑而退化的同时，作为生命的代偿机制，黑孩的视觉、听觉、触觉等感官却异常发达，想象力异常丰富。他有两只"又黑又亮的眼睛"，这眼睛"水光潋滟"。他"两耳长得十分夸张"，像小兔一样会抖动。他看得见"那些薄雾匆匆忙忙地在黄麻地里钻来钻去"，"河上有发亮的气体起伏上升"。他听得见"黄麻地里响着鸟叫般的音乐和音乐般的秋虫鸣唱"，"河上传来了一阵奇异的声音，很像鱼群在嗫喋"。以沉默拒绝成人世界的同时，黑孩向大自然敞开了心扉。他用心灵也用身体（感官）搜寻、捕捉乡村大地上的声、光、色、味，搭建起一个令人低徊流连、感叹不已的童话世界。通过儿童视角，这个童话世界呈现了儿童固有的原生态生命情境，表现出具有普泛的人类学意义的生命原初体验：

> 夜已很深了，黑孩温柔地拉着风箱，风箱吹出的风犹如婴孩的鼾声。河上传来的水声越加明亮起来，似乎它既有形状又有颜色，不但可闻，而且可见。河滩上影影绰绰，如有小兽在

---

① 转引自戴维·洛奇《小说的艺术》，王峻岩等译，作家出版社，1988，第29页。

追逐，尖细的趾爪踩在细沙上，声音细微如同羽毛纤毫一样，有一根根又细又长的银丝儿。

除感官敏锐以外，同样令人称奇的是黑孩驰骋想象、营造心灵幻影的禀赋。一般人聊以充饥解渴的红萝卜，在这个精灵一样孩子的幻觉中，竟然散发出勾魂摄魄的魔力：

> 光滑的铁砧子，泛着清幽幽蓝幽幽的光。泛着青蓝幽幽光的铁砧子上，有一个金色的红萝卜。红萝卜的形状和大小都像一个大个阳梨，还拖着一条长尾巴，尾巴上的根根须须像金色的羊毛。红萝卜晶莹透明，玲珑剔透。透明的金色的外壳里包孕着活泼的银色液体。红萝卜的线条流畅优美，从美丽的弧线上泛出一圈金色的光芒。光芒有长有短，长的如麦芒，短的如睫毛，全是金色……

这个美丽奇幻的"红萝卜"意象，在小说发表之时就引起了热烈的讨论。社会学的解读认为它是现实的对立物，寄托了黑孩摆脱苦难的希望。[①] 有论者根据东方佛学"幻"的概念做出推导，以为黑孩的"幻化"本领实质上是一种"带有创造性的神话思维"，"红萝卜"意象是"劫中人人生的太阳、精神的源自和生命的凝聚"。[②] 近来又有人另辟蹊径，运用精神分析批评方法揭示这个意象的"性学"内涵，断定"红萝卜无疑是一个'小阳物'的隐喻"。在同样深爱菊子的三个男性中，黑孩明显处于竞争的劣势。这迫使他或者以自虐方式吸引菊子的关注，或者沉浸在自恋式的幻想中，

---

① 参见冯立三《为了告别那个荒凉的世界》，《北京文学》1986 年第 2 期。
② 胡河清：《论阿城、莫言对人格美的追求与东方文化传统》，《灵地的缅想》，学林出版社，1994，第 147、150 页。

由"透明的红萝卜"达到一个"模拟的高潮"。①

上述见仁见智的分析从论者各自的理论预设出发，可说是异彩纷呈。意象复杂的隐喻和象征功能，本来也为阐释预留了多维度、多层次的解读空间。如果胶柱鼓瑟，偏执一端，势必削弱批评的洞察力。笔者不揣浅陋，尝试从另一个角度入手，提出自己的一得之见。红萝卜被小铁匠丢到河里后，黑孩当即"昏厥"过去，"他的身体软软地倒在小石匠和姑娘中间"。这表明黑孩的精神受到了强烈的刺激。他后来为那个"透明的红萝卜"日思夜想，魂不守舍，几次跑到河中打捞，又近乎发狂般地拔起大片未成熟的萝卜逐个查看。可是他再也找不到了。他为什么找不到了呢？

意象派诗人和理论家庞德认为，"意象不是一种图像式的重现，而是一种在瞬间呈现的理智与情感的复杂经验"，是一种"各种根本不同的观念的联合"。② 黑孩之所以再也找不回"透明的红萝卜"，是因为他产生幻觉的那个"瞬间"不可复现。深秋夜晚的原野，炉火微明，食物飘香。万籁俱静中，突然响起凄凉高亢的戏文，歌者声情并茂，听者如痴如醉。老人、青年男女和孩子短暂的和谐相处，仿佛再现了人类学意味的原始生活情境。在这模拟的家庭氛围之中，黑孩对亲情的渴望得到了前所未有的满足。他眼前幻化出来的"红萝卜"意象，乃是爱和温暖的象征、家的象征，是慈母怀抱中安然入眠的婴儿的象征。黑孩潜意识中期盼自己复归于婴儿，重新投入生母的怀抱。但是，与母亲分离的他再也回不去了，弃儿没有家。他怎么能找回那个"透明的红萝卜"呢？小说的结尾是意味深长的：

---

① 张清华：《境外谈文》，花山文艺出版社，2004，第 236~237 页。
② 转引自〔美〕勒内·韦勒克、〔美〕奥斯汀·沃伦《文学理论》，刘象愚等译，江苏教育出版社，2005，第 212 页。

"小兔崽子，你是哪个村的？"

黑孩迷惘的眼睛里满是泪水。

"谁让你来搞破坏？"

黑孩的眼睛清澈如水。

"你叫什么名字？"

黑孩眼睛里水光潋滟。

"你爹叫什么名字？"

两行泪水从黑孩眼里流下来。

……

队长把黑孩的新褂子、新鞋子、大裤头子全剥下来，团成一堆，扔到墙角上，说："回家告诉你爹，让他来给你拿衣裳。滚吧！"

……

黑海钻进了黄麻地，像一条鱼儿游进了大海，扑簌簌黄麻叶儿抖，明晃晃秋天阳光照。

黑孩——黑孩——

无姓无名、无父无母、无家可归的孩子也无处诉说他的痛苦和冤屈，只有宽厚仁慈的大地（母亲）接纳这人世的弃儿。赤条条一丝不挂的黑孩"钻进了黄麻地"，仿佛象征性地返回了母体。在特定的意义上，黑孩的遭际可以看作是人类生存境况的隐喻：我们都是被逐出家门的孩子，告别了天真的童年时代，早已割断了与大地、乡村、家园的根性联系。数千年的文明史，人类一方面征服自然、改造社会；另一方面审视自我、拷问理性，在豪迈乐观与怀疑困惑中轮回。茫茫路途上，我们无数次深情回望，追忆童年的歌谣、乡间的篝火、母亲的微笑……"按照拉冈①的理论，正是一种最初失

---

① 通译拉康。——笔者注

去的东西——母亲的身体——推动着对我们生活的叙述，迫使我们在对欲望做无止境的转喻活动中寻求某些东西来代替这种失去的乐园。"① 幼失母爱的黑孩用他奇异的感官和想象才能"叙述"，曾经失爱的莫言用他的生花妙笔"叙述"。而文学从根本上说，不就是人类在自身本能欲望的推动下，持续不断的"叙述"行为过程吗？

二十年前，当莫言以《透明的红萝卜》"亮相"文坛时，童年叙事之于他人生的意义，作者未必有清醒的认识。经过了文学之路的长途跋涉，莫言已深切领会到写作对于作家个人的价值。"借小说中的主人公之口，再造少年岁月，与苍白的人生抗衡，这是写作这个职业的唯一可以骄傲之处。所有在生活中没有得到满足的，都可以在诉说中得到满足。这也是写作者的自我救赎之道。用叙述的华美和丰盛，来弥补生活的苍白和性格的缺陷，这是一个恒久的创作现象。"② 他的长篇新作《第四十一炮》的主人公叫罗小通，又是一个孩子。"他是我的诸多'童年视角'小说中的儿童的一个首领，他用语言的浊流冲决了儿童和成人之间的堤坝，也使我的所有类型的小说，在这部小说之后，彼此贯通，成为一个整体。"③ 这番带有总结意思的表白，无疑确认了童年叙事在莫言全部创作中的重要地位。而《透明的红萝卜》就是他艺术大厦的第一块奠基石。此后的众多作品，无论人物、主题，还是结构、视角，乃至于背景、氛围、叙事腔调和叙述语言，几乎都能从这个"基石"性中篇里找到艺术生发的"酵母"。

（原载《湖北社会科学》2008 年第 10 期）

---

① 〔英〕特里·伊格尔顿：《当代西方文学理论》，王逢振译，中国社会科学出版社，1988，第 267 页。
② 莫言：《诉说就是一切》，《当代作家评论》2003 年第 5 期，第 83 页。
③ 莫言：《诉说就是一切》，《当代作家评论》2003 年第 5 期，第 84 页。

莫言与麦卡勒斯

——以小说《民间音乐》、《透明的红萝卜》和《伤心咖啡馆之歌》为中心

　　1979 年，美国南方文学代表作家之一的卡森·麦卡勒斯的中篇小说《伤心咖啡馆之歌》，由翻译家李文俊先生译成中文，在《外国文艺》创刊号首篇发表。小说随后又被收入《当代美国短篇小说集》中，影响了一代文学青年。这篇小说以其丰富的主题意蕴、对人性的深入洞察和高超的叙事艺术，为改革开放之初的中国作者树立了学习借鉴的榜样。考虑到目前在关于莫言的比较文学研究中，论者通常关注的是他与福克纳、马尔克斯、川端康成、拉伯雷等作家的联系及其所受的影响，本文不揣浅陋，尝试在莫言的早期小说《民间音乐》、《透明的红萝卜》与麦卡勒斯的《伤心咖啡馆之歌》之间进行初步的关联性研究。

　　在莫言 1985 年之前发表的小说中，《售棉大路》和《民间音乐》具有特殊的地位。前者被《小说月报》转载，后者得到文坛耆宿孙犁先生的赞赏。有意思的是，两个短篇在一定程度上都受到了外国文学的影响和启发。《售棉大路》的创作灵感来自阿根廷作家胡里奥·科塔萨尔的《南方高速公路》，①《民间音乐》则对《伤

---

① 参见莫言《独特的声音》，《小说的气味》，当代世界出版社，2004。

心咖啡馆之歌》多有借鉴。

《民间音乐》的主人公花茉莉是个乡镇女子，有一段短暂的婚史。她主动与各方面条件都比自己优越的丈夫离婚，令小镇上的人们不解和好奇。离婚后花茉莉开了一家小酒店，过着悠闲自在的生活。来历不明的流浪汉小瞎子被好心的花茉莉收留，在镇上引起轩然大波。大家纷纷猜测这对孤男寡女之间的关系。后来，小瞎子以精湛的民间乐曲演奏技艺赢得了人们的尊敬，为小酒店招徕了大量的生意，也唤醒了花茉莉沉睡的芳心。但是他不愿意接受花茉莉的示爱，执意离开了酒店。为了爱，花茉莉毅然追随小瞎子而去。

在故事情节设计、人物性格塑造和细节刻画等方面，《民间音乐》与《伤心咖啡馆之歌》颇有相似之处。爱密利亚讨厌"本地最俊美的男子"马文·马西，偏偏对相貌猥琐的驼子李蒙表哥情有独钟。花茉莉不喜欢"面目清秀、年轻有为、在县政府当科长的丈夫"，却死心塌地爱上了流浪汉小瞎子。爱密利亚独自打理店铺，管理酒厂，行事作为常显露出男子汉的风格。花茉莉一人开店，具有经营头脑，时有巾帼不让须眉的霸气。爱密利亚为爱而毁家散财。花茉莉为爱而抛家离乡。李蒙使出浑身解数逢迎马文·马西，"他那双耳朵在脑袋上扭动得可欢了"。小瞎子因为自己演奏曲目的单调感到惭愧，"他的两扇大耳朵扭动着，仿佛两个生命在痛苦地呻吟"。

即便《民间音乐》与《伤心咖啡馆之歌》的相似之处还可以举出一些，对于初学者而言也无可厚非。但是，莫言的成长背景和创作动机毕竟与麦卡勒斯有很大的不同。他对麦卡勒斯并没有一味地照抄照搬，而是通过对中国北方乡村风俗的再现、对民间艺术的想象，巧妙地将"西式咖啡"换成了"中式音乐"，奏响了一曲改革年代的爱情之歌。

众所周知，由于身体的长期病残和婚姻的多次失败，麦卡勒斯性格孤僻，耽于幻想，以塑造怪诞病态人物见长。"爱与孤独"是麦卡勒斯小说的基本主题，《伤心咖啡馆之歌》就是这一主题的最好体现。爱密利亚、马文·马西和李蒙表哥之间一场古怪离奇的情感悲剧，仿佛是麦卡勒斯对人性彻底失望的宣言。当然，这个主题的形成与美国南方特殊的历史和文化是分不开的，与作家留恋南方农耕文化、抗拒工业文明蚕食的矛盾心态不无关联。反观莫言登上文坛的 20 世纪 80 年代初期，中国的改革开放刚刚起步，长期受计划经济束缚的乡村开始焕发出活力，人们的价值观念随之发生着改变。莫言通过《民间音乐》赞美的就是思想解放运动中觉醒了的乡村女性，她们对自己命运的把握和对爱情的大胆追求。这自然是在"改革文学"潮流影响下的写作，"现实主义"是作家服膺的创作方法。无论写景状物、勾勒背景，还是叙述故事、描写人物，莫言都做得中规中矩，作品里毫无匪夷所思、畸形变态的成分。

麦卡勒斯在小说故事讲完之后，单独写了一节文字，用"十二个活着的人"特别标示出来：

> 叉瀑公路离小镇三英里，苦役队就是在这儿干活……可是歌声倒是每天都有。一个阴沉的声音开了个头，只唱半句，仿佛是提一个问题。过半晌，另一个声音参加进来，紧接着整个苦役队都唱起来了。在金色炫目的阳光下，这歌声显得很阴郁，他们穿插着唱各种各样的歌，有忧郁的，也有轻松的。这音乐不断膨胀，到后来仿佛声音并非发自苦役队这十二个人之口，而是来自大地本身，或是辽阔的天空。这种音乐能使人心胸开阔，听者会因为狂喜与恐惧而浑身发凉……（《伤心咖啡馆之歌》）

"囚犯"、"十二个"、"歌声"和"音乐"等显然不只是写实意义上的描述。在研究者看来，"这正是整个人类的隐喻。隐喻着失去了自由的人类，犹如被镣铐锁住的囚徒，总算音乐能给人带来些许的安慰。他们的歌声是对人类罪恶的忏悔，也是对人类自我救赎的企盼，企盼着自由某一天重新回来。又或许这十二个人隐喻着基督教里的十二个门徒，意味着作者试图用宗教的方式拯救她心目中的美国南方社会"。[①] 麦卡勒斯通过象征和隐喻，用一段看似与故事正文无关的描写，将摆脱孤独、走出绝望的希冀寄托在宗教救赎之中。

《民间音乐》也用铺路工的歌声作为结尾：

> 忽然，一个嘶哑的嗓子哼起了一支曲子，这曲子是那样耳熟，那样撩人心弦。过了一会儿，几十个嗓子一起哼起来。又过了一会儿，所有的嗓子一起哼起来。在金灿灿的阳光下，他们哼了一支曲子又哼另一支曲子。这些曲子有的高亢，有的低沉，有的阴郁，有的明朗。这就是民间的音乐吗？这民间音乐不断膨胀着，到后来，声音已仿佛不是出自铺路工之口，而是来自无比深厚凝重的莽莽大地。（《民间音乐》）

这里"民间音乐"一词除了与小说标题相呼应，起到"点题"作用以外，似乎没有别的蕴含。同时，在"音乐"、"声音"和"莽莽大地"等词汇中，我们也解读不出它们在小说的爱情主题之外有什么深化题旨的功能。看来《伤心咖啡馆之歌》的表现主义手法和象征隐喻技巧，莫言一时间还难以消化和掌握，他的模仿不免显得生硬。与创作处于成熟期和高峰期的麦卡勒斯相比，莫言毕竟初出茅庐。《民间音乐》在主题方面的单一显豁与《伤心咖啡馆之

---

① 张军红、高红霞：《卡森·麦卡勒斯的中篇小说〈伤心咖啡馆之歌〉的隐喻分析》，《天水师范学院学报》2010年第1期，第75页。

歌》的复杂隐晦也无法相提并论。

1985 年，中篇小说《透明的红萝卜》的发表为莫言赢得了全国性声誉，作品中的"黑孩"成为莫言小说的标志性人物。这个中篇作为莫言的代表作之一，历来受到研究者的重视。无论小说的意蕴酿造、人物刻画，还是它的叙事视角、象征手法，乃至它的语言魅力、文化含量，都当之无愧地称得上莫言小说中的精品。从《民间音乐》的生涩稚嫩到《透明的红萝卜》的完美成熟，显示出在短短的两三年内，莫言在创作上取得的惊人进步。他是如何实现这个跨越式发展的呢？饥饿和孤独的童年经历，二十年乡村底层生活的体验，对文学的痴迷与坚持不懈的写作训练，改革开放带来的"欧风美雨"的浸淫，进入解放军艺术学院获得的视野拓展和理论提升，还有天赋才情、梦中灵感……所有这一切因素综合起来，成就了莫言。这其中，《伤心咖啡馆之歌》的影响也是不容忽略的。

莫言曾经在《饥饿和孤独是我创作的财富》这篇演讲中，详细介绍了自己作为一个当代中国作家成长的历程。"饥饿"和"孤独"既是莫言刻骨铭心的记忆，也是他的小说经常涉及的主题。莫言对"孤独"作为小说主题的关注和开掘，是否受到过麦卡勒斯的启发呢？关于"孤独"的言说，在《透明的红萝卜》中是通过黑孩形象的塑造来完成的。黑孩的孤独产生于亲情的隔绝、成人的欺凌以及性格的敏感多情（"多情却被无情恼"，他对菊子姑娘的依恋被小石匠所阻断）。因为压抑太久而失语，黑孩渴望爱、需要爱却不能表达出来。造成这种孤独的外部原因，除了极端年代普遍贫困导致的人心败坏以外，也有传统文化遗存的父权专制思想的作祟。① 莫言对"父权专制"的揭示使《透明的红萝卜》由社会批判上升到历史反思，超越政治主题而兼具文化品格。

---

① 参见拙文《童年叙事：意义丰饶的阐释空间——重读莫言的中篇小说〈透明的红萝卜〉》，《湖北社会科学》2008 年第 10 期。

麦卡勒斯笔下人物的孤独感与黑孩的孤独显然拥有不同的内涵。无论爱密利亚、李蒙表哥还是马文·马西，他们的孤独仿佛都是与生俱来的，是一种存在状态，带有"原罪"的意味。作家采用的外聚焦视角使读者难以了解人物的心理，只能根据人物的言行来判断和推测其行为的动机。在某种意义上，孤独既是麦卡勒斯的生命体验，也是她欲罢不能的生活魔咒。讲述神秘离奇的故事，塑造变态怪诞的人物，作家似乎是在用饮鸩止渴的方式与孤独搏斗周旋。

《伤心咖啡馆之歌》的故事高潮是一场发生在咖啡馆的决斗。当爱密利亚打倒对自己纠缠不已、步步紧逼的无赖前夫马文·马西时，袖手旁观的李蒙表哥，这个一直以来得到爱密利亚全身心的关爱、身体弱不经风的罗锅，竟然扑向爱密利亚，帮助马文·马西打败了自己的恩主：

> 可是就在这一刹那间，就在胜利即将赢得的时分，咖啡馆里响起了一声尖厉的叫喊，使人起了一阵猛烈的寒颤，从头顶顺着脊梁往下滑。这时候发生的事从此以后就是一个谜。全镇的人都在，都是见证，可是有人就是不敢相信自己的眼睛。李蒙表哥所在的柜台离咖啡馆中心格斗的地方，至少有十二英尺远。可是就在爱密利亚小姐掐住马文·马西喉咙的那一刻，罗锅纵身一跳，在空中滑翔起来，仿佛他长出了一对鹰隼的翅膀。他降落在爱密利亚小姐宽阔的肩膀上，用自己鸟抓般细细的手指去抓她的脖子。

> 这以后是一片混乱。还不等人们清醒过来，爱密利亚小姐就已经打败了。

这个出人意料的情节显示出麦卡勒斯对人性洞察的深刻和天才的创造力，堪称小说的神来之笔。

《透明的红萝卜》中也有一场打斗，那是在一对情敌之间发生的。公社的劳动工地上，英俊潇洒的小石匠与美丽善良的菊子姑娘成了情人。暗恋菊子的小铁匠妒火中烧，寻衅挑起事端，他与小石匠打成一团。关键时刻，黑孩加入进来，他没有帮助平时对自己和颜悦色的石匠（因为石匠夺走了黑孩极为珍视的菊子姑娘的关爱），却意外地站到了老是辱骂欺负自己的铁匠一边：

> 这时候，从人们的腿缝里，钻出了一个黑色的影子。这是黑孩。他像一只大鸟一样飞到小石匠背后，用他那两只鸡爪一样的黑手抓住小石匠的腮帮子使劲往后折，小石匠龇着牙，咧着嘴，"喔喔"地叫着，又一次沉重地倒在沙地上。

两相比较，情节的相似性显而易见，不过作家的设计用心各不相同。麦卡勒斯以奇特的构思表达她对人心莫测的世界的失望和拒绝，加重了小说的悲观压抑气氛。莫言则借人物有悖常情的行为，揭示出这个逆来顺受的孩子身上隐藏的恋母情结和反抗意志，为黑孩形象的塑造抹上浓重的一笔。从小说整体来看，这个情节的安排既水到渠成，又浑然天成，没有丝毫勉强拼接的痕迹。如果说莫言这里对麦卡勒斯的借鉴达到了"青出于蓝而胜于蓝"的境界，应当不是过誉之词。

莫言成功的秘诀之一，就是他意识到对外国文学的学习，必须尽快走出单纯的模仿阶段，发出自己"独特的声音"。"我现在恨不得飞跑着逃离马尔克斯和福克纳，这两个小老头是两座灼热的火炉子，我们多么像冰块。我们远远地看着他们的光明，洞烛自己的黑暗就够了，万不可太靠前。"[1] "福克纳是我们的——起码是我

---

[1] 莫言：《旧"创作谈"批判》，《小说的气味》，当代世界出版社，2004，第287~288页。

的——光辉的榜样，他为我们提供了成功的经验，但也为我们设置了陷阱。你不可能超越福克纳达到的高度，你只能在他的山峰旁另外建造一座山峰"。① 莫言带着对"火炉子"和"陷阱"的戒备，怀着"另外建造一座山峰"的雄心，凭借丰沛的才情和坚韧的努力，迅速完成了对外国文学的创造性转换。这就像日本学者大冢幸男总结的那样："所谓有创建的即名垂文学史册的作家，便是像'雄狮在自己体内消化羔羊'（瓦莱里语）那样，能把从他处摄来之物归为己有，并由此创造出多少具有自己独特性的作品的作家。"②

（原载《世界文学评论》辑刊 2015 年第 2 辑）

---

① 莫言：《超越故乡》，《小说的气味》，当代世界出版社，2004，第 378 页。
② 〔日〕大冢幸男：《比较文学原理》，陕西人民出版社，1985，第 30 页。

参考文献

莫言作品与创作谈

[1]《盛典——诺奖之行》，长江文艺出版社，2013。

[2]《小说的气味》，当代世界出版社，2004。

[3]《莫言散文》，浙江文艺出版社，2000。

[4]《莫言讲演新篇》，文化艺术出版社，2010。

[5]《莫言对话新录》，文化艺术出版社，2010。

[6]《用耳朵阅读》，作家出版社，2012。

[7]《会唱歌的墙》，作家出版社，2005。

[8]《白狗秋千架》，上海文艺出版社，2012。

[9]《与大师约会》，上海文艺出版社，2005。

[10]《天堂蒜薹之歌》，北岳文艺出版社，2001。

[11]《丰乳肥臀》，作家出版社，2012。

[12]《欢乐》，上海文艺出版社，2012。

[13]《食草家族》，上海文艺出版社，2012。

[14]《怀抱鲜花的女人》，上海文艺出版社，2010。

[15]《红高粱家族》，上海文艺出版社，2008。

[16]《檀香刑》，上海文艺出版社，2008。

[17]《四十一炮》，上海文艺出版社，2008。

[18]《酒国》，上海文艺出版社，2008。

［19］《生死疲劳》，上海文艺出版社，2008。

［20］《师傅越来越幽默》，解放军文艺出版社，2000。

［21］《金发婴儿》，长江文艺出版社，1993。

［22］《长安大道上的骑驴美人》，海天出版社，1999。

［23］《天马行空》，《解放军文艺》1985 年第 2 期。

［24］《两座灼热的高炉》，《世界文学》1986 年第 3 期。

［25］《黔驴之鸣》，《青年文学》1986 年第 2 期。

［26］《我的故乡与我的小说》，《当代作家评论》1993 年第 2 期。

［27］《独特的腔调》，《读书》1999 年第 7 期。

［28］莫言、王尧：《从〈红高粱〉到〈檀香刑〉》，《当代作家评论》2002 年第 1 期。

［29］《文学创作的民间资源——在苏州大学"小说家讲坛"上的演讲》，《当代文学评论》2002 年第 1 期。

［30］《自述》，《小说评论》2002 年第 6 期。

［31］《捍卫长篇小说的尊严》，《当代作家评论》2006 年第 1 期。

［32］姜异新整理《莫言孙郁对话录》，《鲁迅研究月刊》2012 年第 10 期。

［33］《讲故事的人——在诺贝尔文学奖颁奖典礼上的讲演》，《当代作家评论》2013 年第 1 期。

学术著作

［1］陈思和：《中国当代文学史教程》，复旦大学出版社，1999。

［2］陈娟主编《记忆和幻想——中国新时期小说主潮》，上海文艺出版社，2000。

［3］陈乐：《现代性的文学叙事》，浙江大学出版社，2008。

［4］陈晓明：《中国当代文学主潮》，北京大学出版社，2009。

［5］陈定家选编《身体写作与文化症候》，中国社会科学出版社，2011。

［6］曹莉主编《文学艺术的瞬间与永恒》，清华大学出版社，2014。

［7］崔道怡等编《"冰山"理论：对话与潜对话》，工人出版社，1987。

［8］邓晓芒：《灵魂之旅——九十年代文学的生存境界》，湖北人民出版社，1998。

［9］董健、丁帆、王彬彬主编《中国当代文学史新稿》（第2版），北京师范大学出版社，2011。

［10］董之林：《追忆燃情岁月——五十年代小说艺术类型论》，河南人民出版社，2001。

［11］董之林：《旧梦新知："十七年"小说论稿》，广西师范大学出版社，2004。

［12］付艳霞：《莫言的小说世界》，中国文史出版社，2011。

［13］格非：《小说叙事研究》，清华大学出版社，2002。

［14］葛红兵、宋耕：《身体政治》，上海三联书店，2005。

［15］郭绍虞主编《中国历代文论选》，上海古籍出版社，1979。

［16］洪子诚：《中国当代文学史》，北京大学出版社，1999。

［17］洪子诚：《问题与方法》，北京大学出版社，2010。

［18］洪子诚：《中国当代文学史》（修订版），北京大学出版社，2010。

［19］黄子平：《革命·历史·小说》，香港牛津大学出版社，1996。

［20］胡河清：《灵地的缅想》，学林出版社，1994。

［21］胡亚敏：《叙事学》，华中师范大学出版社，2004。

［22］胡经之主编《西方文艺理论名著教程》，北京大学出版社，2003。

［23］蒋林、金骆彬主编《来自东方的视角——莫言小说研究

论文集》，中国社会科学出版社，2014。

［24］柯倩婷：《身体、创伤与性别——中国新时期小说的身体书写》，广东人民出版社，2009。

［25］雷达：《文学活着》，人民文学出版社，1995。

［26］李建军：《小说修辞研究》，中国人民大学出版社，2003。

［27］李扬：《现代性视野中的曹禺》，人民文学出版社，2004。

［28］李欧梵：《现代性的追求》，人民文学出版社，2010。

［29］李斌、程桂婷编《莫言批判》，北京理工大学出版社，2013。

［30］林建法主编《说莫言》，辽宁人民出版社，2013。

［31］刘阳：《小说本体论》，上海书店出版社，2010。

［32］《鲁迅全集》第4卷，人民文学出版社，1981。

［33］马原：《虚构之刀》，春风文艺出版社，2001。

［34］莫言、王尧：《莫言王尧对话录》，苏州大学出版社，2003。

［35］孟繁华、程光炜：《中国当代文学发展史》，人民文学出版社，2004。

［36］聂珍钊主编《外国文学史》，华中师范大学出版社，2010。

［37］宁明编译《海外莫言研究》，山东大学出版社，2013。

［38］钱谷融、鲁枢元主编《文学心理学》，华东师范大学出版社，2003。

［39］钱理群、温儒敏、吴福辉：《中国现代文学三十年》（修订本），北京大学出版社，1998。

［40］钱理群：《与鲁迅相遇》，生活·读书·新知三联书店，2003。

［41］王晓明主编《批评空间的开创：二十世纪中国文学研究》，东方出版中心，1998。

［42］王晓明主编《二十世纪中国文学史论》，东方出版中心，1997。

［43］王庆生、王又平主编《中国当代文学》，华中师范大学出版社，2011。

［44］伍蠡甫主编《现代西方文论选》，上海译文出版社，1983。

［45］伍蠡甫主编《西方文论选》，上海译文出版社，1979。

［46］吴炫：《新时期文学热点作品讲演录》，广西师范大学出版社，2004。

［47］吴晓东：《从卡夫卡到昆德拉——20世纪的小说和小说家》，生活·读书·新知三联书店，2003。

［48］吴义勤：《长篇小说与艺术问题》，人民文学出版社，2005。

［49］夏志清：《中国现代小说史》，刘绍铭、李欧梵等译，复旦大学出版社，2005。

［50］许志英、丁帆主编《中国新时期小说主潮》，人民文学出版社，2002。

［51］徐岱：《小说叙事学》，商务印书馆，2010。

［52］杨义：《中国现代小说史》，人民文学出版社，1988。

［53］杨义：《中国叙事学》，人民出版社，2009。

［54］杨扬编《莫言研究资料》，天津人民出版社，2005。

［55］杨守森、贺立华主编《莫言研究三十年》，山东大学出版社，2013。

［56］叶开：《莫言评传》，河南文艺出版社，2008。

［57］於可训：《中国当代文学概论》（修订版），武汉大学出版社，2005。

［58］张清华：《境外谈文》，花山文艺出版社，2004。

［59］张志忠：《莫言论》，中国社会科学出版社，1990。

［60］张志忠：《华丽转身——现代性理论与中国现当代文学研究转型》，首都师范大学出版社，2009。

［61］张志忠、贺立华主编《莫言：全球视野与本土经验》，

山东大学出版社，2014。

[62] 张旭东、莫言：《我们时代的写作——对话〈酒国〉〈生死疲劳〉》，上海文艺出版社，2013。

[63] 张京媛主编《当代女性主义文学批评》，北京大学出版社，1992。

[64] 张颐武主编《现代性中国》，河南大学出版社，2005。

[65] 张辉：《审美现代性批判》，北京大学出版社，1999。

[66] 张大春：《小说稗类》，广西师范大学出版社，2004。

[67] 章培恒、骆玉明主编《中国文学史》，复旦大学出版社，1996。

[68] 赵敦华：《现代西方哲学新编》，北京大学出版社，2001。

[69] 郑克鲁主编《外国文学史》，高等教育出版社，1999。

[70] 朱宾忠：《跨越时空的对话——福克纳与莫言比较研究》，武汉大学出版社，2006。

[71] 朱崇科：《身体意识形态》，中山大学出版社，2009。

[72]〔奥〕弗洛伊德：《精神分析引论》，高觉敷译，商务印书馆，1984。

[73]〔奥〕弗洛伊德：《精神分析引论新编》，高觉敷译，商务印书馆，1987。

[74]〔德〕本雅明：《发达资本主义时代的抒情诗人》，张旭东、魏文生译，生活·读书·新知三联书店，1989。

[75]〔德〕恩斯特·卡西尔：《人论》，甘阳译，上海译文出版社，1985。

[76]〔法〕《波德莱尔美学论文选》，郭宏安译，人民文学出版社，1987。

[77]〔法〕马·法·基亚：《比较文学》，颜保译，北京大学出版社，1883。

[78]〔法〕伊夫·瓦岱:《文学与现代性》,田庆生译,北京大学出版社,2001。

[79]〔荷〕米克·巴尔:《叙述学:叙事理论导论》,谭君强译,万千校,中国社会科学出版社,1995。

[80]〔捷克〕米兰·昆德拉:《小说的艺术》,董强译,上海译文出版社,2004。

[81]〔美〕《艾略特文学论文集》,李赋宁译,百花洲文艺出版社,1994。

[82]〔美〕本尼迪克特·安德森:《想象的共同体——民族主义的起源与散布》,吴叡人译,上海人民出版社,2005。

[83]〔美〕彼得·布鲁克斯:《身体活:现代叙述中的欲望对象》,朱生坚译,新星出版社,2005。

[84]〔美〕霍尔等:《荣格心理学入门》,冯川译,生活·读书·新知三联书店,1987。

[85]〔美〕哈罗德·布鲁姆:《影响的焦虑》,徐文博译,江苏教育出版社,2006。

[86]〔美〕华莱士·马丁:《当代叙事学》,伍晓明译,北京大学出版社,2005。

[87]〔美〕杰克·斯佩克特:《艺术与精神分析》,高建平等译,文化艺术出版社,1990。

[88]〔美〕杰姆逊讲演《后现代主义与文化理论》,唐小兵译,北京大学出版社,1997。

[89]〔美〕凯特·米利特:《性政治》,宋伟文译,江苏人民出版社,2000。

[90]〔美〕卡林内斯库:《现代性的五副面孔》,顾爱彬、李瑞华译,商务印书馆,2002。

[91]〔美〕勒内·韦勒克、〔美〕奥斯汀·沃伦:《文学理

论》（修订版），刘象愚等译，江苏教育出版社，2005。

［92］〔美〕雷纳·韦勒克：《近代文学批评史》第1卷，杨自伍译，上海译文出版社，1987。

［93］〔美〕马歇尔·伯曼：《一切坚固的东西都烟消云散了——现代性体验》，徐大建、张辑译，商务印书馆，2003。

［94］〔美〕浦安迪讲演《中国叙事学》，北京大学出版社，1996。

［95］〔美〕威尔弗雷德·L.古尔灵、〔美〕厄尔·雷伯尔、〔美〕李·莫根、〔美〕约翰·R.威灵厄姆：《文学批评方法手册》，姚锦清、黄虹伟、叶宪、邹溱译，春风文艺出版社，1988。

［96］〔日〕大冢幸男：《比较文学原理》，陈秋峰、杨国华译，陕西人民出版社，1985。

［97］〔英〕安德鲁·本尼特、〔英〕尼古拉·罗伊尔：《关键词：文学、批评与理论导论》，汪正龙、李永新译，广西师范大学出版社，2007。

［98］〔英〕安东尼·吉登斯：《现代性的后果》，田禾译，黄平校，译林出版社，2011。

［99］〔英〕戴维·洛奇：《小说的艺术》，王峻岩等译，作家出版社，1998。

［100］〔英〕特雷·伊格尔顿：《二十世纪西方文学理论》，伍晓明译，北京大学出版社，2007。

［101］〔美〕韦恩·布斯：《小说修辞学》，华明、胡晓苏、周宪译，北京大学出版社，1987。

研究论文

［1］毕飞宇：《找出故事里的高粱酒》，《钟山》2008年第5期。

［2］陈春生：《在灼热的高炉里锻造——略论莫言对福克纳和马尔克斯的借鉴吸收》，《外国文学研究》1988年第3期。

［3］陈思和：《莫言近年小说创作的民间叙述》，《钟山》2001

年第 5 期。

　　[4] 陈思和：《"历史—家族"民间叙事模式的创新尝试》，《当代作家评论》2008 年第 6 期。

　　[5] 陈思和：《人畜混杂，阴阳并存的叙事结构及其意义》，《当代作家评论》2008 年第 6 期。

　　[6] 陈众议：《评莫言》，《东吴学术》2013 年第 1 期。

　　[7] 陈文芬：《莫言在斯德哥尔摩——诺奖日记》，《上海文学》2013 年第 1 期。

　　[8] 程德培：《被记忆缠绕的世界——莫言创作中的童年视角》，《上海文学》1986 年第 4 期。

　　[9] 陈晓明：《遗忘与召回：现代传统与当代作家》，《当代作家评论》2007 年第 6 期。

　　[10] 程光炜：《魔幻化、本土化与民间资源——莫言与文学批评》，《当代作家评论》2006 年第 6 期。

　　[11] 程光炜：《新时期文学的"起源性"问题》，《当代作家评论》2010 年第 3 期。

　　[12] 程光炜：《小说的读法——莫言的〈白狗秋千架〉》，《文艺争鸣》2012 年第 8 期。

　　[13] 丁帆：《亵渎的神话：〈红蝗〉的意义》，《文学评论》1989 年第 1 期。

　　[14] 郜元宝：《二十二今人志》，《当代作家评论》2004 年第 1 期。

　　[15] 葛红兵：《身体写作：启蒙叙事、革命叙事之后："身体"的当下处境》，《当代文坛》2005 年第 3 期。

　　[16] 侯杰、姜海龙：《身体史研究刍议》，《文史哲》2005 年第 2 期。

　　[17] 何向阳：《一个叫"我"的孩子》，《莽原》2002 年第 3 期。

［18］贺仲明：《乡村的自语——论莫言小说创作的精神及意义》，《首都师范大学学报》2006 年第 3 期。

［19］贺绍俊、潘凯雄：《毫无节制的〈红蝗〉》，《文学自由谈》1988 年第 1 期。

［20］洪治纲：《刑场背后的历史——论〈檀香刑〉》，《南方文坛》2001 年第 6 期。

［21］胡小林、刘伟：《福克纳、莫言比较论》，《枣庄师专学报》1990 年第 1 期。

［22］胡河清：《论阿城、莫言对人格美的追求与东方文化传统》，《当代文艺思潮》1987 年第 5 期。

［23］黄善明：《一种孤独远行的尝试——〈酒国〉之于莫言小说的创新意义》，《当代作家评论》2001 年第 5 期。

［24］季红真：《忧郁的土地，不屈的精魂——莫言散论之一》，《文学评论》1987 年第 6 期。

［25］季红真：《现代人的民族民间神话——莫言散论之二》，《当代作家评论》1988 年第 1 期。

［26］季红真：《莫言小说与中国叙事传统》，《文学评论》2014 年第 2 期。

［27］姜智芹：《西方读者视野中的莫言》，《当代文坛》2005 年第 5 期。

［28］金衡山编写《比较研究：莫言与福克纳》，《外国文学动态》1993 年第 5 期。

［29］康林：《莫言与川端康成——以小说〈白狗秋千架〉和〈雪国〉为中心》，《中国比较文学》2011 年第 3 期。

［30］孔海立、范晓郁：《端木蕻良和莫言小说中的“乡土”精神》，《当代作家评论》2013 年第 6 期。

［31］李洁非：《回到寓言——论莫言及其近作》，《当代作家

评论》1993 年第 2 期。

[32] 李迎丰：《福克纳与莫言：故乡神话的构建与阐释》，《解放军外国语学院学报》2002 年第 1 期。

[33] 李敬泽：《莫言与中国精神》，《小说评论》2003 年第 1 期。

[34] 李建军：《是大象，还是甲虫？——评〈檀香刑〉》，《文学自由谈》2001 年第 6 期。

[35] 李建军：《〈蛙〉：写的什么？写得如何？》，《文学报》2011 年 10 月 20 日。

[36] 李建军：《直议莫言与诺奖》，《文学报》2013 年 4 月 10 日。

[37] 刘蓓蓓、李以洪：《母神崇拜与"肥臀情结"——读莫言的〈丰乳肥臀〉》，《文艺评论》1996 年第 6 期。

[38] 刘江凯：《本土性、民族性的世界写作——莫言的海外传播与接受》，《当代作家评论》2011 年第 4 期。

[39] 栾梅健：《民间的传奇——论莫言的文学观》，《当代作家评论》2013 年第 1 期。

[40] 鲁枢元：《论文学艺术家的情绪记忆》，《上海文学》1982 年第 9 期。

[41] 马瑞芳：《诺贝尔文学奖和〈聊斋志异〉》，《光明日报》2013 年 4 月 8 日。

[42] 孟悦：《荒野弃儿的归属——重读〈红高粱家族〉》，《当代作家评论》1990 年第 3 期。

[43] 孟繁华：《中国当代文学经典化的国际化语境——以莫言为例》，《文艺研究》2015 年第 4 期。

[44] 南帆：《躯体修辞学：肖像与性》，《文艺争鸣》1996 年第 4 期。

[45] 彭亚非：《"身体写作"质疑》，《求是学刊》2004 年第 4

期。

[46] 彭荆风：《莫言的枪投向哪里？——评〈丰乳肥臀〉》，《内部文稿》1996 年第 12 期。

[47] 钱中文：《文学理论现代性问题》，《文学评论》1999 年第 2 期。

[48] 宋剑华：《知识分子的民间想象——论莫言〈红高粱家族〉故事叙事的文本意义》，《广东社会科学》2009 年第 2 期。

[49] 孙郁：《莫言：与鲁迅相逢的歌者》，《当代作家评论》2006 年第 6 期。

[50] 沈杏培：《论儿童视角小说的文体意义与文化意味》，《当代作家评论》2009 年第 4 期。

[51] 唐韧：《百年屈辱，百年荒唐——〈丰乳肥臀〉的文学史价值质疑》，《文艺争鸣》1996 年第 3 期。

[52] 童明：《莫言的谵妄现实主义》，《南方周末》2012 年 10 月 19 日。

[53] 王干：《反文化的失败——莫言近期小说批判》，《读书》1988 年第 10 期。

[54] 王德威：《千言万语，何若莫言》，《读书》1999 年第 3 期。

[55] 王光东：《民间的现代之子——重读莫言的〈红高粱家族〉》，《当代作家评论》2000 年第 5 期。

[56] 王安忆：《喧哗与静默》，《当代作家评论》2011 年第 4 期。

[57] 王富仁：《中国现代主义文学论》（上），《天津社会科学》1996 年第 4 期。

[58] 王富仁：《中国现代主义文学论》（下），《天津社会科学》1996 年第 5 期。

[59] 王春林：《对 20 世纪中国历史的消解与重构——评刘醒龙长篇小说〈圣天门口〉》，《小说评论》2005 年第 6 期。

［60］王彬彬：《〈红旗谱〉：每一页都是虚假和拙劣的——十七年文学艺术分析之一》，《当代作家评论》2010 年第 3 期。

［61］汪民安、陈永国：《身体转向》，《外国文学》2004 年第 1 期。

［62］吴晓东、倪文尖、罗岗：《现代小说研究的诗学视域》，《中国现代文学研究丛刊》1999 年第 1 期。

［63］万千：《莫言：一个物化时代的感伤诗人——读莫言的几个近作》，《当代作家评论》1993 年第 2 期。

［64］徐怀中、莫言等：《有追求才有特色——关于〈透明的红萝卜〉的对话》，《中国作家》1985 年第 2 期。

［65］谢有顺：《文学身体学》，《花城》2001 年第 6 期。

［66］谢有顺：《当死亡比活着更困难——〈檀香刑〉中的人性分析》，《当代作家评论》2001 年第 5 期。

［67］亚思明：《“喧哗与骚动”——莫言获诺奖分裂德国文坛》，《中华读书报》2012 年 12 月 5 日。

［68］余华：《谁是我们共同的母亲?》，《当代作家评论》1996 年第 5 期。

［69］阎真：《身体写作的历史语境评析》，《文艺争鸣》2004 年第 5 期。

［70］张闳：《莫言小说的基本主题与文体特征》，《当代作家评论》1999 年第 5 期。

［71］张闳：《感官的王国——莫言笔下的经验形态及功能》，《当代作家评论》，2000 年第 5 期。

［72］张清华：《叙述的极限——论莫言》，《当代作家评论》2003 年第 2 期。

［73］张清华：《莫言与新历史主义文学思潮——以〈红高粱家族〉、〈丰乳肥臀〉、〈檀香刑〉为例》，《海南师范学院学报》（社会

科学版）2005 年第 2 期。

［74］张莉：《唯一一个报信人——论莫言书写故乡的方式》，《文学评论》2014 年第 2 期。

［75］周宪：《现代性的张力——现代主义的一种解读》，《文学评论》1999 年第 1 期。

［76］钟志清编写《英美评论家评〈红高粱家族〉》，《外国文学动态》1993 年第 5、6 期。

［77］朱向前：《天马行空——莫言小说艺术评点》，《小说评论》1986 年第 2 期。

［78］周英雄：《红高粱家族演义》，《当代作家评论》1989 年第 4 期。

［79］周英雄：《酒国的虚实——试看莫言叙述的策略》，《当代作家评论》1993 年第 2 期。

［80］〔德〕汉斯约克·比斯勒－米勒：《和善先生与刑罚》，廖迅译，《当代作家评论》2010 年第 2 期。

［81］〔美〕白礼博：《时代的书：你几乎能触摸一个中国农民的"二十二条军规"》，林源译，《当代作家评论》2009 年第 6 期。

［82］〔美〕杜迈可：《论〈天堂蒜薹之歌〉》，季进、王娟娟译，《当代作家评论》2006 年第 6 期。

［83］〔美〕葛浩文：《莫言作品英译本序言两篇》，吴耀宗译，《当代作家评论》2010 年第 2 期。

［84］〔美〕史景迁：《重生——评〈生死疲劳〉》，苏妙译，《当代作家评论》2008 年第 6 期。

［85］〔美〕约翰·厄普代克：《苦竹：两部中国小说》，季进、林源译，《当代作家评论》2005 年第 4 期。

图书在版编目（CIP）数据

莫言小说研究 / 王育松著. -- 北京：社会科学文
献出版社，2016.7（2017.2 重印）
（文澜学术文库）
ISBN 978 - 7 - 5097 - 9094 - 6

Ⅰ.①莫… Ⅱ.①王… Ⅲ.①莫言 - 小说研究 Ⅳ.
①I207.42

中国版本图书馆 CIP 数据核字（2016）第 096200 号

· 文澜学术文库 ·

莫言小说研究

著　　者 / 王育松

出 版 人 / 谢寿光
项目统筹 / 恽　薇　高　雁
责任编辑 / 王玉山　樊学梅

出　　版 / 社会科学文献出版社·经济与管理出版分社（010）59367226
　　　　　　地址：北京市北三环中路甲 29 号院华龙大厦　邮编：100029
　　　　　　网址：www. ssap. com. cn
发　　行 / 市场营销中心（010）59367081　59367018
印　　装 / 三河市尚艺印装有限公司

规　　格 / 开　本：787mm × 1092mm　1/16
　　　　　　印　张：15.25　字　数：198 千字
版　　次 / 2016 年 7 月第 1 版　2017 年 2 月第 2 次印刷
书　　号 / ISBN 978 - 7 - 5097 - 9094 - 6
定　　价 / 69.00 元